MANOIR (HANTÉ) À VENDRE

Roxane Malone est une romancière française qui a notamment publié *Manoir (hanté) à vendre* et *Comme une déesse*.

Paru au Livre de Poche :

Un karma (presque) parfait

ROXANE MALONE

Manoir (hanté) à vendre

ROMAN

CALMANN-LÉVY

Cet ouvrage a été publié sous le titre
Un appart de rêve (amoureux compris)
aux éditions Calmann-Lévy en 2019.

ISBN : 978-2-253-10185-7 – 1re publication LGF

1

Intrusion

Les yeux rivés sur la barrière d'enceinte de l'entreprise Bernard & Fils, un carton vide à mes pieds, je réajustai soigneusement ma casquette sur mes cheveux roux. Une belle casquette bleue, achetée pour un euro dans un bazar, sur laquelle j'avais thermocollé le logo de Biobon, l'un des fournisseurs de Bernard & Fils. Un blouson noir et un jean pour compléter la tenue, et je ressemblais à s'y méprendre à une livreuse en plein travail. Bien placée hors de vue du poste de sécurité, je n'avais plus qu'à attendre le moment propice.

Je consultai ma montre. Un peu moins de 14 heures. Plus que quelques minutes à patienter, dans la fraîcheur de ce début d'après-midi d'avril. Je respirai profondément. Cela ne pouvait pas rater. Sauf s'il se passait un truc énorme. Genre tremblement de terre. Mais la région parisienne n'était pas classée en zone sismique, normalement. Si ?

Un camion déboucha enfin du coin de la rue. Il passa devant moi et ralentit devant la barrière de

Bernard & Fils. Plus le temps de s'inquiéter des tremblements de terre, *go !*

Tandis que le conducteur ouvrait sa fenêtre pour parler avec le gardien dans le poste de sécurité, je ramassai mon carton et longeai le camion immobilisé par le côté droit. La barrière se leva pour laisser passer le véhicule. Le cœur battant, je me faufilai à l'intérieur et m'écartai rapidement pour ne pas me faire écraser les orteils. Derrière nous, la barrière se referma. Premier obstacle, franchi !

Je traversai la cour et me dirigeai vers l'accueil avec le plus grand naturel. Quelques personnes fumaient devant l'entrée. J'adoptai une mine occupée, mais nul ne m'interpella. Et toujours pas de séisme à l'horizon. Ouf ! Une jeune secrétaire aux grands yeux bleus sourit en me voyant approcher. J'inspirai à nouveau un grand coup.

— Bonjour, dit-elle gentiment.

— Bonjour, madame, répondis-je en souriant à mon tour, j'ai un paquet pour Laure Dujardin, au labo de contrôle qualité.

Je levai un peu mon carton pour le lui montrer.

— Juste un instant, je l'appelle.

— Merci.

Elle attrapa son téléphone et composa un numéro. J'attendis, le visage beaucoup plus serein que je ne l'étais réellement. Je n'avais eu aucune difficulté à trouver l'identité et le métier de cette Laure Dujardin grâce aux réseaux sociaux, mais serait-elle là ? Me laisserait-on passer ou devrais-je baratiner pendant des heures ?

— Laure ? s'enquit la secrétaire. J'ai un colis de Biobon pour toi, à l'accueil… Oui ? D'accord.

Elle raccrocha et leva ses grands yeux bleus vers moi.

— Vous pouvez le laisser ici, elle viendra le chercher.

Zut. En avant pour le baratin.

— Ah, grimaçai-je. Je suis bien embêtée. Il faut que je le livre tout de suite, ce sont des produits chimiques dans de la carboglace.

L'embarras envahit son regard.

— Oh… Eh bien je…

— Mais j'y vais, si vous voulez. Je sais où c'est, ça fait déjà plusieurs fois que je viens. Je saurai retrouver mon chemin.

Son visage s'éclaira.

— C'est vrai ? Super ! Attendez, je vous donne un badge…

Ouf. Je patientai le temps qu'elle me prépare un badge « visiteur ».

— Votre nom ? s'enquit-elle.

— Lola Martin, mentis-je. Ça s'écrit comme ça se prononce.

— Parfait, c'est noté ! Tenez.

J'attrapai le badge avec un sourire de remerciement et m'éloignai le long du couloir. Deuxième obstacle, franchi. Le troisième serait le plus compliqué.

Je croisai une poignée de personnes qui ne m'accordèrent pas la moindre attention dans les couloirs. Je me retrouvai face à une porte blindée qui, selon mes informations, permettait d'accéder aux laboratoires et aux bureaux de la direction. Vu le boîtier noir qui ornait le mur à côté, elle s'ouvrait avec un badge. Je testai celui que m'avait donné l'hôtesse d'accueil. Aucun résultat. Bien entendu. Ça aurait été trop simple. J'étudiai mes autres options. Sonner, comme l'indiquait l'étiquette au-dessus du boîtier noir ? Autant appeler la police moi-même pour me faire arrêter…

Solution deux, alors. Je resserrai ma prise autour du carton, pliai les genoux comme s'il pesait une tonne et revins sur mes pas jusqu'à une alcôve qui dissimulait une salle de pause.

— S'il vous plaît ? demandai-je timidement au petit groupe de gens qui se tenaient là, accoudés à une table haute couverte de gobelets fumants. Vous voudriez bien me donner un coup de main, pour la porte ?

Une femme approcha en courant.

— Oui, oui, bien sûr !

— Merci, soufflai-je avec un sourire reconnaissant.

— De rien, bon courage !

Elle déverrouilla la porte et me la tint ouverte le temps que je passe, en marchant toujours comme si mon colis était aussi lourd que moi. Bon, troisième obstacle franchi bien plus facilement que je le pensais. Comme quoi, heureusement pour moi, les gens étaient beaucoup plus gentils que ce qu'on voulait bien croire. Un peu trop, même, parfois. J'eus un peu honte. Puis le devoir se rappela à ma mémoire. J'étais une Valkyrie, que diable !

Je me retrouvai donc dans le couloir des bureaux de la direction. Parfait…

Sur les portes, des étiquettes indiquaient les occupants des lieux. Mon carton à nouveau léger comme une plume, je marchai d'un pas rapide à la recherche d'Yvan Lemarchand. Yvan Lemarchand, Yvan Lemarchand…

Je pilai devant une porte. *Yvan Lemarchand, responsable sécurité.* Formidable !

Je vérifiai d'un coup d'œil que j'étais toujours seule dans le couloir et posai mon oreille contre la porte. Aucun bruit. Impeccable. D'après mes informations, Yvan Lemarchand allait courir lors de la pause de midi et ne rentrait jamais de déjeuner avant 14 h 30. Il me restait peu de temps. Tout le challenge consistait à crocheter la serrure avant que quelqu'un débarque. Par acquit de conscience, je posai la main sur la poignée et appuyai. La porte s'ouvrit. J'en restai comme deux ronds de flan. Sans blague ?

Du coup, j'entrai et me dépêchai de fermer derrière moi. Mince. Pourvu que ce ne soit pas un piège, avec les flics qui m'attendaient à la sortie. Tant pis, il fallait que je continue comme si tout allait bien. Le souffle court, je déposai le carton bien en évidence sur le clavier de son ordinateur, attrapai un paquet de Post-it et un stylo sur le bureau, inscrivis quelques mots de ma plus belle écriture et collai le message au beau milieu de l'écran d'ordinateur. Il n'y avait plus qu'à filer en douce !

Je reposai l'oreille contre le battant de la porte pour m'assurer de l'absence de bruit à l'extérieur. Silence absolu. *Go !*

Je sortis, longeai les bureaux dans l'autre sens, débloquai la porte blindée de l'intérieur et regagnai le couloir principal. Au passage, j'adressai un signe amical à la femme qui m'avait ouvert, son café toujours à la main, et me retrouvai vite devant le comptoir de l'accueil.

— Je vous le rends, annonçai-je à la secrétaire en lui tendant le badge visiteur.

— Parfait, répondit celle-ci, toujours aussi charmante. Vous avez trouvé sans problème ?

— Oui, on m'a même tenu la porte.

— Oh, super !

Un soupçon de remords serra mon ventre. La pauvre.

Je la saluai avec un dernier sourire de sympathie et quittai l'entreprise d'un pas vif, mais sans courir. Flics ou pas flics ? S'ils étaient là, ils se cachaient bien. Je réajustai ma casquette pour passer sous la caméra de vidéosurveillance, au poste de sécurité, de façon à masquer mon visage, le cœur battant. Personne ne m'interpella. Bon. Cela ne choquait pas le gardien de voir sortir quelqu'un qu'il n'avait pas vu entrer. Et aucun policier à l'horizon. Trois fois ouf !

Mon rythme cardiaque s'apaisa au fur et à mesure que l'entreprise s'éloignait derrière moi. Je regagnai ma voiture, deux rues plus loin, tirai mon téléphone de ma poche et écrivis rapidement un SMS.

« C'est fait. Je suis dehors. »

J'envoyai et soupirai de soulagement. Voilà une mission rondement menée !

J'avais juste eu le temps de m'installer au volant quand la réponse arriva.

« Bien joué ! Débriefing demain matin, 9 h. »

Ah oui, zut, j'avais déjà oublié. Il me restait encore mon rapport à taper avant de gagner une soirée bien tranquille devant ma télé !

— Vous saviez pourtant que ce test d'intrusion devait avoir lieu ! Qu'est-ce que vous fichiez, Lemarchand ?

En cette fin d'après-midi, un silence embarrassé répondit à Fabien Bernard, le P-DG de Bernard & Fils. Le comité de direction au grand complet, assis autour d'une grande table de réunion, fixait d'un air gêné l'escargot en peluche qui trônait fièrement sur le dispositif de vidéoprojection. Dans son coin, Yvan Lemarchand se tassait dans son siège, son long nez pointé sur son ordinateur portable. Assis à ma gauche, Dorian, mon patron, se redressa d'un air serein.

— Monsieur Bernard, dit-il paisiblement, si Mlle Andelnans a réussi à accéder jusqu'au bureau de M. Lemarchand pour y déposer son escargot en peluche, c'est que toutes les autres barrières de sécurité ont failli avant cela.

Le P-DG me fusilla du regard. Je réajustai tranquillement mon tailleur bleu marine, mille fois plus élégant que la tenue de livreuse que je portais la veille. Pas la peine d'essayer de m'assassiner à coups d'œillades mécontentes. D'abord, je n'y étais pour rien. Ensuite, mon esprit planait à mille lieues de là, à triturer et décortiquer le message que j'avais reçu la veille au soir, sur un site de rencontres. Un message charmant, bien tourné, mais envoyé par un gars qui avait vraiment une tête de tueur sur sa photo de profil. Que faire dans un tel cas ?

— Mlle Andelnans n'a fait que souligner les brèches, elle n'est pas responsable de leur existence, rappela mon patron avec un sourire amusé. Ne la regardez pas comme ça.

Mais en même temps, avait-on réellement la même tête que sur ses photos ? Si j'en croyais ma propre photo d'identité, j'espérais bien que non !

— Oui, vous avez raison, grommela Fabien Bernard en reportant son attention sur Yvan Lemarchand.

D'un autre côté, pour un site de rencontres, on était censé mettre une photo qui donnait envie. Si ce gars n'avait trouvé que ça pour se mettre en valeur, cela signifiait soit qu'il était pire en vrai, soit qu'il se fichait royalement de…

Une douleur à la cheville me ramena brutalement à la réalité.

— Mademoiselle Andelnans, dit Dorian en me fixant avec insistance, si vous voulez bien nous exposer la façon dont vous avez contourné la sécurité de l'entreprise…

Brute ! Et je ne pouvais même pas frotter ma cheville, tout le monde me regardait !

— Bien entendu, monsieur Folklinger, répondis-je de ma voix la plus professionnelle en me redressant sur ma chaise. J'ai identifié quatre obstacles majeurs pour arriver jusqu'au bureau de M. Lemarchand. D'abord la barrière devant le poste de sécurité. Puis l'accueil et sa secrétaire, la porte blindée qui protège les places stratégiques de l'entreprise, et enfin les portes des bureaux elles-mêmes. Comme vous le savez, un accident – ou une intrusion – ne survient que si toutes les défenses font défaut en même temps. Ce qui a été le cas ici.

Toute considération sur les photos de sites de rencontres envolée, j'expliquai la façon dont j'avais franchi les quatre obstacles pour déposer ma peluche à bon port, puis les recommandations pour les renforcer.

Ajouter une caméra pour augmenter le champ de vision du gardien, réclamer les cartes d'identité des visiteurs, ne pas laisser un inconnu circuler seul même s'il prétendait connaître les lieux, fermer les portes à clé pendant les pauses-déjeuner ou les réunions… Ce dernier conseil valut un nouveau coup d'œil furieux du P-DG à ce pauvre Yvan Lemarchand. En bonne professionnelle, je ne réagis pas, mais je protestai intérieurement. La prochaine fois, j'irais coller mon Post-it : « Je suis venue jusqu'ici, n'oubliez pas de me rendre mon escargot, gros bisous, Noëlle Andelnans » sur l'écran du P-DG !

— Dernier point, terminai-je, la véritable sécurité vient des employés eux-mêmes. Beaucoup de gens m'ont vue déambuler seule dans le couloir, et personne ne m'a posé la moindre question. Pire, on m'a ouvert la porte sécurisée sans me demander pourquoi j'étais là. Si une porte s'ouvre avec un badge, quiconque n'en possédant pas n'a rien à faire de l'autre côté. En tout cas, pas sans être accompagné.

On aurait entendu une mouche voler dans la salle de réunion. Je n'avais pas l'impression de dire des choses très innovantes, mais le comité de direction de Bernard & Fils buvait mes paroles. C'était toujours comme ça. Les gens connaissaient les principes théoriques de la sécurité, mais quand il s'agissait de les appliquer en vrai…

Dorian reprit la main pour détailler le contenu des formations proposées par notre entreprise, avant d'achever notre présentation en récapitulant le tout.

Mon esprit battait à nouveau la campagne. Les réunions de clôture de mission m'ennuyaient toujours profondément. Sur l'écran géant de la pièce, une lance flamboyante entrelacée des lettres de notre cabinet Gungnir Conseil surmontait notre slogan : « Telle Gungnir, la lance d'Odin, nous transpercerons le cœur de vos problèmes ! »

Un poil kitsch à mon goût, mais il fallait bien se démarquer et le discours commercial de Dorian était rodé. Celui-ci avait monté son entreprise, quelques années plus tôt, alors qu'il avait à peine trente ans. Décidé à en faire un cabinet hyperefficace, il n'embauchait que très peu de consultants, triés sur le volet. Ses Valkyries, comme il nous appelait indifféremment, hommes ou femmes.

Moi, ça m'allait bien d'être une Valkyrie ! J'avais passé mes premières années de travail dans une société de conseil multinationale qui recrutait à tour de bras, semblable à une machine infernale qui plaçait ses équipes sans se soucier des compétences ou des projets de chacun. Tant que le client payait… J'avais donc enchaîné des missions ennuyeuses et/ou à mille lieues de mon cœur de métier, perdant au fur et à mesure motivation, bonne humeur et toute forme d'intérêt pour le boulot.

Me retrouver chez Gungnir Conseil avait changé ma vie. Dorian m'avait fait comprendre pendant mon entretien d'embauche que mon diplôme d'ingénieur en chimie organique lui passait loin au-dessus de la tête. Il s'intéressait beaucoup plus à ma capacité de m'intégrer instantanément dans un environnement nouveau, à mon talent pour repérer les détails et à ma débrouillardise en toute situation. Ce qu'il voulait, c'était une Valkyrie. J'avais signé. Et depuis, je m'éclatais comme une folle dans mon boulot. Enfin, sauf pendant les réunions de clôture de mission.

Si nos clients décidaient de poursuivre avec nous, Adèle, la Valkyrie chargée des formations sécurité, prendrait le relais. Quant à moi, j'allais peut-être poser quelques jours de congé. Il me faudrait au moins ça pour décider si j'acceptais le café proposé par le gentil jeune homme à tête de psychopathe. Parce qu'être une Valkyrie célibataire, ça allait bien cinq minutes…

— Des vacances ? répéta Dorian tandis que notre voiture s'engouffrait enfin dans les remous de la circulation parisienne, encore importants malgré l'heure tardive. Maintenant ?

Concentrée sur ma conduite, j'acquiesçai.

— Oui. Jusqu'à la fin de la semaine. Ça irait ?

D'un coup d'œil, je vis sa grimace. Mauvais signe, ça.

— Je suis désolé, Noëlle. J'ai reçu une affaire ce matin et tu es la meilleure pour le job. Tu peux décaler d'une semaine ou deux ?

Je fis la moue et klaxonnai un type qui tentait de me doubler par la bande d'arrêt d'urgence. La meilleure pour le job, la meilleure pour le job… Il n'avait que des « meilleurs pour le job » dans son équipe !

— Quel genre d'affaire ? m'enquis-je tout de même.

— Un boulot sous couverture.

Je clignai des yeux. Ah.

— Raconte.

— Il s'agit d'infiltrer une agence immobilière de luxe, expliqua-t-il en agitant mon escargot en peluche.

Budget illimité pour les fringues, les frais divers et tout ce dont tu auras besoin pour être la chasseuse d'appartement la plus glamour de tout Paris. Premier rendez-vous d'étude du cas lundi matin avec les clients. Tu prends ?

L'adrénaline flamba dans mes veines. Pas de doute, mon patron était un dieu.

— Et comment !

2

Une agence à la dérive

Mon duplex se trouvait au dernier étage d'un immeuble ancien à la façade grise. J'aurais préféré qu'il y ait un ascenseur, bien entendu, mais dès qu'on ajoutait un ascenseur dans un bâtiment en plein cœur de Paris, les charges associées au loyer explosaient. Et puis les marches, ça faisait les cuisses !

Pourtant, ce soir, mon escargot en peluche sous le bras, je soupirai en contemplant mes escarpins. Six étages à grimper à pied, avec des escarpins. L'horreur. Si je me lançais dans la mission proposée par Dorian et que je me baladais avec ce type de chaussures tous les jours, j'avais peut-être intérêt à laisser une paire de baskets dans la boîte aux lettres, histoire de ne pas trop souffrir. Mais bon, aujourd'hui, je n'avais pas le choix. J'entamai donc l'escalade avec résignation, en me concentrant sur la silhouette divine que j'aurais en maillot de bain. Des mollets galbés, des cuisses fermes, des fesses rebondies… Je réussis à arriver au sixième sans trop penser à d'hypothétiques ampoules.

La porte de l'autre côté du palier s'ouvrit alors que je déverrouillais la mienne et une femme âgée en sortit, à petits pas décidés, coupe courte ultra-moderne malgré les cheveux blancs, châle rouge sur les épaules et gros plat à gâteau fumant dans les bras.

— Noëlle ! s'exclama-t-elle. Je vous attendais !

— Bonsoir, madame Michel. Comment allez-vous ?

— À merveille, ma fille, à merveille ! Et pour la millième fois, appelez-moi Hortense.

— Ah oui, pardon, Hortense.

— J'ai tenté un *brookie*, enchaîna-t-elle. J'ai besoin de vous pour goûter.

— Un quoi ?

— Un brookie. Mi-brownie, mi-cookie. C'est très à la mode chez les influenceuses YouTube spécialisées dans la cuisine. Vous voulez bien me dire si c'est bon ?

Je souris largement et lui ouvris en grand la porte. Elle entra en trottinant. Hortense Michel, soixante-quinze ans, et une forme olympique. Trois mois plus tôt, son médecin avait eu le malheur de lui dire :

— Enfin, madame Michel, c'est normal de ne rien comprendre au monde d'aujourd'hui, pour une vieille dame comme vous !

Elle était rentrée chez elle dans une rage folle et, dix minutes plus tard, elle avait sonné chez moi, avec la ferme intention d'apprendre comment fonctionnait ce fameux « monde d'aujourd'hui ». Je l'avais aidée à acheter un smartphone dernier cri – à grosses touches, tout de même, par égard pour ses yeux – et à s'y connecter en Wi-Fi, à lancer des recherches Google et même à pirater un réseau internet quand elle n'était pas chez elle. Je lui avais ensuite fait découvrir en vrac les smileys, les kebabs, Stéphane Plaza, la vidéo à la demande, les piña coladas, et une foule de petites autres choses indispensables au XXIe siècle. Et maintenant, elle progressait seule, grâce aux tutoriels qu'elle dégottait par elle-même. Ce qui ne l'empêchait pas de sonner régulièrement chez moi pour un conseil ou deux. Comment démarrer sa montre connectée pour surveiller ses pulsations cardiaques pendant sa séance de corde à sauter ? Un wrap tartiflette était-il plus lourd qu'un wrap avocat-mayonnaise ? Est-ce que le slim allait vraiment à tout le monde ?

Je refermai derrière elle tandis qu'elle déposait son plat sur le bar qui séparait la cuisine de mon salon, comme en terrain conquis. L'odeur appétissante du chocolat cuit emplit mon duplex. Mes images de silhouette divine en maillot de bain s'évanouirent comme par magie. Je jetai l'escargot en peluche sur mon canapé.

— Redites-moi le nom de ce truc ? dis-je en m'approchant, alléchée.

— Brookie. Brownie en dessous, cookie au-dessus. Je vous en coupe une part grosse comment ?

Elle avait déjà pris un couteau dans le tiroir à couverts.

— Une énorme, s'il vous plaît, Hortense !

— Entendu.

Son œil pétilla quand elle me jeta un regard par-dessus ses lunettes.

— Alors, vos clients ? Ils étaient contents de trouver votre peluche ?

— Pas trop, avouai-je. Je ne comprends pas pourquoi, elle est vraiment mignonne.

— Mission accomplie, alors ?

— Mission accomplie !

— Parfait ! J'ai bien fait de préparer un gâteau pour fêter ça. Et maintenant ? Vacances ?

— Non. Dorian m'a déjà donné une nouvelle affaire.

— Oh…

Elle semblait si déçue que je m'en inquiétai.

— Vous aviez besoin de moi pour quelque chose, Hortense ?

— Eh bien… J'espérais que vous viendriez avec moi pour tester l'aqua-poney.

J'ouvris des yeux ronds.

— L'aqua… poney ?

— J'ai lu ça sur un forum, m'expliqua-t-elle avec le plus grand sérieux tout en se servant une belle part de brookie. Une jeune femme s'est excusée de ne pas pouvoir aller au musée avec son groupe d'amies car elle avait aqua-poney. Cela doit être une activité incroyable, car toutes ses camarades ont mis des pouces vers le haut.

Je me mordillai les lèvres, bien embêtée.

— Je suis désolée, Hortense, mais je crains que ça ne soit une plaisanterie.

— Une plaisanterie ?

— Une plaisanterie très à la mode, me hâtai-je de préciser. L'aqua-poney, ça n'existe pas.

— Vous êtes sûre ?

— Certaine.

Le désappointement sur son visage me fendit le cœur.

— Mais si vous voulez, vu la mission dans laquelle je m'engage, il va falloir que j'aille faire un peu de shopping. Vous m'accompagnerez ?

Ses épaules voûtées se redressèrent d'un coup.

— Du shopping nocturne ? On peut faire ça ?

— Hein ?

— Je suis prête !

Non, mais… Pas maintenant ! C'était la nuit, là ! Je voulais juste manger ma part de brookie et aller me coucher !

La réunion de lancement avait commencé depuis une bonne heure. J'avais eu tout le temps de détailler mes nouveaux clients. Trois hommes d'un certain âge, aux costumes impeccables et aux chevalières étincelantes. L'un d'entre eux possédait même une canne à l'embout immaculé. Propriétaires d'une chaîne d'agences immobilières prospères, les agences Demeures de Luxe, ils s'inquiétaient pour l'une d'entre elles, située en plein cœur de Paris. Enfin, ils s'inquiétaient… Le mépris faisait surtout frémir leurs sourcils blanchis par les années et leurs lèvres se tordaient d'agacement.

— Je récapitule le problème, déclarai-je en relisant mes notes. L'agence de l'avenue des Champs-Élysées, franchisée depuis cinq ans par votre multinationale, voit ses ventes dégringoler de façon dramatique et ses nouveaux embauchés rendent leur tablier au bout de quelques semaines.

— En résumé, c'est cela, approuva Jean-Eudes de

Montrouge – l'homme à la canne – en tapotant la table de son petit doigt, faisant tinter sa chevalière en or sur le verre.

— Vous vous êtes rendus sur place pour enquêter, mais vous vous êtes heurtés à un mur, car selon le directeur de l'agence et les employés, tout va très bien.

— Voilà.

— Depuis combien de temps cette situation dure-t-elle ?

Les trois hommes échangèrent des regards contrariés.

— Environ un an et demi, répondit Raymond Beauval, en passant nerveusement la main dans ses cheveux blancs. Nous avons découvert cela lors de notre revue annuelle des franchisés, il y a trois mois. Cette agence affichait des résultats exceptionnels et, il y a dix-huit mois, les résultats se sont dégradés. D'abord doucement, puis une vraie dégringolade. Il a dû se passer quelque chose au cours de l'année passée, mais quoi…

— Et depuis, la situation va de mal en pis, conclut Henri Fontaine, le troisième larron.

Je jetai un coup d'œil à Dorian, installé en bout de table, qui jouait négligemment avec une balle antistress. Il me sourit, confiant.

— Pourquoi avoir accordé la franchise à cette agence, à l'origine ? m'enquis-je.

— Extrêmement bien placée, très bel immeuble, excellente vitrine pour notre groupe, résuma Jean-Eudes de Montrouge en tapotant sa canne.

— Avez-vous pu déterminer si le problème ne viendrait pas de l'emplacement, du secteur, du marché, ou d'une clientèle mal ciblée ?

Les trois hommes me firent les gros yeux.

— Un problème de marché ou de clientèle, pour une agence de luxe sur les Champs-Élysées ?

Eh bien, pourquoi pas ?

— Une agence concurrente, trois numéros plus loin, a des résultats florissants, remarqua Henri Fontaine.

Ah. Voilà un argument qui me convenait beaucoup mieux.

— Avez-vous envisagé de la fermer purement et simplement, afin de limiter la casse ? demandai-je encore.

— Certainement pas ! s'exclama Jean-Eudes en plaquant sa main sur la table. Le potentiel de cette agence est énorme !

J'inscrivis cette nouvelle information, tout en notant mentalement la fougue de la réponse. Ils y tenaient, à cette agence !

Dorian cessa de jouer avec sa balle pour se redresser.

— Si j'entends bien votre demande, récapitula-t-il, vous souhaitez que nous infiltrions cette agence afin de découvrir ce qui cloche de l'intérieur.

— Et pour régler le problème définitivement, ajouta Raymond Beauval d'une voix sinistre.

Un frisson parcourut mon dos. La vache. Il commanditait un meurtre, là, non ? Certes, j'étais une Valkyrie, mais il ne fallait pas exagérer !

Mon patron m'interrogea du regard. Je me repris et lus mes notes une dernière fois. J'avais tout. Le nom du directeur et le nombre d'employés, l'adresse, un brin d'historique – ce qui leur semblait important en tout cas –, les chiffres de la dégringolade, les exigences en matière d'image de marque, les habitudes connues de la maison… Je relevai le nez vers Dorian et acquiesçai d'un signe de tête. Je prenais le contrat. Mme Michel – enfin, Hortense – allait être ravie !

— Nous allons passer aux détails pratiques, déclara mon patron. Je crois savoir que cette agence recrute ?

— Oui, maugréa Jean-Eudes. Encore. D'après les registres des ressources humaines, le dernier agent embauché est resté quatre jours avant de rompre sa période d'essai.

— Voilà un point que Mlle Andelnans élucidera très vite.

— Souhaitez-vous une lettre de recommandation pour cette demoiselle ? s'enquit Henri Fontaine. Afin de s'assurer de son embauche rapide ?

Dorian leva un sourcil interrogateur dans ma direction.

— Je vous remercie, monsieur, mais non, refusai-je poliment. Si vous montrez que vous me connaissez, ils risquent de penser – à raison – que c'est vous qui m'envoyez et il sera impossible de les faire parler.

— Oh… Oui, bien entendu.

— Mais si vous n'êtes pas retenue pour le poste ? insista Jean-Eudes.

J'inclinai la tête, pensive.

— Eh bien… On verra.

Hors de question de partir sur l'idée que j'allais échouer !

Voyons, que mettre dans mon CV pour attirer

l'œil ? Mis à part « disponible de suite » ? Des tas de références prestigieuses, bien sûr. Avec des numéros de téléphone renvoyant tous sur les membres de Gungnir Conseil, à qui j'aurais au préalable envoyé un petit e-mail, histoire de leur expliquer qui j'étais pour les prochains jours. Et j'avais quelques sites internet à aller modifier pour donner vie à cette nouvelle Noëlle Andelnans. Pas la peine d'inventer un passé complet. Quelques petites touches subtiles suffisaient.

— Messieurs, vous ne serez pas déçus, déclara Dorian en se levant. Comme beaucoup d'hommes avant vous, vous allez assister au miracle de Noëlle !

Je conservai un sourire égal, mais mon moi intérieur esquissa une moue blasée. Il pourrait éviter de la sortir à chaque fois, celle-là ?

Deux jours plus tard, shopping achevé et vieille voisine comblée, je m'accordais une pause bien méritée. Assise en tailleur sur mon lit, mon ordinateur sur les genoux, j'épluchais tranquillement les profils masculins proposés par mon site de rencontres. Rien de bien transcendant, ce matin. Pourtant, j'avais mon coussin-escargot – mon coussin porte-bonheur – juste sous le coude. Il marchait bien d'habitude ! Il avait fonctionné lors des entretiens d'embauche pour mon poste chez Gungnir Conseil, il avait fonctionné pour mon dossier de location de ce duplex coquet en plein Paris, il avait fonctionné pour décrocher un petit prêt à la consommation pour ma voiture… Qu'est-ce qui clochait sur ce coup-là ? Mon téléphone sonna. Je repoussai l'ordinateur et attrapai le portable. L'agence ?

L'écran me détrompa et je souris plus gentiment. Victoire, annonçait-il.

— Allô ? dis-je en décrochant.

— Coucou, frangine ! lança la voix guillerette de ma petite sœur.

— Salut Victoire. Ça va ?

— Ouiiiiiiiii ! Tu ne devineras jamais quoi !

— Quoi ? m'amusai-je devant son excitation.

— Vivien m'invite au resto ce soir !

Je fronçai les sourcils et plaçai par réflexe mon coussin-escargot sur les genoux.

— C'est exceptionnel, ça ? Vous êtes ensemble depuis trois ans, j'espère bien qu'il t'invite au resto de temps en temps !

Elle gloussa à l'autre bout du fil.

— Non, tu ne comprends pas le sous-entendu ! Il. M'invite. Au. Resto. Ce. Soir.

Je clignai des yeux, perplexe.

— Euh… OK…

— Réfléchis ! C'est son grand jour !

— Son grand jour, répétai-je en me frottant le front, de plus en plus perdue.

— Il a dit qu'il avait quelque chose à me demander !

— Ah ?

— Noëlle ! Il va me demander en mariage !

Mon cerveau rata une marche et mon estomac se contracta.

— Tu te rends compte ? ajouta-t-elle, aux anges. Enfin ! Je suis tellement heureuse ! Tu crois qu'il faut que je m'habille comment ?

— Hein ? bredouillai-je.

— Pour le dîner, je m'habille comment ?

— Euh…

Heureusement, elle n'attendait pas de réponse. Son rire enchanté résonna dans le combiné. Je me rejetai contre mes oreillers et me forçai à respirer normalement en triturant mon coussin-escargot. Je me doutais bien que cela arriverait un jour. Contrairement à moi, Victoire n'avait jamais eu le moindre problème à entretenir une relation avec un homme, et son histoire avec Vivien durait depuis un moment. Mais bon sang, ça faisait déjà mal d'assister aux mariages de mes amies, moi, l'éternelle célibataire, alors celui de ma petite sœur !

— Tu es encore là ? s'inquiéta celle-ci.

— Oui, oui, articulai-je.

— Dis, tu feras les boutiques de robes avec moi ?

Mon estomac se comprima encore un peu plus.

— Évidemment, assurai-je pourtant. Je ne raterais ça pour rien au monde.

Et c'était vrai, en plus. On pouvait emmener Hortense Michel, pour me changer les idées ?

— Tu sais, ajouta-t-elle, l'idéal, ça serait que tu viennes au mariage accompagnée…

Je jetai un coup d'œil à mon écran d'ordinateur.

— J'y travaille…

— C'est vrai ? Tu es sur le site de rencontres que je t'ai conseillé ?

— Oui. J'y vais tous les jours.

— Cool ! C'est juste une question de quelques semaines, alors.

Je ne répondis pas. Si c'était si simple…

— Tu en as trouvé un qui te plaît ? insista-t-elle.

— Pas encore.

— Rhooo… Tu es trop difficile, Noëlle. Tu ne trouveras jamais personne, comme ça.

Je me renfrognai. Je n'étais pas trop difficile, c'était juste que… Je ne trouvais pas. Voilà.

— Là, par exemple, enchaîna-t-elle, tu as un profil sous les yeux ?

— Oui, maugréai-je.

— Lis-moi la description.

Je me redressai et repris l'ordinateur.

— « Trentenaire dynamique récemment arrivé sur Paris, m'exécutai-je, je cherche à faire des rencontres… »

— Eh bien voilà ! Nickel, ça ! Il a une bonne tête sur sa photo ?

— Il n'y a pas de photo.

Un silence.

— OK, oublie, décida-t-elle. Il a sûrement soixante ans. Ou alors il est méga moche.

Oui. Ou alors il n'était pas intéressé par une vraie relation, et se moquait de mettre une photo pour se présenter sous son meilleur jour.

— Le profil suivant ! réclama Victoire.

Je cliquai et un autre homme apparut à l'écran. Avec une photo, celui-là.

— « Après une histoire de presque dix ans avec la même femme, je cherche celle qui me la fera oublier, qui saura soigner mon cœur blessé et qui me redonnera confiance en la vie et en moi… »

— Ouh lala ! Ennuis en vue ! gémit ma sœur. Suivant.

— « Chère jeune femme qui lit mon profil, sache que je suis un homme exigeant… »

— Ah ! s'exclama-t-elle. Quelqu'un d'exigeant, c'est bien pour toi, ça !

— Tu crois ? marmonnai-je.

— Évidemment. Tu ne supporterais pas la vie avec un type négligent qui ne planifierait rien et qui laisserait son bordel traîner partout.

Pas faux.

— « À ce titre, poursuivis-je ma lecture, je sais exactement ce que je ne souhaite pas chez une femme. Je ne supporte pas les superficielles, les menteuses, les idiotes, les crâneuses, les fans de télé-réalité, et si la seule chose qui t'intéresse chez moi, c'est mon fric, tu peux partir. »

Je restai dubitative. Victoire aussi, car elle ne réagit pas immédiatement.

— C'est tout ? finit-elle par demander.

— Ben oui.

— Mais il aime quoi, alors ?

— Aucune idée. Vic, je sais que tu me trouves parfois un peu parano, mais… Elle ne donne pas envie, cette annonce, si ?

— Pas vraiment, reconnut-elle. Suivant ?

Nous passâmes en revue une bonne dizaine de profils avant que Victoire ne donne le signal d'arrêt.

— Je vais te chercher un meilleur site de rencontres, affirma-t-elle. Sur celui-là, il n'y a que des toquards.

Je ne savais pas si c'était une bonne nouvelle, ça…

— Si tu continues là-dessus, tu vas déprimer. Ne t'inquiète pas, Noëlle. Les mecs bien ne sont pas tous pris. Le tien est quelque part, tu vas finir par le trouver.

Un sourire un peu crispé releva le coin de mes lèvres.

— Merci, Vic.

— Alors, tu crois que je devrais m'habiller comment, pour ce soir ?

Ah, elle n'avait pas lâché l'affaire.

— Comme pour le jour de votre rencontre ? suggérai-je.

— Euh… Je ne me souviens plus ce que je portais ce jour-là…

Cela me rassura. Il n'y avait donc que dans les films romantiques que les femmes se rappelaient ce genre de détails.

— Une autre idée ? implora-t-elle.

Mon téléphone vibra dans ma main. Numéro inconnu.

— Vic, j'ai un double appel, m'excusai-je. C'est sûrement le boulot.

— OK ! Gros bisous !

— Vic !

— Oui ?

— Peu importe comment tu t'habilles, tu seras la plus belle.

Elle raccrocha sur un rire ravi et je pris le second appel.

— Noëlle Andelnans, annonçai-je de ma voix la plus professionnelle.

— Bonjour, madame Andelnans, dit une voix féminine assez jeune. Je suis Déborah Jocelyn, de l'agence immobilière Demeures de Luxe, des Champs-Élysées.

Vous avez postulé pour la place vacante chez nous. Je ne vous dérange pas ?

Je souris largement et serrai le coussin-escargot sur mon cœur, confiante. Super. On verrait plus tard, pour mon célibat.

3

Premières minutes de choc

Le lendemain matin, vêtue d'un tailleur blanc au liseré bleu marine flambant neuf qui affinait ma silhouette, mes cheveux roux soigneusement relevés en chignon, je remontais les Champs-Élysées d'un pas aussi énergique que me le permettaient mes escarpins. Déborah Jocelyn n'avait pas fait de mystère. Ils avaient besoin de quelqu'un aussi vite que possible. Si l'entretien avec le directeur de l'agence se passait bien, je commencerais dans la foulée.

Autour de moi, les arbres bourgeonnaient. Après quelques fausses alertes, le printemps se décidait vraiment à s'installer. Je souris dans le vrombissement incessant des voitures. J'aimais bien le printemps. Pour les jours à nouveau longs, le retour des oiseaux et tous ces petits triomphes de la vie, bien sûr, mais surtout pour la disparition des grosses doudounes encombrantes et des parapluies trempés qui collaient partout dans les transports en commun ! En été viendraient les problèmes d'odeurs corporelles trop puissantes et de glaces fondues sur le sol, mais chaque chose en son temps. Pour le moment, je profitais.

Les devantures des magasins des Champs-Élysées se succédaient tandis que je remontais vers l'Arc de triomphe, le nez levé vers les façades haussmanniennes, à la recherche du bon numéro. Je repérai enfin l'enseigne de l'agence. *Demeures de Luxe, votre désir devient votre réalité*, promettait le slogan sur la vitrine. Je m'observai rapidement dans la porte en verre, indifférente à la circulation des automobiles et des touristes derrière moi. Mon maquillage n'avait pas bougé, une mèche rousse savamment lissée encadrait mon visage jusqu'à mon menton et mon collier de petites perles noires – des fausses, le budget de Gungnir Conseil n'allait quand même pas jusque-là – soulignait la finesse de mon cou. Parfait.

Je pris une grande inspiration et entrai dans l'agence. Une clochette guillerette annonça mon arrivée. Par habitude, j'analysai mon environnement en une fraction de seconde. Une grande pièce claire entièrement recouverte de parquet ancien, des bureaux en bois verni, du matériel informatique dernier cri, des sièges ultra-design en métal et en cuir, des photos de maisons somptueuses un peu partout, et surtout, trois personnes qui s'étaient levées d'un bond et se précipitaient vers moi.

— Noëlle Andelnans ? s'enquit une jeune femme souriante, vêtue d'un tailleur aussi chic que le mien, dont le bleu rehaussait celui de ses yeux magnifiques.

— Oui.

— Enchantée ! Je suis Déborah, c'est moi que vous avez eue au téléphone.

Je serrai sa main tendue avec un plaisir qui semblait réciproque.

— Voici mes collègues, ajouta-t-elle en se tournant vers les deux autres personnes : Nathalie…

Une immense jeune femme aux cheveux blonds sublimes me salua avec un sourire ravi. J'en restai éblouie. Déborah était jolie, mais cette Nathalie aurait carrément pu être mannequin !

— Et Gaétan…

Je me tournai vers le seul homme de l'équipe. Lui aussi était une véritable gravure de mode. Grand, musclé sous sa veste négligemment déboutonnée, les cheveux grisonnants, probablement quarante ans et l'œil pétillant, des rides d'expression lui donnaient le charme d'un George Clooney en puissance. Bon sang, rien que pour le plaisir des yeux, je voulais bien travailler ici tous les jours, moi ! Il allait falloir que je me débrouille pour faire une photo, sinon on ne me croirait jamais. Un frisson parcourut mon dos. Si ça, c'était les employés, à quoi ressemblait le patron ? Je savais que j'allais adorer cette mission !

— Pas trop stressée ? s'enquit gentiment Nathalie en repoussant ses longs cheveux, dévoilant des boucles d'oreilles étincelantes qui valaient sans doute la moitié de mon salaire annuel.

— Un peu impressionnée, répondis-je en toute honnêteté – mais pas exactement pour les raisons qu'ils pensaient.

Ils rirent.

— Ne t'inquiète pas, dit Gaétan, me tutoyant d'entrée de jeu. Je suis sûr que tu vas être parfaite.

— Merci, soufflai-je.

Je ne savais pas encore ce qui clochait dans cette

agence, mais en matière de contact humain et de mise en confiance, ils géraient !

— Avec un prénom comme le tien, Noëlle, ajouta Nathalie avec un sourire plein d'espoir, tu ne peux être qu'une bénédiction.

Euh… Sérieusement ?

Un bruit dans le fond de la pièce m'évita d'avoir à trouver une réponse intelligente. Un jeune homme, lui aussi vêtu d'une veste de costume, mais mise de travers, arrivait avec un plateau de café.

— Ah ! La nouvelle est déjà là, bafouilla-t-il. J'ai… Je suis un peu en retard, mais voilà le café d'encouragement…

Il rougit sous les mèches noires qui lui tombaient sur le front, et vint maladroitement poser la cafetière et cinq tasses sur la table la plus proche de nous. J'en restai bouche bée. Accueillaient-ils réellement tous les candidats de cette façon ?

Les mains tremblantes, il servit le liquide fumant tandis que l'odeur de café envahissait l'open space.

— Lui, c'est JC, me confia Déborah à mi-voix en se penchant vers moi.

Je tiquai. JC ? Noëlle et JC dans le même service ? Ça commençait comme une blague à deux euros cinquante !

— Ne lui parle pas trop brusquement, il est impressionnable, ajouta la jeune femme.

— Euh… OK, bredouillai-je en tentant de revenir à l'essentiel. Mais… euh… Avant le café, je ne devrais pas rencontrer le directeur de l'agence ?

— Oh ! M. Guerret n'est pas encore arrivé.

— Ah… Mais… On n'avait pas rendez-vous ?

— Si, si. C'est bien noté dans son agenda.

— Mais… Vous ne l'aviez pas prévenu avant ?

— Si. C'est même lui qui a demandé cet horaire.

— Ah…

Je pris la tasse de café tendue par JC, qui n'osa pas lever les yeux vers moi même quand je le remerciai, et soufflai dessus, pensive. Deux choses très importantes retenaient mon attention dans ces premières informations. La première : pourquoi JC ne se faisait-il pas appeler par son vrai prénom ? Sérieusement, porter le diminutif de Jésus-Christ, c'était bizarre ! La seconde : un patron qui fixait des rendez-vous et ne les honorait pas, ça donnait de bons indices sur la source des problèmes…

Il me fallait éclaircir les choses dans l'ordre.

— JC pour Jean-Christophe ? demandai-je innocemment.

Pas question que je l'appelle JC !

— Jacques-Charles, corrigea-t-il d'une voix embarrassée, sans me regarder.

J'ouvris des yeux ronds. Jacques-Charles ? Au XXIe siècle ? Certains parents ne se rendaient pas compte du mal qu'ils faisaient à leurs enfants ! Bon, OK pour JC…

Et maintenant, un peu de sérieux.

— Ça lui arrive souvent, au patron, d'être en retard ? m'enquis-je d'une petite voix alarmée.

— Non, non, pas du tout, répondit Déborah – beaucoup trop précipitamment pour avoir l'air honnête. M. Guerret est très ponctuel d'habitude.

Ah oui ?

— Alors il a peut-être eu un accident ! m'exclamai-je

en ouvrant des yeux épouvantés. Il faudrait se renseigner auprès des pompiers ?

— Non, pas de panique, marmonna Gaétan devant le silence embarrassé de ses collègues. Tant qu'il n'a pas une heure de retard, on ne s'inquiète pas. Tu veux t'asseoir ?

Je pris place avec eux dans un petit salon sur le côté de l'open space, composé de jolis fauteuils en mousse rouge moelleuse. Le boss arrivait donc régulièrement une heure en retard. Bon, cette habitude ne suffisait pas à elle seule pour couler une boîte, mais ça pouvait jouer sur la motivation de l'équipe et cachait certainement un malaise plus ennuyeux. Je bus une gorgée de café. Sauf que ce n'était pas du café. C'était…

— Super bon ! m'écriai-je en contemplant l'intérieur de la tasse. Qu'est-ce que c'est ?

— Du café d'orge, expliqua Nathalie en s'éventant de la main d'un air ravi. JC nous trouve plein de petites astuces comme ça pour améliorer notre quotidien. Une vraie bénédiction !

Ah ! Donc en fait, tout était une bénédiction pour Nathalie. Le dénommé JC piqua un fard sous ses mèches noires. Eh bien… Ce garçon respirait la confiance en lui.

— Ce sont des grains d'orge pilés et torréfiés, expliqua-t-il pourtant. Ça ressemble au café, avec toutes les vertus qui vont avec, les vitamines, les fibres… Et ça ne contient pas de caféine.

— Donc on peut en boire autant qu'on veut sans sauter partout, conclut Gaétan avec une tape amicale sur l'épaule du jeune homme.

J'acquiesçai en reniflant la tasse. Cela sentait les noisettes grillées et le pain rôti. J'adorais ! Rien que pour ça, je n'avais pas perdu ma journée ! En attendant, j'avais tout de même une petite enquête à mener.

— Vous avez l'air d'une équipe soudée, c'est génial, repris-je sur un ton timide.

Ils se lancèrent des regards complices. Même JC releva un peu le nez pour sourire à ses collègues. Oh ! Il avait les yeux verts sous sa frange noire ! En réalité, lui aussi était beau garçon ! C'était donc un critère de recrutement…

— On fait de notre mieux, se rengorgea Déborah. On a…

La porte d'entrée s'ouvrit avec son carillon guilleret.

— Bonjour jeunes gens ! lança une voix forte.

Les quatre agents se levèrent d'un bond et se tinrent quasiment au garde-à-vous.

— Bonjour PDG, répondirent-ils en chœur.

Mes paupières s'écarquillèrent. Bonjour PDG ? Sans rire ? Le boss se faisait appeler comme ça ?

Je me redressai à mon tour, un peu plus prudemment pour ne pas renverser le café sur mon tailleur blanc, et dévisageai le nouveau venu. Le fameux M. Guerret. Nous aurions probablement fait la même taille si je n'avais pas porté de talons. Avec sa calvitie bien avancée et sa veste trop tendue sur un ventre proéminent, il tranchait un peu avec le côté « agence de mannequins » de son équipe. Cela dit, le gilet de soie verte qui dépassait de la veste et le mouchoir assorti plié dans la poche indiquaient un goût certain pour l'élégance. La moustache taillée avec soin qui fendait son visage rond frissonna quand il m'aperçut.

— Ah ! Notre nouvelle recrue. À l'heure, parfait. La ponctualité est la politesse des rois.

Oui, je ne le lui faisais pas dire…

— Enchantée, monsieur, dis-je d'une voix sereine. Merci de me recev…

— Pas de monsieur entre nous, m'interrompit-il. Je suis Patrick-Daniel Guerret. Mais faites comme tout le monde, appelez-moi PDG.

Hein ?

— Je vois que vous avez déjà rencontré mon équipe de gagnants. Vous avez vu Debby…

Déborah sourit.

— Nathy…

Nathalie esquissa une mini révérence.

— GI…

Dji-aïe ?

— Gaétan Ingalls, précisa ce dernier avec un clin d'œil.

— Et JC, conclut le patron.

JC esquissa un coucou maladroit du bout des doigts. Des surnoms pour tout le monde. Génial. Le premier qui m'appelait Nono, je lui vidais ma tasse de café sans café sur la tête, mission ou pas.

— Et vous êtes donc ? demanda encore PDG.

— Noëlle Andelnans, répondis-je en me tenant bien droite.

— Hum… Pas très américain, ça. Il va falloir trouver mieux.

— Américain ? répétai-je, perplexe.

— Notre clientèle se compose presque exclusivement d'étrangers. Vous n'ignorez pas ça, n'est-ce pas ?

Euh… En fait, si…

— Les surnoms américains mettent en confiance, ajouta-t-il. Comment faisiez-vous, chez Domaines et Châteaux ?

Ah, Domaines et Châteaux, mon prétendu précédent employeur.

Je me ressaisis instantanément.

— On m'appelait Miss Noëlle, déclarai-je avec le plus grand naturel. La petite touche *frenchy*, les clients adorent.

PDG ferma le poing avec vivacité comme s'il venait d'attraper une mouche.

— Miss Noëlle, j'adhère, je prends. Bienvenue dans l'équipe, Miss Noëlle.

Ouf !

— Merci, dis-je prudemment. Et… Pour l'entretien ?

L'homme balaya ma remarque du revers de la main.

— Je me moque de l'entretien. Ce qui m'intéresse, c'est votre compétence sur le terrain. JC ! Café !

Le jeune homme s'empressa de lui servir une tasse, tandis que je tentais d'atterrir.

— Je suis donc… retenue ?

— À l'essai, aboya l'homme en renvoyant JC d'un claquement de doigts. Qu'est-ce que vous croyez ? Vous allez faire vos preuves. Vous avez dix jours pour vendre la maison hantée.

— La maison… hantée ? dis-je, avec l'impression de plus en plus prégnante de me trouver au beau milieu d'un canular.

— JC, explications !

— Tout de suite, PDG, bredouilla le jeune homme en avançant d'un pas. Il s'agit d'une maison de maître, au bord de la forêt de Saint-Germain-en-Laye, dont les propriétaires ont été assassinés il y a sept ans. La maison est passée d'agence en agence, mais personne n'arrive à la vendre, à cause de sa réputation et de son passé.

— Si vous la vendez, Miss Noëlle, le poste est à vous. Définitivement.

Je clignai des yeux. Trop de choses me venaient en tête en même temps. Une maison hantée ? Et dix jours pour la vendre ? Alors qu'elle était sur le marché depuis sept ans ? Je venais de mettre le doigt sur la raison du *turn over* des nouvelles recrues !

Le silence ambiant m'obligea à revenir à l'instant présent. Les agents immobiliers – JC compris – me fixaient, le souffle suspendu. PDG attendait, les bras croisés, un doigt tapotant son bras en signe d'impatience.

— Euh… OK, approuvai-je donc.

— Parfait ! s'exclama le directeur tandis que son équipe respirait de nouveau. Si vous avez besoin de moi, je serai dans mon bureau.

Il passa entre nous sans la moindre gêne et alla s'enfermer dans une pièce au fond de l'open space. J'en restai bouche bée. Quel rustre !

Déborah s'approcha de moi, un sourire enchanté aux lèvres.

— Bienvenue parmi nous, Miss Noëlle !

À quelques mètres de là, la porte du bureau de PDG se rouvrit.

— JC ! Café !

Le pauvre JC se précipita. Je fronçai le nez.

— Donc vous êtes tous des agents, marmonnai-je, sauf JC qui est… secrétaire ? Homme à tout faire ? … Grouillot ?

— Hein ? s'ébahit Nathalie en réajustant le col un peu trop ouvert de son chemisier. Pas du tout, il est agent comme nous !

Sceptique, je regardai le jeune homme qui ressortait du bureau avec sa cafetière vide, la veste plus de travers que jamais. Mouais.

Déborah m'attrapa par le bras pour m'emmener devant un bureau vide.

— Tu es ici chez toi ! annonça-t-elle gaiement. Dans les agences classiques, les agents se partagent les biens et les clients s'adressent directement à l'agent gérant la maison qui les intéresse. Chez Demeures de Luxe, on s'organise un peu différemment. Nous connaissons tous la totalité des domaines en vente, et lorsqu'un client arrive, c'est l'agent qui lui plaît le plus qui s'occupe de lui.

— L'agent qui lui plaît le plus ? répétai-je sans comprendre.

— Oui. Les hommes jeunes préféreront avoir affaire à Nathy ou moi, une femme ou un couple d'un certain âge à GI…

Je haussai un sourcil. Plus cliché, c'était difficile…

— Et si vous tombez sur un homosexuel ?

Ses yeux bleus pétillèrent.

— Oh… Ne t'inquiète pas, on s'en rend compte très, très vite et on switche…

Ah. Mais… euh… C'était une agence immobilière ou une agence d'escorts ?

— Donc chacun d'entre vous maîtrise tous les biens en vente ici, résumai-je.

— Exactement !

Impressionnant. Je ne savais pas combien de domaines une agence telle que celle-ci pouvait receler dans ses tiroirs, mais sûrement beaucoup.

— Parfait ! s'exclama Déborah en frappant dans ses mains. Ne perdons pas de temps. Tu n'as que dix jours pour vendre la maison hantée, Miss Noëlle, donc on va commencer tout de suite.

Encore Miss Noëlle ? On s'appelait comme ça aussi entre nous ?

— Juste Noëlle, ça suffira, tu sais ? dis-je prudemment.

— Taratata ! Si on ne prend pas l'habitude d'entrée de jeu, on risque de gaffer devant les clients. Première étape, ce matin, tu vas visiter la maison et tu prends bien connaissance du dossier.

Une vague d'appréhension me submergea.

— J'y vais toute seule ?

Non pas que j'aie peur des fantômes, mais je n'avais aucune idée de la façon dont on prenait « connaissance d'un dossier » dans l'immobilier !

Déborah éclata d'un rire léger.

— Miss Noëlle ! Jamais de la vie ! On ne te laissera pas tomber, je te le promets. Nous connaissons tous les quatre cette maison sur le bout des doigts. L'un d'entre nous va t'accompagner.

Ouf ! Et visiblement, c'était elle qui avait le leadership dans l'équipe. Si elle venait avec moi, j'aurais tout le loisir de lui poser des questions innocentes sur le fonctionnement de l'agence, sa vision de l'organisation et ce qu'elle pensait réellement de son métier. Juste un détail auparavant…

— Je n'ai pas de… papiers à remplir ? De contrat à signer ? Tous ces trucs administratifs ?

— On fera ça à ton retour. La priorité immédiate, c'est la maison hantée. Dix jours, Miss Noëlle, dix jours.

Eh ben… Si je n'avais pas bien compris, là…

Elle se retourna.

— JC ! appela-t-elle. Tu accompagnes Miss Noëlle !

Oh non ! Ce n'était sûrement pas très gentil de ma part, mais que pourrais-je bien apprendre du grouillot de service ? J'avais besoin de rester ici, moi ! De les regarder travailler ! De les voir interagir avec leurs clients ! De comprendre d'où venait l'absence de ventes !

Le jeune homme, qui s'était rassis à son bureau, se leva précipitamment pour aller fouiller une armoire et accourut avec une épaisse pochette cartonnée.

— Je suis prêt.

Déborah m'adressa un sourire rayonnant.

— Bonne chance, et faites attention aux fantômes !

Génial…

4

Le Logis des Sapins Bleus

Assise côté passager, je regardais les rues de Paris défiler sans en revenir vraiment. Je roulais dans une limousine ! La voiture de fonction de cette agence, c'était une limousine ! Pas très grande, certes, mais reconnaissable à mille kilomètres quand même. Le cuir des sièges et du tableau de bord brillait dans la lumière douce de la matinée, le ronron du moteur résonnait comme un gros chat tranquille et les regards admiratifs des passants et autres automobilistes nous suivaient partout où nous allions. Qu'est-ce que j'étais contente de m'être faite belle aujourd'hui ! Vu le nombre de photos sur lesquelles j'allais apparaître ! J'aurais peut-être dû monter à l'arrière, pour jouer les stars ?

À ma gauche, JC conduisait sans un mot. Pour le coup, je n'en prenais pas ombrage. La circulation parisienne exigeait une concentration intense, surtout avec une si belle voiture. Si j'avais dû la piloter moi-même, la moindre rayure m'aurait rendue malade !

Nous nous dirigeâmes rapidement vers la banlieue ouest. Les immeubles rétrécirent, puis devinrent des maisons. Les jardins et les arbres se multiplièrent. Les mains de JC finirent par se détendre sur le volant.

— Le mieux, ce serait qu'on fasse comme si tu étais ma cliente, annonça-t-il tout à trac.

— Euh… OK, répondis-je, étonnée. Pourquoi ?

— Comme ça tu comprendras.

— Je comprendrai quoi ?

— Pourquoi c'est hanté.

Je le contemplai, perplexe, mais la suite ne vint pas. Mystérieux, ce garçon. Et définitivement pas bavard.

— Tu ne veux pas m'en parler un peu avant ? proposai-je.

Il désigna la sacoche posée entre nous.

— Le descriptif est dedans, indiqua-t-il.

Bon, raté.

J'ouvris la sacoche et sortis l'épaisse pochette cartonnée qu'elle contenait. Les documents à l'intérieur décrivaient une grande maison de maître datant des années 1800 parfaitement rénovée, 450 m^2, quatorze pièces dont sept chambres, trois salles de bains, trois étages, un grenier aménageable, une dépendance transformée en garage quatre places, une autre dépendance abritant une piscine couverte, deux hectares de jardin où les anciens propriétaires avaient aménagé un minigolf, un terrain de basket et un potager…

Mes paupières s'écarquillaient au fil de ma lecture et des photos. Ça existait vraiment, une baraque pareille ? Et personne n'en voulait ? Je la prenais, moi, s'ils n'arrivaient pas à la vendre !

Un coup d'œil au prix refroidit mes ardeurs. Un chiffre avec six zéros derrière. Gloups. Je sortis mon téléphone de ma poche et activai la calculatrice. Avec mon métier actuel, il me faudrait travailler… quatre-vingt-sept ans, sans manger, sans payer de loyer et sans acheter le moindre vêtement avant de pouvoir m'offrir cette merveille. Mouais. J'allais garder mon duplex. C'était bien, un duplex. Et tant pis pour la piscine.

— Combien ? s'enquit JC sans me regarder.

Je relevai le nez, surprise.

— Combien de quoi ?

— Combien de milliers d'années tu dois travailler pour acheter la maison ?

L'hilarité m'envahit. Il n'était donc pas tant dans sa bulle que ça !

— Tu m'as grillée ! m'exclamai-je, allègre.

— On fait tous ça, avoua-t-il.

— Ça craint pour des vendeurs de rêve, non ?

Il sourit timidement par-dessous ses mèches noires. J'allais peut-être réussir à communiquer avec lui, finalement.

— On arrive bientôt, ajouta-t-il avec maladresse.

Je regardai dehors. La forêt avait remplacé les maisons et le vert tendre du début de printemps pointait partout. JC s'engagea dans une allée de terre soigneusement entretenue. La route disparut derrière nous. Hum… Un peu excentré, quand même. Je n'étais pas experte, mais cela ne me semblait pas très bon pour la vente.

Au détour d'un dernier virage, la maison apparut. Je restai bouche bée. C'était encore plus joli que sur les photos ! Derrière des grilles en fer forgé, un chemin de cailloux blancs se séparait en deux pour contourner un grand rond de pelouse au centre duquel était arrangé un jardin zen. Les deux branches du chemin se rejoignaient devant la bâtisse en pierres apparentes.

— Wow ! laissai-je échapper, impressionnée.

Volets ouverts et balcons recouverts de fleurs, je n'aurais pas pu deviner que personne ne vivait là si je ne l'avais pas su.

— Pas mal, hein ? s'amusa JC.

— Je n'arrive pas à croire que personne n'en veuille.

— Tu vas comprendre très vite. N'oublie pas que tu es ma cliente.

S'il s'agissait d'ouvrir la bouche en admirant le paysage, pas de problème, je n'allais pas oublier !

Le jeune homme nous gara près d'une dépendance – celle reconvertie en garage, m'expliqua-t-il – puis il m'invita à sortir. Je m'exécutai, ravie. J'allais visiter un château !

— Voici donc la demeure dite le Logis des Sapins Bleus, lança JC d'une voix forte que je ne lui connaissais pas encore. Si vous voulez bien me suivre, madame…

Le Logis des Sapins Bleus ! C'était super mignon, en plus ! Et, effectivement, une forêt de sapins se dressait autour de la propriété. Des sapins aux reflets bleus.

— C'est magnifique ! m'exclamai-je, en me prenant au jeu. Qu'avez-vous fait boire à ces pauvres arbres pour qu'ils aient cette couleur ? De l'encre ?

— Il s'agit d'épicéas bleus, madame, répondit JC avec un sérieux parfait. Des conifères d'Amérique du Nord, apportés ici par le premier propriétaire de la demeure.

Il me laissa le temps de contempler les extérieurs à ma guise. Je n'avais qu'un mot. Magique.

Je finis par le suivre jusqu'au perron, sous un auvent en fer forgé encadré par deux lanternes ouvragées. Il déverrouilla la porte d'entrée.

— Je vous en prie... dit-il en s'inclinant.

Je passai en retenant le « merci mon brave » qui me brûlait les lèvres. Je n'allais pas me la jouer châtelaine trop vite, il me fallait économiser encore quatre-vingt-sept ans avant d'avoir le droit d'y croire.

— Au rez-de-chaussée, hall d'entrée, petit salon, grand salon, grande salle à manger avec cuisine ouverte, véranda, énuméra JC.

— Je veux tout voir ! m'écriai-je.

— Bien entendu, madame...

La visite débuta. J'ouvrais des yeux émerveillés à chaque pièce. Dans le grand salon, un immense cadre photo d'îles nordiques dans un coucher de soleil rose orangé occupait un mur entier. Je m'approchai pour lire les petites lignes en bas à droite. *Îles Lofoten*. Très, très joli. Où cela pouvait-il bien être ?

— En Norvège, déclara JC.

Je me tournai vers lui, ébahie.

— Euh... Tu lis dans mes pensées ?

— Non, mais tous les clients le demandent.

Ah. Moi qui me trouvais originale la plupart du temps…

Nous terminâmes le tour des pièces annoncées sans que je comprenne ce qui pouvait bien bloquer la vente. Bien sûr, la décoration était un peu particulière avec ses îles Lofoten omniprésentes, sous tous les angles, et les tapis méritaient d'être changés, mais rien d'épouvantable. De toute façon, on commençait toujours par remettre une maison à son goût, quand on achetait.

— Voici le point central de la visite du rez-de-chaussée, nota JC en s'appuyant contre une porte encore fermée d'un air mystérieux. C'est ici que tu peux parier sur le coup de cœur client.

— OK, approuvai-je, mon propre cœur battant d'excitation.

— Attention. Un, deux…

Il ouvrit la porte. Un flot de lumière s'en échappa. Je pénétrai dans une immense véranda aux dalles claires, dont la baie vitrée principale donnait sur une terrasse en bois d'une beauté à couper le souffle. De grandes arches couvertes de glycine la surplombaient et des plantes que je n'identifiais pas grimpaient le long des colonnes qui l'encadraient.

— Eh ben dis donc…

J'allai me coller à la baie vitrée pour regarder dehors, incapable d'articuler autre chose. Je voulais habiter ici.

— On a tous plus ou moins réagi de la même façon, dit négligemment JC. Si je ne l'avais pas connue avant, j'aurais pensé que c'est cette véranda qui a rendu Nathalie aussi croyante.

La stupéfaction m'obligea à abandonner ma contemplation pour me tourner vers lui. Il venait de plaisanter ?

Le jeune homme dut se rendre compte de ses paroles, car il rougit brutalement et s'empressa de détourner le regard en plongeant les mains dans les poches.

— Enfin… Voilà, quoi… bredouilla-t-il.

Il avait plaisanté ! Il avait vraiment plaisanté ! Génial !

Son expression s'assombrit brutalement. Quoi ? Ça ne me dérangeait pas, qu'il fasse des blagues ! Même si je n'étais pas réellement sa cliente !

— Ah, marmonna-t-il. Voilà. Maintenant, tu vas comprendre.

— Comprendre quoi ?

Il m'indiqua un point derrière moi, à travers la fenêtre. Je me retournai. Et poussai un hurlement de frayeur. À quelques centimètres de mon nez, de l'autre côté de la vitre, un visage hirsute me contemplait avec des yeux vides. Je reculai précipitamment, le sang tapant à mes tempes.

— Mais qui… ? Mais que… ? balbutiai-je.

— Le garde-chasse, marmonna JC.

— Hein ?

Il passa devant moi pour aller ouvrir la baie vitrée.

— Bonjour mons…

— Vous êtes là, l'interrompit l'homme hirsute d'une voix rauque.

— Oui, et je vous prierais de ne pas déranger ma visite.

Je respirai profondément pour calmer mon cœur

paniqué. Mais qui était ce fou furieux ? Assez petit, la bouche tordue en une expression morne, les cheveux sales et la barbe mal taillée, il me fixait d'un regard impénétrable.

— Vous voulez acheter la maison des trépassés, articula-t-il d'un ton caverneux.

— Ne recommencez pas avec ça, monsieur Fernando, intervint JC.

— Ils sont encore là, vous savez ? chuchota le dénommé Fernando en roulant des yeux terrifiants. La nuit, ils hurlent…

Oh purée, le flip total, ce mec…

— Ça suffit, monsieur Fernando, insista JC.

Le petit homme reporta son attention vers le jeune agent, puis tourna les talons et s'éloigna en silence. Eh ben…

JC referma la baie vitrée en soupirant.

— Voilà. Maintenant, tu sais.

— Elle est vraiment hantée, cette baraque ? m'enquis-je, encore stupéfaite.

— Le seul fantôme que j'aie jamais rencontré ici, c'est Fernando.

— Et pourquoi vous ne lui interdisez pas l'accès aux lieux ?

— Il habite le pavillon de chasse, dans le parc de l'autre côté de la maison. Son contrat prévoit que le changement de propriétaire du logis ne met pas un terme à son propre bail. Si j'ai bien compris, il était très attaché à la famille de Bel-Ami, les propriétaires précédents. Il ne veut pas qu'une nouvelle famille vienne s'installer ici. Et comme tu l'as vu, il se donne beaucoup de mal pour décourager les acheteurs.

Un hurlement glaçant résonna au-dehors.

— C'est quoi ? m'inquiétai-je tandis que JC soupirait derechef.

— C'est Fernando. Ça va durer tout le temps de la visite.

— Mais… Les flics ne disent rien ?

— Crois-moi, on a essayé et on est coincés. Il est chez lui, il a le droit de galoper tout nu en criant dans le jardin si ça lui chante.

Tout nu ? Il fallait que je voie ça !

Je retournai près de la fenêtre. Mais non, l'homme portait toujours ses vêtements et, un râteau à la main, planté au milieu d'un carré potager au-delà de la véranda, il braillait vers le ciel comme si on venait de lui arracher père et mère. Cinglé.

— On va visiter l'étage ? proposa JC.

J'acquiesçai distraitement sans cesser de contempler Fernando qui errait désormais dans son potager en traînant son râteau comme un fardeau derrière lui. Les mystères de la nature humaine me fascinaient, parfois…

— Et le faire interner d'office ? m'enquis-je en suivant mon guide du jour dans l'imposant escalier central.

— Des collègues d'une autre agence ont tenté. Les psychiatres qui l'ont examiné ont assuré qu'il a toute sa tête et qu'il ne représente une menace ni pour lui, ni pour les autres. Par conséquent, ils refusent de l'interner.

— Il a toute sa tête ? répétai-je, dubitative.

— Oh oui. Le cinéma qu'il est en train de nous

faire, c'est juste du grand guignol. Il est parfaitement sain d'esprit.

Vraiment fascinant. J'étais sûre que c'était le genre de type qui ne mettait pas sa photo sur les sites de rencontres. Bonjour l'angoisse…

— Donc, premier étage, annonça JC en reprenant le cours de la visite, m'arrachant à mes pensées existentielles. Quatre chambres, dont une suite parentale avec salle d'eau, une salle de bains, des W-C séparés, un bureau et une biblio…

— Leurs âmes assassinées ne reposent pas en paix ! rugit une voix dans le jardin. Elles hantent ces lieux encore et encore !

Je haussai un sourcil et me dirigeai vers la fenêtre la plus proche. Fernando se trouvait juste en bas et brandissait son râteau vers nous.

— Prenez garde à la colère des justes !

— Il est vraiment, vraiment bizarre, murmurai-je, subjuguée.

— Je lui concède une imagination débordante et une ténacité à toute épreuve, grommela JC dans sa barbe.

— Qu'est-ce qui s'est passé exactement avec les proprios précédents ? Les Bel-Ami, c'est ça ?

— C'est ça, soupira-t-il. Rien de bien extraordinaire, en fait. Un jour, la femme de ménage est arrivée et elle a trouvé monsieur et madame baignant dans leur sang au beau milieu du salon. La maison avait été mise à sac, tous les bijoux et les objets précieux avaient disparu. L'enquête a commencé par suivre la piste d'un cambriolage qui aurait mal tourné, mais les flics ont fini par arrêter le fils unique de la famille.

Enfin, fils unique… En réalité, M. de Bel-Ami a eu un fils hors mariage et quand madame l'a appris, elle a demandé le divorce. Sauf que c'était monsieur qui possédait tout, et monsieur a parlé à son fils légitime de partager l'héritage entre ses deux garçons. Du coup, le fils légitime s'est dépêché de tuer ses parents avant la prononciation du divorce, histoire d'hériter de la totalité des biens, le fils illégitime n'étant pas encore reconnu. Sauf que, dans la loi française, on ne peut pas hériter de quelqu'un qu'on a assassiné. Donc après un paquet de procédures de reconnaissance de paternité posthume mené par la justice, tout revient au fils illégitime. C'est lui qui nous mandate pour vendre cette demeure, dont il ne veut pas entendre parler.

— Ça ferait un film génial ! m'exclamai-je, emballée, sans quitter des yeux Fernando qui gesticulait en bas.

— Bof. C'est du vu et revu dans les séries policières. Et là, tu réagis exactement comme les clients qui visitent cette maison.

— C'est-à-dire ?

— La demeure ne t'intéresse plus. La seule chose que tu retiendras de cet endroit, c'est son histoire ultra-glauque et Fernando. La vente est fichue.

L'amertume dans sa voix m'obligea à me tourner vers lui. Les mains dans les poches, il fixait le bout du couloir d'un air vide.

— Ça va ? m'inquiétai-je.

— J'ai vécu cette situation un peu trop souvent, marmonna-t-il.

Ah ? Gros dossier ?

— Je ne comptais pas vraiment l'acheter, tu sais ? dis-je gentiment. Pas avant quatre-vingt-sept ans, en tout cas.

Un début de sourire sombre releva le coin de ses lèvres.

— C'est vrai. Excuse-moi.

— Elle te tient vraiment à cœur, cette baraque ?

Il haussa les épaules.

— C'est le seul échec de ma carrière.

Je le dévisageai, les yeux ronds. Le seul échec… ? Ce garçon tout timide, qui se faisait hurler dessus par son patron qui voulait du café, n'avait jamais connu qu'un seul échec de vente dans sa vie professionnelle ? Je plissai les paupières pour l'examiner plus attentivement. En même temps, il s'était métamorphosé dès l'instant où la visite avait commencé. Plus de bafouillage, plus de rougeurs intempestives… Intéressant.

— Ce n'est pas si grave, relativisai-je. Après tout, personne d'autre n'a réussi non plus. Ni Déborah, ni Nathalie, ni Gaétan…

— Ils n'ont jamais essayé, répondit JC en haussant les épaules.

— Comment ça ?

— Cette maison, il n'y a que moi qui en ai la charge.

— Mais… Je croyais que vous aviez chacun la responsabilité de tous les biens de Demeures de Luxe ?

JC parut sur le point de dire quelque chose, puis se ravisa et secoua la tête.

— Aucune importance, marmonna-t-il. On continue ?

Je le suivis, confortée dans mon impression. Gros, gros dossier en perspective. Du genre qu'on évitait de raconter à des inconnus. Donc palpitant. À l'attaque !

5

L'homme hanté

Comme prédit par JC, je n'écoutai plus rien pendant toute la fin de la visite, à part les imprécations de Fernando dans le jardin. Je notai à peine les nouveaux clichés des îles Lofoten qui tapissaient les murs. J'essayai une bonne dizaine de questions pour éclaircir mon fameux gros dossier, mais JC botta en touche à chaque fois. Il ne me connaissait sûrement pas encore assez pour me faire confiance. Il me faudrait retenter ma chance à un autre moment. Ou peut-être auprès des autres.

En attendant, puisqu'il fallait que je vende cette maison, je me creusais les méninges pour trouver un moyen d'écarter le garde-chasse. J'imaginais bien que tous les agents chargés du dossier étaient passés par une tentative de dialogue, voire de négociation, donc pas la peine d'y penser. Et le soudoyer purement et simplement ? Si je posais la question à JC, allait-il s'en offusquer ? Bah… Au pire, il jugerait que j'étais une horrible personne, ce dont je me moquais comme de ma première couette.

— JC ? demandai-je tandis que nous redescendions au rez-de-chaussée.

— Oui ?

— Vous avez essayé de promettre de l'argent à Fernando ?

Un sourire sans joie étira ses lèvres.

— On lui a même promis dix pour cent sur le prix de vente. Tu imagines ?

J'en restai bouche bée. Dix pour cent ? Impossible ! Dix pour cent ! Ça représentait plus de huit ans et demi de salaire ! Je ne pouvais pas le croire. Les psys se trompaient, ce gars avait une fêlure au cerveau, et très profonde !

JC me jeta un coup d'œil vert sous ses mèches noires.

— Ça va ? s'inquiéta-t-il.

— Euh... Oui, oui... J'étais en train de me demander ce que je ferais avec dix pour cent du prix de vente...

Il sourit timidement. Je me repris. Ce n'était pas le moment de rêver, j'avais une maison à caser pour pouvoir rester dans cette fichue agence.

— J'ai un plan, déclarai-je.

— Un plan pour quoi ?

— Pour dégager Fernando.

Pour la première fois, JC me regarda bien en face, les yeux ronds. Tiens ? Il avait un grain de beauté sur la tempe droite ! Les mèches qui lui tombaient sur le front l'avaient caché jusqu'à présent.

— Comment ? s'exclama-t-il.

— On va lui foutre les jetons.

— Les... jetons ?

— Ouaip.

Je me dirigeai d'un pas résolu vers la porte. Si j'en croyais l'ombre que j'avais vue passer par la fenêtre, il se tenait juste derrière. Il envisageait sûrement de me coller une frousse mémorable au moment où je sortirais, comme il l'avait fait dans la véranda un instant plus tôt. Pas de chance pour lui, cette fois, j'étais prête.

J'ouvris. Comme prévu, il me sauta dessus.

— Les morts se vengeront ! rugit-il d'une voix d'outre-tombe. Je vous aurai prévenue !

Je poussai un hurlement à percer les tympans. JC se précipita au-dehors. Fernando recula, manifestement surpris de l'efficacité de son geste.

— C'est lui ! braillai-je à l'adresse de JC en désignant Fernando. Je sais que c'est lui !

— Lui ? répéta le pauvre JC, ahuri.

— C'est lui qui les a assassinés !

L'homme hirsute écarquilla les paupières. JC prit mon bras, embarrassé.

— Noëlle… balbutia-t-il.

— C'est lui le complice du fils Bel-Ami, répondis-je dans un souffle en roulant des yeux, exactement comme Fernando un instant plus tôt.

— Quoi ? éructa celui-ci.

— Vous avez raison, leurs âmes ne sont pas en paix parce que le vrai coupable n'est pas puni ! C'est vous ! C'est vous, je le sais !

La stupéfaction lui fit tomber la mâchoire.

— Les flics ont eu raison de rouvrir l'enquête, ajoutai-je d'une voix tremblante. J'ai… J'ai l'enregistrement de tout ce que vous avez dit…

Je tirai mon téléphone de la poche de ma veste et

le brandis. Si je le faisais avec assez de conviction, personne ne verrait qu'il était éteint.

— Je sais qu'on y trouvera la preuve de votre culpabilité !

Un éclat de doute passa dans les yeux de Fernando. Il recula d'un pas.

— Mais… Non ! protesta-t-il.

Tiens ? Adieu la voix gutturale, il parlait tout à fait normalement.

— Les psys ont dit qu'il était sain d'esprit, ajoutai-je en guise de coup de grâce, mais mon enregistrement prouve le contraire. Cet homme est un psychopathe. Il cache ses différentes personnalités, mais la vérité éclatera au grand jour ! On se reverra au tribunal, monsieur Fernando ! Et vu votre apparence, ça ne sera pas difficile de prouver votre folie !

J'attrapai JC par la veste et l'entraînai vers la voiture aussi vite que me le permettaient mes talons dans le gravier. Nous montâmes rapidement et JC démarra. Je jetai un coup d'œil par la vitre arrière. Sous le choc, la bouche ouverte, Fernando regardait la voiture s'éloigner, le râteau à la main.

— Tu crois que ça va marcher, ça ? s'enquit JC, pratiquement aussi sonné que le garde-chasse.

— Aucune idée, avouai-je, mais ça se tentait. Et puis… c'était marrant.

Le jeune homme me lança un regard incrédule. Ah. On n'avait donc pas le même humour.

— On rentre ? demandai-je plus légèrement.

— Les flics n'ont pas rouvert l'enquête, tu sais ? dit-il avec prudence.

— Moi oui, je sais. Mais pas lui.

— Il va vite s'en rendre compte.

— Peut-être, mais entre-temps, il se sera rendu présentable.

— Quoi ?

Je souris et attachai ma ceinture.

— Ce qui participe le plus à son petit numéro de cirque, c'est son look, pas vrai ? expliquai-je.

— Euh… Sûrement…

— S'il était soigneusement rasé et peigné, avec une tenue de jardinier classique, il aurait beaucoup moins d'impact, non ?

La lumière se fit dans les yeux verts de JC.

— Tu as laissé entendre que son apparence allait le desservir dans une éventuelle procédure judiciaire, murmura-t-il.

— Voilà.

— Tu penses… Tu penses que la prochaine fois qu'on viendra, il sera propre sur lui ?

Je haussai les épaules. Tout dépendait de sa capacité à gérer la pression et de sa peur de la prison.

— On verra !

Il hocha la tête et un demi-sourire éclaira son visage.

— Tu n'es pas une agente banale, Noëlle.

J'espérais bien !

— Alors, cette visite, Miss Noëlle ?

Déborah souriait gaiement. Je souris en retour, mais mon esprit avait haussé un sourcil. J'avais déjà oublié cette histoire de Miss Noëlle. Heureusement que JC ne s'était pas senti obligé de m'appeler comme ça.

— Instructif, répondis-je avec sérénité.

— Parfait ! Tu viens avec moi ? On a des documents administratifs à remplir…

Je la suivis jusqu'à un bureau de l'open space et m'assis en face d'elle. Le beau visage de Déborah devint grave.

— Alors c'est décidé ? demanda-t-elle. Tu prends le poste ?

— Quoi ? m'étonnai-je.

— Tu as vu le Logis des Sapins Bleus, tu as rencontré Fernando, tu sais que ta période d'essai dépend de ta capacité à vendre cette maison. Tu prends quand même le poste ?

Un éclair d'admiration me traversa. Déborah ne m'avait rien fait remplir avant de façon délibérée. Ce n'était pas une question d'urgence, contrairement à ce qu'elle avait prétendu quelques heures plus tôt. Elle voulait juste s'assurer que j'allais signer en connaissance de cause. Mon estime pour elle monta dix échelons d'un coup.

— Je prends quand même le poste, assurai-je.

Elle sourit et ajusta le clavier posé devant elle.

— J'en suis très heureuse. Allez, on y va. Nom ?

— Andelnans.

— OK, acquiesça-t-elle en pianotant sur l'ordinateur. Prénom ?

— Noëlle, répondis-je, amusée qu'elle pose la question avec tant de sérieux.

— Date de naissance ?

— Devine.

Elle releva ses beaux yeux bleus vers moi, surprise.

— Il n'y a pas de piège, précisai-je en levant l'index vers le plafond.

— Euh… Le 24 décembre ?

Je fis la moue. Ça m'arrivait une fois sur deux. Les gens ne savaient pas lire le calendrier ou quoi ?

— Le 25 ! corrigea Nathalie en tendant le cou depuis son propre bureau, un peu plus loin. C'est le 25 que notre Sauveur Jésus-Christ est venu au monde dans une étable, bercé par le souffle de l'âne et du bœuf.

Euh… Certes.

Déborah m'interrogea du regard.

— Le 25, confirmai-je.

— OK. Ville de naissance ?

— Paris.

C'était presque embarrassant de devoir remplir autant de formulaires en sachant que je ne resterais pas travailler ici. Fiche d'identité pour le service RH du groupe, rattachement à la mutuelle, personnes à prévenir en cas de souci, domiciliation bancaire…

Quand JC passa la tête par une porte du fond de l'open space pour lancer « à table ! » de sa petite voix timide, je poussai un gros soupir de soulagement.

— C'est lui qui s'occupe des repas ? m'étonnai-je en suivant Déborah qui allait tourner la pancarte *Fermé* sur la vitrine.

— Oui, répondit-elle simplement.

Hum. C'était tellement ancré dans les habitudes que cela ne nécessitait pas de justification ? Donc en fait, pas grouillot, plutôt sous-grouillot.

— Vous tournez à la préparation, ou c'est toujours lui ? insistai-je.

— C'est toujours lui.

— Pourquoi ?

— Ordre de PDG.

Je plissai les paupières. Hum.

— Parce que c'est lui le meilleur cuisinier ? plaisantai-je d'un ton léger. Vous autres, vous vous empoisonniez mutuellement tous les midis ?

Nathalie éclata de rire depuis son bureau.

— Dieu nous en garde ! s'exclama-t-elle. Non, nous n'avons jamais tenté une chose pareille. Mais il est vrai que JC cuisine mieux que nous tous réunis. Ce garçon est un don du ciel.

Je fis de mon mieux pour conserver un visage serein. JC, un don du ciel. Je la recaserais, celle-là !

— Ça a toujours été comme ça, donc, dis-je avec le plus grand naturel.

— Non. Ça fait à peu près un an, un an et demi, je crois.

Je tiquai. Un an et demi. Cela coïncidait avec le début de la dégringolade de l'agence. Hasard ? Peu probable. Bien entendu, je doutais que la cuisine de JC ait le moindre lien avec la diminution des ventes, mais il s'était passé quelque chose à ce moment-là.

Déborah m'entraîna dans la salle d'où la tête de JC avait surgi. Je découvris une jolie pièce, coupée en deux parties. À gauche, un coin cuisine aménagé, avec une grande table où le couvert était dressé, et à droite, un coin détente avec deux canapés et trois fauteuils autour d'une table basse couverte de tout le nécessaire pour faire du café et du thé. Aux fourneaux, JC nous tournait le dos, occupé par le contenu d'une casserole. Des odeurs de fromage gratiné vinrent me chatouiller les narines.

— Ça sent bon ! m'exclamai-je. C'est vraiment ça, en fait. PDG a désigné le cordon-bleu de l'équipe.

Le sourire de Déborah se crispa. Donc non, ça n'était pas vraiment ça…

— Ça a dû être une drôle de conversation, poursuivis-je ingénument. Non ?

— Tu peux le dire, marmonna Gaétan qui était entré derrière nous. Ce jour-là, on a…

— Lasagnes végétariennes ! annonça JC avec une précipitation tout sauf naturelle. Tu… Tu aimes les épinards et la ricotta, Noëlle ?

— Miss Noëlle, corrigea Déborah, les lèvres pincées.

— Miss Noëlle, se rattrapa maladroitement le jeune homme.

— J'adore ça, le rassurai-je.

— D'accord… Super… euh… Miss Noëlle… Installez-vous, c'est prêt…

Il recommençait à bredouiller en rougissant sous ses mèches. Mais que se passait-il, ici ?

— Pour le dessert, j'ai fait une petite compote de poires aux épices, ajouta-t-il en plaçant un couvercle sur sa casserole. Elle sera encore chaude.

— Miam ! s'exclama Nathalie en fermant la porte derrière elle. JC, tu es une bénédiction !

— Le chef ne mange pas avec nous ? m'étonnai-je.

— Non. JC lui a déjà apporté une part dans son bureau.

Un vent de révolte me souleva l'estomac. Décidément, ce pauvre JC me semblait être tout sauf un « agent comme les autres » ! Enfin bon… En l'absence du patron, les employés se livreraient sûrement un peu plus facilement.

Nous nous installâmes autour de la table tandis que JC sortait un plat fumant du four. Le parfum des lasagnes emplit toute la pièce. L'eau me monta à la bouche. Je mourais de faim, en fait ! Et puisque les questions frontales ne fonctionnaient pas, j'allais tenter une approche plus détournée.

— Avoir affaire à des fous, ça creuse ! déclarai-je en regardant le plat atterrir sur la table. JC vous a déjà parlé de Fernando ?

L'atmosphère se détendit instantanément.

— Il a occupé presque toutes nos conversations pendant des semaines ! s'esclaffa Gaétan. Et ça continue !

— Qu'est-ce que vous en pensez ?

— Qu'il ne va pas te faciliter la tâche, Miss Noëlle, grimaça Déborah.

— Parfois, on se demande ce que notre Seigneur a en tête, quand Il met sur Terre ce genre d'individus, approuva Nathalie. Peut-être est-ce pour tester notre patience et notre bienveillance ?

— Il a réussi à arriver au bout de la tienne, Nathalie ? m'exclamai-je en feignant l'effarement.

— Oh non ! Moi, je ne l'ai jamais rencontré.

Oui, ça, j'avais compris, mais je n'avais pas saisi pourquoi.

— Tu ne sais pas ce que tu rates, lui confiai-je. Tu voudras venir avec moi, la prochaine fois ?

La jeune femme fit tinter ses boucles d'oreilles hors de prix d'un air désolé.

— J'adorerais, Miss Noëlle, mais le patron a beaucoup insisté pour que ce soit notre nouvelle recrue qui se charge de cette maison.

— Mais je croyais que tout le monde s'occupait de tous les biens ! me récriai-je.

— Oui, sauf de celui-là.

— Et comment vous faites quand vous n'avez pas de nouvelle recrue ? Vous ne laissez pas les Sapins Bleus à l'abandon quand même !

— Oh, non, bien sûr ! Là, c'est JC qui s'en charge.

On y était.

— Ah bon ? m'étonnai-je. Pourquoi ?

Un silence. Nathalie se mit à servir les lasagnes, Déborah but consciencieusement son verre d'eau et Gaétan déplia sa serviette pour la poser sur ses genoux. Mince. Ils n'allaient pas s'y mettre aussi ? Égal à lui-même – ou en tout cas au lui-même qu'il était avec ses collègues –, JC fixait son assiette, caché derrière ses mèches. Bon. Et si je les chatouillais un peu… ?

— En plus d'être le meilleur cuisinier, c'est le meilleur vendeur ? plaisantai-je.

Déborah s'étouffa avec son verre d'eau et Gaétan sursauta sur sa chaise.

— Pas du tout ! s'exclama-t-il avec chaleur.

Je m'en doutais. JC avait le statut de sous-grouillot dans leurs têtes aussi, pas que dans celle de PDG. Je fixai Gaétan avec des yeux ronds, en battant des cils comme une oie. Normalement, ça, ça encourageait bien les gens à continuer de parler.

Cela ne rata pas.

— Je veux dire, on est tous de très bons vendeurs, reprit-il plus posément.

J'acquiesçai avec candeur d'un signe de tête.

— C'est juste que… C'est juste que…

Ma respiration se suspendit d'elle-même. Oui ?

— C'est juste que c'est comme ça.

Mes épaules s'affaissèrent de déception. Mais ils allaient parler, ces bougres ?

Je me rendis soudain compte que JC me scrutait avec attention sous ses mèches noires. Hum… J'avais peut-être intérêt à ne pas trop insister pour le moment, si je ne voulais pas paraître suspecte. Voyons, ces lasagnes végétariennes… Je goûtai et la pâte fondit sous mes dents, révélant des arômes de basilic et de ricotta. Mes yeux s'écarquillèrent.

— C'est délicieux ! m'écriai-je.

Les autres renchérirent aussitôt. Ah. Zut. Je venais de ruiner toute seule mes chances de parler boulot à table…

6

Initiation à la vente de luxe

Le début de l'après-midi fut ennuyeux à mourir. Déborah m'avait collée devant un ordinateur et j'étais censée lire toutes les caractéristiques des biens proposés par Demeures de Luxe. Au bout de cinq villas luxueuses totalement hors de prix, j'avais laissé tomber et ouvert mon site de rencontres pour faire un peu de tri. Je recevais beaucoup de messages chaque jour, et j'en éliminais neuf sur dix sans même regarder le profil du jeune homme qui m'avait contactée. Concrètement, tout ce qui contenait des choses du style « tes tro charmante et ta 1 tro bo sourir, on diskute ? » passait à la corbeille.

Alors oui, Victoire avait peut-être raison et j'étais sans doute trop exigeante, mais sincèrement, que penser d'un homme qui ne se donnait même pas la peine d'écrire correctement alors qu'il essayait d'attirer mon attention ?

Parmi les messages restants, je jetai ensuite ceux envoyés par deux hommes de l'âge de mon père, un envoyé par un adolescent de dix-sept ans, et trois envoyés par des jeunes hommes n'habitant pas en France. Il en restait donc… un. Je soupirai. Allons…

J'ouvris.

« Bonjour mademoiselle, votre sourire m'a conquis. C'est vrai que vous aimez les escargots ? En animal de compagnie ou cuisinés avec du beurre d'ail ? À bientôt, peut-être, Léo. »

Le sourire me revint d'un seul coup. Et en plus, il avait lu ma description !

Je cliquai sur la sienne. Léo, donc, trente ans, parisien pour son boulot de commercial mais originaire de Bretagne, aimant les voyages et la course à pied, propriétaire d'un chat, à la recherche d'une jeune femme bien dans ses baskets. Génial ! Je répondis aussitôt.

« Bonjour Léo, enchantée ! Oui, j'aime vraiment les escargots, surtout en déco ! Il y en a plein mon appart. On se tutoie ? Comment trouves-tu Paris, par rapport à la Bretagne ? J'espère que ça te plaît ! À très vite, Noëlle. »

J'envoyai, aux anges. En plus, il était plutôt beau garçon sur sa photo de profil. Des cheveux blonds sur un sourire ravageur, un matou tigré dans les bras… Mon esprit se mit instantanément à battre la campagne. Donc, en plus, il avait le sens des responsabilités. Et d'après son profil, le mariage était important pour lui et il avait envie d'avoir des enfants. Si…

— Miss Noëlle ?

Je sursautai.

— Euh… Oui ?

Au bureau d'en face, Nathalie me regardait, amusée.

— C'est quelle propriété qui te fait sourire comme ça ? On dirait que tu as trouvé la maison de tes rêves !

Oups…

Je m'empressai de fermer le site de rencontres et jetai un œil au dossier ouvert à l'écran.

— Le château des Colombelles, affirmai-je.

— Oh ! lança Gaétan depuis l'autre bout de l'open space. On a des goûts de luxe, à ce que je vois…

Ah bon ?

Je lus rapidement le descriptif. Plus de vingt pièces, cinq dépendances, deux tours sur les ailes nord et sud, une piscine couverte, un court de tennis… Hum. En même temps, ça s'appelait « château », hein ?

— Le problème, ça serait le ménage, gémis-je. Vous vous rendez compte, passer l'aspirateur dans vingt-trois pièces toutes les semaines ?

Ils éclatèrent de rire. Ouf.

— Miss Noëlle, devisa tranquillement Déborah depuis son propre bureau, plus loin dans l'open space, si tu avais les moyens de t'offrir ce château, tu aurais aussi une armée de domestiques.

Pas faux.

— Et maintenant, on retourne au travail, ajouta-t-elle d'un ton ferme.

Les deux autres replongèrent dans leurs écrans. Du coin de l'œil, je notai que JC n'avait même pas levé le nez. Que pouvaient-ils tous bien fabriquer, à pianoter et cliquer aussi fébrilement ? Depuis que j'étais arrivée, pas un seul client n'avait poussé la porte d'entrée ! Sur quoi planchaient-ils avec tant de concentration ?

En tout cas, Déborah était la cheffe incontestée de cette petite équipe. Malgré sa jeunesse, elle imposait le respect à tout le monde. Et moi, qu'allais-je bien faire, maintenant ? Je n'allais quand même pas réellement apprendre par cœur les descriptions de ces maisons, si belles soient-elles !

Je décidai de mener une petite enquête de mon côté. Que racontait le Net au sujet de cette agence ? Pourquoi personne ne venait ? Était-ce habituel qu'une agence ne reçoive aucun client en une journée entière ? Ou était-ce spécifique à celle-ci ?

Quelques mots-clés sur les moteurs de recherche me permirent de débusquer Demeures de Luxe des Champs-Élysées en trois secondes. J'y trouvai les horaires d'ouverture, des tas de photos de maisons, l'affiliation au groupe dont j'avais rencontré les trois grands patrons – Jean-Eudes de Montrouge, Raymond Beauval et Henri Fontaine –, et je tombai même sur une photo où l'on voyait PDG et son équipe avec des bonnets de Noël, pour souhaiter une bonne année à tous leurs clients. Mais aucun avis d'internautes. Hum… Ennuyeux ou pas ?

Je dégottai rapidement des forums consacrés à l'achat et à la vente de biens immobiliers. D'après eux, la réputation d'une agence fonctionnait surtout *via* le bouche-à-oreille – voisins, amis, collègues… – et *via* le rayonnement sur la Toile, grâce aux avis internet et aux conseils sur les forums. Donc oui, ennuyeux. Très ennuyeux.

Le problème commençait à sérieusement se dessiner dans ma tête. D'une part, nous avions un PDG au comportement douteux : toujours en retard, absent auprès de ses employés au point qu'une agente avait pris sa place dans l'équipe, des lubies telles que mettre ses nouveaux embauchés dans des situations impossibles, une tendance certaine à la tyrannie avec l'un de ses subordonnés, tendance qui déteignait sur le reste d'entre eux.

D'autre part, il y avait cette absence de visibilité sur le Net. Mais dans quelles proportions ces deux éléments jouaient-ils ? Si je faisais rétablir l'e-réputation de cette agence par les soins de Gungnir Conseil et que les clients affluaient, le comportement de PDG serait-il juste une anecdote, ou continuerait-il à empêcher la boutique de tourner ?

Un tintement guilleret me fit relever la tête. Un couple venait d'entrer. Mon sang ne fit qu'un tour. Des clients ! Génial ! À l'attaque !

Les quatre agents s'étaient levés d'un bond et précipités pour former une sorte de haie d'honneur autour des nouveaux arrivants. Je m'empressai de les imiter.

— Bienvenue chez Demeures de Luxe, les accueillit Déborah d'une voix musicale. Je suis Debby. Peut-on vous aider ?

— Oui, merci, répondit l'homme, un grand monsieur d'une soixantaine d'années, plutôt distingué malgré une tenue décontractée. Nous avons vu une propriété charmante, en photo dans la vitrine. Nous aimerions plus d'informations.

— Avec plaisir ! s'exclama Nathalie. Je suis Nathy. De laquelle s'agit-il ?

— Nous ferons tout notre possible pour vous satisfaire, ajouta Gaétan avec bonhomie. Je suis GI.

Le couple marqua une seconde d'hésitation. Je plissai les paupières. Tiens, tiens… Alors c'était ainsi que cela fonctionnait. Chacun disait une phrase et ensuite…

La femme leva les yeux vers Gaétan.

— Ce serait pour la demeure avec la charmante tourelle qui surplombe un petit potager, dit-elle d'une voix pleine d'excitation.

— Bien entendu ! s'exclama mon collègue. Si vous voulez bien me suivre, nous allons voir cela ensemble.

Nathalie et Déborah s'effacèrent d'un même mouvement et la seconde se tourna vers JC. « Café », articula-t-elle silencieusement, mais sans réelle utilité, car le jeune homme était déjà parti vers le fond de l'open space. Je regagnai lentement ma place sans pouvoir m'empêcher d'admirer le tour de force qu'ils venaient de réaliser. Ils avaient chacun mis en avant leur personnalité à travers une simple phrase, puis ils s'étaient pliés au choix du client sans que celui-ci ait réellement besoin de le formuler. C'était digne d'un spectacle de mentaliste !

— Miss Noëlle ! m'interpella Gaétan.

Je tournai la tête vers lui. Il s'était installé à son bureau avec le couple et me faisait signe d'approcher. J'obtempérai, un peu inquiète. Pourvu qu'il ne me demande pas de préparer le café, à moi aussi !

— Miss Noëlle est nouvelle dans notre agence, dit-il sur le ton de la confidence à ses clients. Elle est encore en formation. Vous acceptez qu'elle soit présente pendant notre discussion ?

— Bien sûr ! répondit l'homme.

— Je vous remercie. Tu prends une chaise, Miss Noëlle ?

L'enthousiasme me revint d'un coup. Il était sympa comme tout, ce Gaétan ! Je rapprochai un siège du bureau voisin.

— J'ai quelques questions à vous poser avant de commencer, enchaîna Gaétan, et pour que cela soit plus agréable, puis-je vous proposer un café ?

Effectivement, JC arrivait avec la cafetière. Quel timing impeccable !

— Ma foi, bien volontiers, approuva l'homme.

Je regardai notre timide collègue servir les clients, sans cesser d'analyser la situation. J'ignorais toujours ce qui bloquait les ventes, mais en tout cas, ils savaient recevoir ! Quand j'avais cherché à louer un appartement, j'avais démarché toutes les agences de mon quartier et personne ne m'avait jamais offert un café ! Bon, en même temps, louer et acheter, ce n'était sans doute pas la même chose. Et mon budget ne comportait pas six zéros. Bref.

— J'ouvre un dossier à votre nom. Vous êtes madame et monsieur… ?

— Delapierre.

Eh ! C'était marrant de vouloir acheter un château quand on s'appelait Delapierre ! Bon, j'avais intérêt à garder mes blagues idiotes pour moi. Et quoi qu'il en soit, nous avions affaire à de bons Franco-Français. On pouvait arrêter les surnoms ?

J'écoutai « GI » faire remplir un questionnaire incroyablement long aux Delapierre. État civil complet, adresse actuelle, numéro pour les joindre, profession… Au bout de quelques minutes, je plissai les yeux. Pourquoi leur demandait-il tout cela alors qu'ils voulaient juste des renseignements ? Cela n'avait pas de sens ! On était encore à mille lieues de conclure une vente, il allait les faire partir en courant !

Nous passâmes ensuite à leurs souhaits. Ils désiraient une résidence secondaire. Gaétan leur fit détailler les surfaces, les aménagements, le budget, s'ils acceptaient les travaux… Je tiquai à nouveau. Les travaux ? Pourquoi les travaux ? Il ne me semblait pas que la demeure avec la tourelle sur le potager avait besoin de travaux ! J'aurais peut-être dû lire les fiches plus sérieusement, en fin de compte…

— C'est parfait, finit par déclarer Gaétan en enregistrant son dossier sur l'ordinateur. Nous allons maintenant étudier les biens qui répondent à vos critères.

Mme Delapierre fronça le nez et jeta un coup d'œil à son époux. Celui-ci acquiesça d'un signe de tête imperceptible. Mouais. J'aurais compris le message aussi, à sa place…

— Nous souhaiterions plus d'informations sur le bien en vitrine, rappela-t-il.

— Naturellement, répondit Gaétan en cliquant à toute allure sur une série de dossiers sur son ordinateur. Si vous voulez bien regarder avec moi…

Il tourna son écran vers les Delapierre, qui s'avancèrent d'un même mouvement. Il affichait un petit domaine adorable au milieu d'un parc verdoyant. Je haussai un sourcil. Et la tourelle sur le potager ?

— Voici le Manoir aux Chênes, annonça fièrement Gaétan. Un bijou de l'architecture du début du siècle, entièrement rénové, tout à fait dans votre budget.

Un silence perplexe lui répondit. Je n'en menais pas plus large que les Delapierre. D'où sortait ce truc ?

— En plus, il y a une piscine, ajouta Gaétan avec un clin d'œil complice.

Euh… OK, mais ils n'en avaient pas demandé…

— C'est… charmant, finit par articuler Mme Delapierre pour rompre l'embarras.

— J'étais sûr que cela vous plairait ! s'écria l'agent immobilier. J'imprime le descriptif. Et en attendant que cela sorte, que pensez-vous de ceci ?

Il afficha à l'écran un immeuble tout en verre et en acier.

— Triplex en plein cœur de Paris, vue sur la tour Eiffel et Notre-Dame, trois étages de luxe et de confort !

Mais… Et la tourelle ?

— Mmm… mmm… commenta M. Delapierre.

— Une véritable opportunité, vous pouvez me croire. Le petit plus de ce bien : son ascenseur privatif.

Mouais. Et son petit moins : pas de jardin. Ces gens-là avaient craqué pour un carré potager !

— Si on veut partir sur de l'original, enchaîna Gaétan sans paraître remarquer le désarroi de ses clients, il y a aussi ce moulin rénové…

De plus en plus incrédule, je le contemplai proposer coup sur coup un moulin au fin fond de la Seine-et-Marne, une villa de luxe en plein quartier chinois de Paris, une ancienne église à retaper et un immeuble complet pour de l'investissement locatif. Les Delapierre reculaient imperceptiblement sur leurs chaises. Mauvais, ça. Très mauvais. Pourquoi ne leur proposait-il pas tout simplement d'aller voir le bien sur lequel ils avaient flashé ?

— Parfait, conclut-il en se frottant les mains. Je vais chercher les fiches à la photocopieuse, je reviens.

Je bondis sur mes talons aiguilles pour le suivre jusqu'à une réserve sur le côté de l'open space, où était rangée la photocopieuse.

— Pourquoi tu ne leur parles pas de la maison ? soufflai-je quand la porte retomba derrière nous.

Gaétan haussa un sourcil.

— Quelle maison ?

— Celle avec la tourelle sur le potager !

Il me dévisagea comme si je tombais de la lune.

— Enfin, Miss Noëlle ! Tu sais bien qu'aucun des logements en vitrine n'est à vendre !

Mes paupières s'écarquillèrent.

— Hein ?

— C'est juste pour encourager les gens à entrer. N'essaie pas de me faire croire que ce n'était pas pareil chez Domaines et Châteaux, toutes les agences font ça !

Il récupéra ses six feuilles dans la photocopieuse et ressortit de la réserve, me laissant totalement ahurie. Aucun des logements n'était à vendre ? Mais… Mais…

Je me ressaisis. Courage ! Ce n'était pas fini. Après tout, si « toutes les agences faisaient ça », peut-être qu'un tour de passe-passe allait changer la donne ! Je quittai la petite pièce à mon tour à pas fermes. J'étais une Valkyrie, que diable !

Nous retrouvâmes les Delapierre en train de chuchoter sur leurs sièges. Ils s'arrêtèrent brusquement en nous entendant revenir. Mouais. Il avait intérêt à être solide, le tour de passe-passe…

Gaétan remit les six descriptifs au couple, tout sourire.

— Alors ? demanda-t-il en se rasseyant. Lesquels visite-t-on ?

À mon avis, vu le regard qu'ils échangeaient, aucun. Et je pariais qu'ils annonçaient qu'ils devaient « réfléchir » dans trois… deux… un…

— Peut-être que le triplex intéresserait Emmanuel ? chuchota Mme Delapierre à l'oreille de son époux.

Ce dernier approuva d'un signe de tête. J'en restai abasourdie. Alors ça allait vraiment marcher ?

Gaétan rayonnait.

— Emmanuel ? répéta-t-il.

— Notre fils, expliqua M. Delapierre. Son appartement actuel ne lui plaît pas.

— Oh… Dans ce cas… JC !

L'appel tonitruant me fit sursauter. JC accourut.

— Oui ?

— Tu peux vérifier les disponibilités pour faire visiter le triplex ?

Comment ? C'était aussi dans les attributions de JC, ça ?

— On a besoin de réfléchir, intervint précipitamment Mme Delapierre.

Ah. Je me disais aussi…

7

Victoire

Suite au départ un peu rapide des Delapierre, nous ne vîmes plus un seul client de la journée. Et je comprenais soudain beaucoup mieux pourquoi. Je voyais d'ici la réputation que ce couple allait nous tailler auprès de ses amis.

Du coup, la fin d'après-midi m'avait laissé tout le temps nécessaire pour envoyer un e-mail de rapport préliminaire à Dorian. Quasi-inexistence sur le Net, comportement étrange de PDG, annonces de biens déjà vendus en vitrine, inadéquation totale des maisons proposées par Gaétan avec le souhait des clients…

Je conclus avec la nécessité d'approfondir mes recherches sur la source de toutes ces bizarreries et leur événement déclencheur un an et demi plus tôt. Il fallait aussi que je voie le comportement des autres agents en présence de clients. Après tout, peut-être que Gaétan était le pire vendeur de la Terre alors que ses collègues excellaient dans l'exercice. Sauf que s'il attirait tous les clients avec son charisme naturel… Bref, ma prochaine semaine allait être chargée !

Je rentrai chez moi, la tête pleine de questions et les pieds trop serrés dans mes escarpins, mais le cœur léger. Bon, le « journée bien remplie, hein ? » de Gaétan avant de partir m'avait laissée perplexe – une journée bien remplie avec… un seul client ? –, mais j'adorais mon job.

Le métro bondé qui me ramena chez moi me permit d'achever mon propre bilan de ce premier jour et de passer à quelque chose de bien plus crucial. Le beau Léo du site de rencontres m'avait-il répondu ? J'avais hâte de savoir !

Je me retrouvai en bas de mon immeuble et grimaçai. J'avais oublié de laisser une paire de baskets dans ma boîte aux lettres et j'étais en escarpins. Bon, il me suffisait d'y penser jusqu'en haut et je les préparerais illico pour le lendemain. Fastoche.

Je gagnai le palier du premier étage. Baskets, baskets, baskets. Deuxième étage. Baskets, baskets, baskets. Troisième étage. Baskets, baskets… J'espérais que Léo aimait les escargots aussi ! Quatrième étage. Baskets… Dans quel ordre devais-je faire les choses ? Regarder mes messages, puis préparer mon dîner, ou mettre mon dîner à cuire et lire les messages ensuite ? Ah oui, et ne pas oublier les baskets. Cinquième étage. Ça serait mieux de commencer par préparer à manger, bien entendu, mais avais-je envie d'être raisonnable ?

J'arrivai sur mon palier et mon cœur manqua un battement. Une silhouette féminine était recroquevillée par terre devant ma porte, la tête enfouie dans les genoux. Une silhouette au manteau rouge reconnaissable entre tous.

— Victoire ! m'écriai-je en me précipitant vers elle.

— Noëlle ! gémit-elle.

Elle se jeta dans mes bras, mais j'eus le temps de voir ses yeux bleus rougis, son nez en trompette gonflé et son visage constellé de taches de rousseur – notre seul point commun – dévasté par les larmes.

— Qu'est-ce qui se passe ? m'exclamai-je.

— C'est affreux, bredouilla-t-elle, enfouie dans ma veste blanche. Affreux…

— Quoi ?

Un sanglot me répondit. Un millier de scénarios catastrophes se mirent à défiler dans ma tête. Quelqu'un était mort. Vivien, juste après sa demande en mariage. Ou Grand-Maman. Ou nos parents. Ou elle venait de se découvrir une maladie grave. Un cancer du sein. Une leucémie. Une dégénérescence du cerveau. Ou des muscles. Ou il lui était arrivé quelque chose. Elle s'était fait agresser. Violer.

— Victoire, explique ! la secouai-je, au bord de la panique.

— C'est… C'est Vivien… hoqueta-t-elle.

Oh non ! Il lui était arrivé malheur ! Juste au moment où ils allaient construire un futur ensemble !

— Il… Il m'a… Il m'a larguée !

Mes neurones s'arrêtèrent net dans leur cascade d'horreurs. Hein ?

— Tu… Tu sais… ? Notre dîner… Il a dit qu'il avait… un truc important à m'annoncer…

La révolte remplaça la panique dans mon tourbillon d'émotions. Au lieu de la demander en mariage, cet enfoiré avait rompu avec ma petite sœur ? Il n'était donc pas mort, mais ça n'allait pas tarder !

— Viens, on rentre, décidai-je en cherchant mes clés dans mon sac sans la lâcher. Tu vas me raconter tout ça autour d'une bonne salade.

Elle renifla, ce qui valait sûrement pour accord. Est-ce qu'on se préoccupait encore de sa silhouette en maillot de bain quand on venait de se faire larguer ? Probablement pas. J'allais y veiller pour deux, alors.

Il me fallut à peine cinq minutes pour découper deux avocats, un pamplemousse et une belle laitue, ouvrir un paquet de crevettes et préparer une vinaigrette avec le basilic qui poussait près de ma gazinière.

Victoire s'était effondrée dans mon canapé, enveloppée dans mon plaid à escargots violets et entourée de mes coussins préférés. Je lui avais mis son émission favorite à la télé le temps que je m'occupe du dîner, mais par-dessus le bar qui séparait la cuisine du salon, je voyais bien qu'elle ne la regardait pas. Les deux verres d'eau que je nous avais servis reposaient sur la table basse, intacts, à côté d'un paquet de mouchoirs vide.

— Tu ne bois pas ? m'inquiétai-je en sortant des assiettes du placard.

— Pas soif, gémit-elle, le plaid sur la tête.

Je posai les assiettes sur la table, vins m'asseoir près d'elle et passai mon bras sur ses épaules.

— Tu es prête à parler, maintenant ? m'enquis-je gentiment.

— Pas encore, répondit-elle, des sanglots dans la voix. C'est trop douloureux.

Le désarroi s'empara de moi. Qu'étais-je censée faire ?

— Tu as prévenu papa et maman ? tentai-je.

— Oh non ! C'est trop… C'est trop dur… Je… Ils vont être tellement déçus !

— Déçus ? Victoire ! Ce type t'a lar…

Je m'arrêtai net. Non, pas la bonne phrase.

— Ce type ne s'est pas montré à la hauteur avec toi ! rectifiai-je donc. Ils vont être en colère contre lui, mais sûrement pas déçus. Un pauvre mec pareil, on n'en a pas besoin dans la famille.

Les sanglots de Victoire redoublèrent. Zut. Pas la bonne phrase non plus. Avec une approche plus factuelle, peut-être ?

— Il t'a annoncé ça au resto ?

— Oui, couina ma petite sœur.

— À l'entrée ou au dessert ?

— Au… Au dessert… Je… Je croyais tellement qu'il… Le repas s'était si bien passé ! Il m'a emmenée dans un restaurant avec une étoile au Michelin…

Wow ! C'était classe comme rupture, ça !

— Il avait choisi la formule entrée, plat et dessert… Avec le vin compris… Un truc horriblement cher… Et… Et…

Je pris mon verre d'eau pour en boire une gorgée, histoire de la laisser reprendre son souffle, admirative malgré tout. Dommage qu'il l'ait plaquée, il avait du savoir-vivre, ce garçon !

— Et c'était vraiment… délicieux… Du foie gras… Des écrevisses… Du chapon farci…

Et en plus, il avait bon goût !

— Au dessert… Il m'a dit que… Que… Qu'il avait rencontré quelqu'un d'autre…

Je me renfrognai.

— Et que… Il a eu un énorme coup de foudre pour elle… Comme il n'en a jamais eu pour moi… Et… Et…

Elle inspira brutalement.

— Et que c'était fini entre nous et il est parti, lâcha-t-elle d'un coup.

— Bon débarras ! m'écriai-je.

Un sanglot l'étouffa.

— Tu n'aurais pas voulu le garder après ça, pas vrai ? m'inquiétai-je.

— Non… Surtout que… Surtout que… Il est parti… sans payer…

L'ahurissement manqua de faire tomber ma mâchoire dans mon verre. Sans payer ? Il avait emmené Victoire dans un des meilleurs restaurants de la capitale et il s'était barré en lui laissant l'addition ?

— Mais quel gros connard !

Victoire se cramponna à moi pour pleurer plus commodément. Je n'en revenais pas. Ça existait vraiment, des butors pareils ?

— Tu veux que je demande à mes collègues d'aller lui casser la figure ? marmonnai-je.

On avait quelques Valkyries mâles assez costauds, dans la bande…

Ma sœur laissa échapper un rire à travers ses larmes.

— Oui, je veux bien.

— Parfait. Considère qu'il sera mort demain soir.

Cette fois, elle rit franchement et essuya son visage.

— Merci Noëlle.

— Tu vas faire quoi ? m'enquis-je en lui mettant d'autorité son propre verre d'eau dans les mains. Pour l'appart, tout ça… ?

— Je… Ça t'embête si je dors chez toi quelque temps ?

— Bien sûr que non, tu le sais bien.

— Ah, tant mieux. Merci.

Elle but une gorgée. Je tiquai.

— Mais attends, du coup, ça veut dire que c'est lui qui est dans l'appart, là ?

— Euh… Oui, bredouilla-t-elle.

— TON appart ? insistai-je.

— Ben… Oui, enfin, on y vit… vivait ensemble.

— Mais qui paie le loyer ?

— Moi…

— Oui, me remémorai-je, c'était ton appart avant qu'il vienne squatter. Il a toujours refusé de chercher un appart plus grand pour vous deux.

Les larmes remontèrent aux yeux de Victoire.

— Je… Je comprends pourquoi, maintenant, articula-t-elle, à moitié cachée derrière son verre. Tu crois qu'il… Qu'il a toujours… envisagé de me quitter ?

— Sans doute que non, grommelai-je en pensant le contraire. Tu le dégages quand ?

— Je… Je ne sais pas… Je n'ose pas le… le voir… Je ne veux pas lui parler…

— OK, mais tu ne vas pas le laisser continuer à habiter chez toi. Parce que ça reste chez toi.

Elle se mordit les lèvres.

— Oh, Noëlle… chuchota-t-elle. Je ne crois pas que je pourrai à nouveau vivre là-bas. Ça serait trop dur… Tous ces souvenirs…

Je hochai la tête. Ça, je pouvais comprendre.

— Écoute, demain, c'est vendredi, il sera au boulot. Tu poses ta journée auprès de ta responsable, tu fais tes valises, tu rapportes tout ici et tu adresses une belle lettre de départ à ton proprio. On est à Paris, le préavis est court. Et surtout, tu n'avertis pas Vivien.

— Tu veux qu'il se retrouve à la rue du jour au lendemain ? s'effara Victoire.

Un sourire léger me revint et je trinquai avec mon verre contre le sien.

— Oui.

Manger rendit un peu le moral à Victoire. Il faut dire que ma salade, croquante grâce à la laitue et fondante grâce aux avocats, était particulièrement réussie. Le pamplemousse pétillait sur la langue, la touche de gingembre dans la vinaigrette apportait du caractère et le basilic relevait parfaitement le tout. Je fouillais le réfrigérateur à la recherche de yaourts pour le dessert quand la mélodie de la sonnette résonna dans mon duplex. Je relevai le nez.

— À cette heure-ci, ça ne peut qu'être Mme Michel, déclarai-je.

— OK, répondit ma sœur d'un ton morne.

— Et, au fait, maintenant, il faut l'appeler Hortense.

— OK.

Mouais. Ça n'était pas encore ça…

J'allai ouvrir. Il s'agissait bien de ma voisine.

— Bonsoir Noëlle ! Je…

— Hortense ! chuchotai-je. Victoire est ici.

— Victoire ? Votre sœur ?

— Oui. Elle s'est fait plaquer par son mec, qui l'a

abandonnée au resto sans payer l'addition, alors qu'elle croyait qu'il allait la demander en mariage.

Hortense Michel écarquilla les paupières, puis ouvrit et ferma la bouche plusieurs fois sans qu'aucun son n'en sorte.

— Ça vous embête si on ne discute que demain ? ajoutai-je, mortifiée par mon attitude cavalière.

Sans répondre, elle tourna les talons.

— Hortense ? bredouillai-je.

Elle leva l'index vers le plafond.

— Je reviens, ma fille. Je vais chercher les Chamallows.

— Les Chamallows ?

— Pour mettre dans le chocolat chaud. Et j'apporte aussi le DVD de Bridget Jones.

— Hein ? Mais…

Trop tard, la porte de son propre appartement claqua derrière elle. Je m'empressai de retourner dans le mien.

— Euh… hésitai-je. Elle arrive avec les Chamallows et Bridget Jones…

— Quoi ? Qui ? balbutia ma sœur.

— Hortense. Mme Michel.

— Mais… Tu ne lui as pas dit que j'étais là ?

— Si. Justement. Allez, on bouge.

Nous débarrassâmes rapidement la table, puis nous préparâmes mon lit. Entre mon bureau et mon immense dressing, ma mezzanine n'était pas assez grande pour accueillir un second couchage. Heureusement, j'avais investi dans un beau lit *king size* et nous pouvions largement dormir à deux dedans. Je lui ajoutai un oreiller avec une jolie taie escargot et plein de paquets de mouchoirs, au cas où. Au passage, j'aperçus mon ordinateur portable, en veille sur mon bureau. Je retins une grimace. Avec tout cela, je n'avais pas regardé si le beau Léo m'avait répondu. Je pris l'ordinateur et le descendis dans le salon. J'avais peut-être le temps de…

La sonnette retentit.

Je fermai l'écran en soupirant.

Plus tard, le beau Léo, plus tard…

Nous nous retrouvâmes donc avec des tasses de chocolat chaud desquelles débordaient les Chamallows, à regarder les aventures de la malheureuse Bridget Jones. Moi, j'aurais plutôt choisi un bon Marvel ou un péplum, histoire de rêver devant de beaux hommes musclés à moitié nus, mais Hortense avait affirmé que Bridget était dans le top trois des films « spécial cœur brisé », donc…

Il me fallut attendre la moitié du film, deux tasses de chocolat et un demi-paquet de guimauve avant de me risquer à allumer l'ordinateur sur mes genoux. Assise sur le canapé à côté de ma sœur, j'orientai mon écran de façon à ce que ni elle, ni ma vieille voisine installée dans le fauteuil à l'autre bout de la table basse, ne puissent le voir. Puis je leur coulai un regard en biais. Remarquaient-elles mon petit manège ? Non, elles ne s'intéressaient pas à moi. Les misères de Bridget avaient capté toute leur attention. Parfait.

Je me connectai au site de rencontres. Mon cœur battit un peu plus vite. J'avais une réponse de Léo ! Je cliquai dessus.

« Salut, dsl, j'avais pas vu ta photo mais en fait, j'aime pas les rousses. Bonne chance pour ta recherche. »

Mon sang se figea. Je relus trois fois le message avant de l'intégrer et serrai les dents. Sérieusement ?

Je refermai l'ordinateur d'un geste sec.

— Ça va ? s'inquiéta Victoire.

— Passe-moi les Chamallows, bougonnai-je.

— Euh… Tiens…

J'attrapai le sachet qu'elle me tendait et fourrai deux bonbons d'un coup dans ma bouche.

— Qu'est-ce qu'il y a ? insista-t-elle.

— Les mecs ch'ont tou'ch des cons.

Elle inclina la tête d'un air résigné.

— Ça, c'est bien vrai.

— Ils nous en font voir de toutes les couleurs, approuva Hortense.

Et Bridget ne dirait pas le contraire non plus !

8

Tentative n° 1

Le lendemain matin, je partis au travail avec des plans plein la tête. Victoire avait appelé le cabinet dentaire où elle travaillait en tant qu'assistante pour demander son vendredi. Sa responsable le lui avait accordé à la seconde où elle avait compris que ma sœur voulait déménager pour planter le type qui l'avait larguée. Elle lui avait même proposé de prendre le début de la semaine suivante si elle avait besoin. Ils étaient chouettes, nos patrons, quand même…

Victoire avait récupéré tous mes sacs et valises disponibles et elle était partie, accompagnée d'une Hortense Michel gonflée à bloc. Cela m'avait rassurée. Notre vieille voisine ne porterait probablement pas grand-chose, mais elle empêcherait ma sœur de s'effondrer et, vu qu'elle s'était munie de son parapluie, elle s'occuperait de Vivien s'il débarquait avant qu'elles aient terminé. J'étais donc tranquille de ce côté-là. Je pouvais me consacrer à ma mission.

La première étape consistait à faire revenir les clients. Puisqu'on ne pouvait pas compter sur le bouche-à-oreille, il fallait exister sur le web.

Ensuite, il me faudrait vérifier si Déborah, Nathalie et JC étaient plus compétents que Gaétan.

Et enfin, je devrais tirer les conclusions et rédiger un plan d'action pour mes clients. Pour « régler le problème définitivement », comme avait dit Henri Fontaine. Le tout en essayant de vendre une maison hantée pour ne pas griller ma couverture. Misère, cette maison…

Le tintement guilleret m'accueillit à l'agence.

— Bonjour Miss Noëlle, lança Déborah sans lever les yeux de son écran.

— Bonjour Miss Noëlle, répétèrent les autres à l'unisson.

— Bonjour bonjour, chantonnai-je.

Je m'installai tranquillement à mon nouveau bureau. Pas de précipitation. Dévoiler mes idées trop tôt risquait de tout faire planter. J'allais attendre la pause-café du matin et poser des questions aussi anodines que possible. Pour patienter, j'avais décidé d'explorer pour de vrai la base de données des biens gérés par Demeures de Luxe. Après tout, si Gaétan n'avait proposé que des bizarreries aux Delapierre, peut-être était-ce parce qu'il n'avait rien d'autre à présenter !

Au bout de cinq minutes, j'avais trouvé sept maisons correspondant point par point au profil des Delapierre. Il était vraiment nul, en fait.

Cela éclairci, je me lançai dans le reste du catalogue. Et cette fois, je me concentrai avec l'objectif d'aller jusqu'au bout. Une dizaine de châteaux plus tard, une pensée m'effleura. Où était passé le boss ? Ça ne faisait pas encore une heure de retard ? Je plissai les paupières. Aucune importance. Concentration, concentration, concentration. Trois manoirs plus loin, une nouvelle lueur fendit mon esprit. Allait-on encore boire du café d'orge ? C'était délicieux, ce truc ! Bon, allez, on se recentrait. Qu'avaient-ils de beau comme appartements de haut standing sur Paris même ? Oh, une page entière. Je commençai à la lire et une fulgurance me traversa. J'avais encore oublié de descendre des baskets et j'étais en escarpins. Zut.

— Du café d'épeautre ? répétai-je avec curiosité, le nez sur ma tasse. C'est très différent du café d'orge ?

— Au niveau du goût, c'est beaucoup plus proche du café que le café d'orge, sourit Nathalie en repoussant ses longs cheveux blonds, révélant une rivière de diamants autour de son cou.

— Et c'est plein de magnésium, de calcium et de phosphore, ajouta JC en reposant la cafetière sur son socle.

Je souris. Sous ses dehors timides, ce garçon était une vraie maman poule ! Bien, c'était le moment de faire passer mon message. Et pour que cela ne paraisse pas suspect, il fallait que j'attaque sous un angle qui me concernait personnellement.

— À quelle fréquence vous actualisez les infos sur internet ? demandai-je avec ferveur. J'ai le droit de mettre à jour l'annonce de la maison hantée tous les jours ou vous avez d'autres habitudes ?

Nathalie grimaça un sourire et JC me dévisagea plus attentivement sous ses mèches brunes. Quoi ? Même ça, c'était tabou ?

— Je vois, lâcha Déborah d'un air las. Tu as discuté avec Nathy et JC.

— Pas du tout ! me défendit cette dernière. Et je te signale que si deux personnes qui ne se connaissent pas disent la même chose, ça doit être considéré comme un message de Dieu.

— Je ne crois pas en Dieu, Nathy.

— De l'Univers, alors. Du Hasard. De tout ce que tu veux. C'est un signe.

Je les regardai, stupéfaite.

— De quoi parlez-vous ?

Déborah soupira et se redressa dans son fauteuil.

— PDG est assez… chatouilleux sur le sujet, expliqua-t-elle.

— Dis plutôt qu'il est allergique au changement, rectifia Nathalie.

La brune fusilla la blonde du regard. Hum. En fait, la bonne ambiance, c'était tant qu'on ne contrariait pas Déborah…

— Bref, on n'a rien mis à jour depuis un certain temps.

— Mais comment je vais faire pour ma maison hantée ? gémis-je. Il me reste neuf jours ! Si personne ne sait qu'elle existe, c'est comme si j'étais déjà virée !

Un éclair de compassion passa dans les yeux bleus de Déborah et son visage s'adoucit.

— Eh bien… J'imagine qu'on peut faire une exception pour cette maison et la mettre à jour sur les sites adéquats…

— Ça ne suffira pas si on cible une seule demeure, il faut aussi que des clients viennent pour d'autres biens, plaidai-je. Le plus de clients possible. Et que je leur fasse visiter celui-là, au cas où…

— Miss Noëlle a raison ! s'exclama Gaétan. C'est notre devoir de l'aider !

Oui, alors son aide à lui, euh…

— Notre devoir sacré, ajouta Nathalie, convaincue. Nous ne laisserons pas encore partir une de nos nouvelles recrues.

Déborah soupira.

— Très bien, très bien. Faites ce que bon vous semble.

Les deux autres poussèrent des cris de joie.

— Je m'occupe de mettre les annonces à jour sur les sites de vente, décréta Nathalie. Miss Noëlle, tu viens avec moi, on va bichonner celle de ta maison.

— Et moi, ajouta Gaétan, je vais… Je vais…

Il s'arrêta, manifestement à court d'idées.

— Tu es très fort en relations humaines, Gaétan, observa JC. Tu pourrais peut-être aller sur les forums immobiliers et parler de nous, à droite et à gauche…

— Génial ! rugit Gaétan. Je fais ça ! Et toi ?

— Eh bien…

Le jeune homme repoussa ses mèches noires, dévoilant complètement ses yeux verts pétillants pour la première fois devant moi. Je dus faire un gros effort pour empêcher ma bouche de s'arrondir. Mince, il était vraiment beau mec, en fait. Encore plus que je le pensais ! Et même sexy, avec ce petit air coquin qui relevait le coin de ses lèvres !

— Je me disais depuis un bon bout de temps que le site internet de l'agence avait besoin d'un coup de frais…

Oh lala ! Quand il parlait avec assurance, c'était moi qui avais besoin d'un coup de frais ! Je secouai la tête pour me reprendre. Mes hormones me travaillaient vraiment trop, en ce moment. J'en étais à me raccrocher au premier mâle qui se présentait, même si c'était un sous-grouillot ! N'importe quoi !

Sur le coup de midi, la tornade Nathalie avait fait remonter toutes les annonces des biens de l'agence sur les sites en ligne. Gaétan s'esclaffait tout seul devant les commentaires qu'il écrivait sur les réseaux sociaux et, pour ce que j'en avais vu en regardant discrètement mon téléphone, le site internet de l'agence vieillot et peu convivial avait laissé place à un écran interactif qui permettait de zoomer sur plusieurs biens à la une et même de les commenter. J'étais admirative. Quand JC parlait de mettre un coup de frais, il ne faisait pas semblant ! Comment avait-il réussi un tel prodige en si peu de temps ? Surtout que le jeune homme avait disparu dans la salle de repos vers 11 heures et demie pour aller préparer le déjeuner. Le code était déjà prêt quelque part, ce n'était pas possible autrement !

Et maintenant que j'y réfléchissais, pourquoi pas ? JC avait bien dit qu'il y pensait depuis un moment. Plus tôt, Déborah avait sous-entendu que Nathalie et lui la tannaient pour changer leur mode de communication. Ce site nouvelle version existait donc peut-être déjà, caché au fond d'un dossier ultrasecret.

Cela impliquait aussi que, contrairement aux conclusions tirées par les grands patrons de la chaîne Demeures de Luxe, ces agents savaient que quelque chose clochait ici. Ils savaient même exactement quoi et comment y remédier. Mais jusqu'à présent, ils n'avaient pas bougé. Parce que PDG était… Comment avait dit Nathalie ? Allergique au changement ? Ma foi… Il existait plein de bons médicaments sur le marché pour traiter ça !

Cette fois, JC nous avait préparé du poulet façon tajine raisins-oignons. Le parfum des épices m'avait mis l'eau à la bouche à la seconde où j'étais entrée dans la salle de repos et le goût s'était révélé merveilleux. Les saveurs sucrées salées explosaient sur ma langue, le poulet fondait sous la dent et le jus de viande mêlé aux oignons caramélisés liait les différents éléments du plat à la perfection. JC se trompait. Ce n'était pas la maison hantée qui avait rendu Nathalie croyante, c'était sa cuisine. Ce type était un dieu des fourneaux !

Je raclais soigneusement le fond de mon assiette quand la porte s'ouvrit d'un seul coup. PDG jaillit, le visage rouge vif, les yeux exorbités.

— JC ! rugit-il. Comment avez-vous osé ?

Un silence de mort tomba sur la salle de repos. Abasourdie, je me tournai vers l'agent qui s'était immobilisé, livide.

— P… Pardon ? balbutia-t-il.

— Vous me prenez pour un imbécile ? Vous pensiez que je n'allais pas remarquer vos petites magouilles ?

Mes yeux s'arrondirent. Des magouilles ? JC ?

Devant le mutisme général, le directeur s'énerva encore un peu plus.

— Le site ! brailla-t-il. Vous avez modifié le site !

Mes épaules s'affaissèrent un peu plus d'ahurissement. Mais qu'est-ce que c'était que cette réaction improbable ? À ce stade, on ne pouvait plus parler d'allergie ! Et comment savait-il que c'était JC, d'abord ?

— C'était moi, PDG, intervint soudain Nathalie.

L'homme s'arrêta net, soufflé.

— Vous, Nathy ?

— Oui.

— Mais qu'est-ce qui vous est passé par la tête ?

La jeune femme secoua sa longue chevelure blonde. Je retins une moue peu convaincue. Elle pensait s'en tirer en jouant un remake de pub pour du shampooing ?

— Miss Noëlle ne pourra vendre la maison hantée qu'à des clients jeunes, répondit-elle d'une voix ferme. J'ai donc modifié le site pour attirer ce type de clientèle. Nous remettrons l'ancien site quand elle aura réussi.

Les mâchoires de PDG se serrèrent tellement que les jointures pâlirent sur les pommettes. La vache. Pas étonnant que Déborah ait freiné des quatre fers le matin même !

— Nous étions tous d'accord là-dessus, PDG, ajouta pourtant cette dernière, prenant la défense de Nathalie de façon inattendue. Cette maison est en vente depuis trop longtemps. À bien exceptionnel, mesures exceptionnelles, comme vous nous l'avez appris.

PDG fronça le nez, mais ses épaules se détendirent sous sa chemise.

— Je vois, grogna-t-il. La prochaine fois, avertissez-moi quand vous prenez ce genre d'initiatives.

— Bien sûr. Désolée, PDG, on ne pensait pas que ça durerait assez longtemps pour que ça vous pose un problème.

L'homme jeta un dernier regard furibond à JC et partit en claquant la porte. Tout le monde se remit à respirer normalement, moi comprise. Mais qu'est-ce que c'était que ce type ?

— Merci, chuchota JC, le nez pointé sur son assiette.

— C'est un honneur pour moi de défendre un ami dans le besoin, répondit Nathalie d'un air modeste.

— Arrêtez vos bêtises, gronda Déborah. Maintenant, on a intérêt à la vendre, cette maison, et *fissa* !

— Quel est le problème, avec JC ? demandai-je tout à trac.

Une hésitation flotta l'espace d'une seconde.

— Il n'y a aucun problème, répondit finalement Déborah.

Je la dévisageai gravement. Combien de temps ces cachotteries allaient-elles durer ?

— Vous savez, j'ai bien vu que PDG s'est calmé quand Nathalie a dit que c'était elle et que Déborah l'a soutenue.

Un silence lourd me répondit.

— Si je ne comprends pas ce qui se passe, tentai-je encore, je risque de commettre une boulette et je subirai le même sort que JC sans même savoir pourquoi !

JC releva enfin la tête et me fixa droit dans les yeux. L'intensité de son regard vert me rendit muette.

— Ne t'inquiète pas, Noëlle, dit-il d'une voix sourde. Tu ne risques rien.

Un frisson courut le long de ma colonne vertébrale. Wow… Il pouvait me dire ça encore une fois ? Genre, en me le chuchotant à l'oreille ?

Il se leva.

— Quelqu'un reveut du poulet ? ajouta-t-il. Hein ?

— Non merci, répondirent les autres.

Il débarrassa la table. J'en restai pantoise. Mais enfin, comment arrivait-il à me troubler à ce point en deux phrases et redevenir le sous-grouillot de service la seconde suivante ?

Bon, en tout cas, j'avais définitivement identifié la cause des ennuis dans cette agence. Comment allais-je régler le problème PDG ?

9

Comment se débarrasser d'un fantôme armé d'un râteau ?

Bien entendu, les clients ne se bousculèrent pas l'après-midi. La mise à jour des annonces et du site ne fonctionnait pas comme un sortilège qui les aurait attirés irrésistiblement. Il fallait laisser le temps faire son œuvre. Mais comment juger des compétences de mes « collègues » si aucune personne intéressée ne montrait le bout de son nez ?

J'avais suivi par SMS les pérégrinations de Victoire chez elle pour récupérer ses affaires, les trois trajets qu'elle et Hortense avaient dû faire pour tout rapporter chez moi dans sa petite voiture, puis l'appel à son propriétaire pour l'informer de la rupture du bail, et enfin son passage à la Poste pour envoyer la lettre recommandée qui officialiserait cela. Je lui avais confié en retour ma détresse et mon ennui profond avec des agents muets qui cliquaient sur leurs ordinateurs sans que j'aie la moindre idée de ce qu'ils fabriquaient. J'avais bien essayé de relancer la conversation, ce qui m'avait valu un regard foudroyant de Déborah. J'avais laissé tomber. Nous avions – j'avais – désespérément besoin de clients.

Un cliquetis joyeux annonça soudain l'ouverture de la porte. Je bondis sur mes pieds. Oui ! Enfin !

Je m'immobilisai presque aussitôt. Manteau rouge, lunettes de soleil et tignasse brune surmontant un nez en trompette couvert de taches de rousseur… Victoire.

Les quatre agents s'étaient précipités autour d'elle.

— Bienvenue chez Demeures de Luxe, lança chaleureusement Déborah. Je suis Debby. Peut-on vous aider ?

— Oui, répondit ma sœur avec assurance. Je cherche une maison.

— Formidable ! s'exclama Nathalie en joignant les mains devant sa rivière de diamants. Je suis Nathy. Quel type recherchez-vous, exactement ?

— Nous ferons tout notre possible pour vous satisfaire, conclut Gaétan avec une courbette. Je suis GI.

Cette fois, je remarquai que JC se tenait légèrement en retrait des trois autres. Et il ne disait rien. Bizarre.

— J'ai décidé de changer de vie, déclara ma sœur. Je viens de rompre avec mon petit ami, j'en ai marre de lui, j'en ai marre des paparazzis, j'en ai marre de Paris. Je cherche quelque chose d'assez excentré. Une grande maison en bordure de forêt, pour que je puisse accueillir mes amis du Country Club…

Je revins aussitôt à elle et fis un gros effort pour rester de marbre. Les paparazzis ? Ses amis du Country Club ?

Je remarquai alors ses vêtements. Sous son manteau rouge habituel, elle portait ma tenue la plus improbable – une robe déstructurée noire à pois verts imitation haute couture, soigneusement confectionnée par les Valkyries de Gungnir Conseil quand j'avais dû infiltrer un défilé de mode – ainsi que des grosses boucles d'oreilles en toc étincelantes, que j'avais achetées à un euro au bazar du coin. Avec son air boudeur et ses lunettes de soleil, elle incarnait l'héritière trop riche au look invraisemblable dans toute sa splendeur. La vache, si notre mère voyait ça...

Retenant un fou rire naissant, je m'avançai à hauteur des autres agents, intriguée malgré tout. Que venait-elle faire ici ? J'avais besoin de voir si Déborah et compères étaient capables de conclure une vente, et ça ne marcherait pas avec elle puisqu'elle n'était pas une vraie cliente.

Victoire se tourna vers moi.

— Je suis sûre que vous saurez m'aider, déclara-t-elle. Vous avez bon goût pour les chaussures, c'est un signe.

Ça, c'était de l'argument ! Mes escarpins bordeaux assortis à mon tailleur la remerciaient !

Mes collègues reculèrent avec un bel ensemble. Seul JC marqua un instant d'hésitation. Ah ! Il y en avait quand même un pour penser qu'on ne laissait pas la nouvelle toute seule avec une cliente. Heureusement que ce n'était que Victoire ! Et cette dernière ne venait donc pas pour tester les agents, mais bien pour moi. S'était-il passé quelque chose ?

— Je vais chercher du café... murmura JC tandis que les autres s'éloignaient.

— Merci, approuvai-je.

J'entraînai ma sœur jusqu'à mon bureau.

— Il y a un problème ? murmurai-je en lui indiquant la chaise en face de la mienne.

— Je fais ce que tu m'as dit, répondit-elle sur le même ton.

Je fronçai les sourcils.

— Dans ton dernier SMS, précisa-t-elle.

— Qu'est-ce que j'ai dit ?

— Que je devais me changer les idées.

— Tu te changes les idées en venant voir ta grande sœur préférée à son travail ?

— Noëlle ! Tu m'as parlé d'un château hanté ! Je veux absolument le visiter !

Je haussai les sourcils, sceptique. Victoire ? Des châteaux hantés ?

— Hortense a dit que je ne devais pas rester seule, ajouta-t-elle avec un regard suppliant, et elle voulait absolument m'emmener à son cours de twerk. Je t'en prie, ne me renvoie pas là-bas.

Ah. Je comprenais mieux, mais je n'eus pas l'occasion de répondre. JC arrivait avec la cafetière.

— Tu veux que je reste ? proposa-t-il dans un filet de voix soucieuse tout en servant un café à Victoire.

— Eh bien, je parlais à madame d'une demeure de maître à l'orée de la forêt de Saint-Germain, mentis-je gaiement.

— Je veux la visiter tout de suite ! approuva ma sœur, ravie.

JC ouvrit des yeux ronds derrière ses mèches noires.

— Et… peut-être d'autres, aussi ? dit-il prudemment.

— Non, exigea Victoire. Je veux voir celle-ci. Je le veux, je le veux, je le veux !

Elle tapa du pied par terre. Wow. Je n'avais jamais

remarqué qu'elle était aussi parfaite en star capricieuse. Ça, c'était ma petite sœur dont j'étais fière !

— Très bien, murmura JC en se frottant la nuque, ennuyé. Noëlle, tu retrouveras la route ou…

— Oh non, pitié, viens ! m'exclamai-je, soudain paniquée. Je ne veux pas conduire… cette voiture-là !

Il se mordilla les lèvres, mais acquiesça. Ouf !

Une heure plus tard, nous arrivions au Logis des Sapins Bleus. Victoire s'était mis un pavé sur la langue pour ne rien dire, mais son ravissement durant le trajet en limousine rayonnait sur son visage.

— Mon ex ne sait pas ce qu'il rate, avait-elle seulement lâché lorsque nous avions contourné l'Arc de triomphe et qu'un bus entier de touristes japonais nous avait pris en photo.

Assurément. Et pas qu'à cause de la limousine.

Nous nous garâmes comme la dernière fois, près de la dépendance qui servait de garage. Victoire sortit de la voiture, les yeux émerveillés.

— Comme c'est beau… On dirait un conte de fées…

Je souris. Elle n'allait pas être déçue. Nous fîmes un tour rapide des extérieurs, où je répétai mot pour mot ce que m'avait appris JC la veille sur les épicéas, les dates de construction et les superficies des bâtiments. Je remarquai que mon collègue jetait des regards anxieux un peu partout. Il cherchait le fantôme, bien sûr. J'en aurais sûrement fait autant si nous avions été accompagnés de n'importe qui d'autre que Victoire.

Un mouvement sur la droite du bâtiment attira mon attention. Je tournai la tête. Un homme venait de sortir de derrière la maison, un râteau à la main. Je dus me concentrer pour ne pas sourire largement. Heureusement qu'il avait gardé son râteau, car pour le reste, il était méconnaissable. Cheveux propres bien peignés et retenus en catogan, pantalon de jardinier certes un peu terreux mais sans le moindre trou, veste aux manches soigneusement repliées, rasé de frais… C'était un Fernando nouveau qui se tenait devant nous.

— Je crois que le garde-chasse aimerait vous présenter ses hommages, dis-je d'une voix légère à l'intention de ma sœur.

JC dévisageait Fernando, la bouche ouverte. Amusée, je lui donnai un coup de coude. Mon collègue se reprit et me regarda avec une admiration nouvelle.

— Tu es impressionnante, Noëlle, souffla-t-il.

— Pourvu que ça dure assez longtemps, qu'on puisse vendre cette baraque, répondis-je sur le même ton.

Un sourire – un vrai sourire – illumina son visage.

— Maintenant, j'y crois !

Fernando s'était approché.

— Bonjour, dit-il prudemment. Vous venez pour… visiter la maison ?

— Tout à fait, approuva Victoire, très à l'aise dans son rôle d'héritière. Et vous êtes le garde-chasse ?

— Fernando, oui. Enchanté, madame.

— De même ! Dites-moi, Fernando, que pouvez-vous me dire de cette magnifique demeure ?

L'homme hésita et me jeta un regard méfiant. Je me contentai de lui sourire innocemment. À mes côtés, JC s'était tendu.

— Et merde, murmura-t-il. Pourquoi elle lui a demandé ça ?

— T'inquiète. Je suis sûre que ça va bien se passer.

— Eh bien… commença Fernando, mal à l'aise. Pour sûr, elle a une drôle d'histoire. La famille Bel-Ami était maudite. Le fils a assassiné ses deux parents pour les empêcher de divorcer.

Hum… Voilà une version un peu incomplète de la réalité, mais exacte malgré tout.

— Ça a été un bain de sang, ajouta le garde-chasse d'un air triste. Dans le grand salon, à gauche, vous verrez encore les traces brunes sur la moquette, là où ils ont été ligotés et saignés…

Malin, l'animal. Là, il avait l'air d'avoir toute sa tête, mais son petit discours était quand même sacrément dérangeant.

— Vraiment ? s'exclama Victoire en ouvrant de grands yeux épouvantés.

— Mais rassurez-vous, s'empressa d'ajouter Fernando. Le fils est sous les verrous. Quand les policiers l'ont emmené, il hurlait comme un damné. Je l'entendais jusque dans ma maison, de l'autre côté de la propriété. J'en fais encore des cauchemars…

Ben voyons.

Près de moi, JC serrait tellement les dents que je me demandais s'il n'allait pas sauter sur l'homme pour le bâillonner.

Un sourire de chat étira lentement les lèvres de Victoire. Fernando se crispa aussitôt.

— Vous… Vous n'êtes pas de la police, pas vrai ? demanda-t-il d'une voix peu assurée.

— Pas du tout, répondit Victoire sans cesser de

sourire d'un air inquiétant. Je travaille dans le milieu médical…

Le garde-chasse pâlit d'un seul coup.

— Quand je dis que j'en fais encore des cauchemars, c'est juste une façon de parler ! dit-il précipitamment. Les nuits sont quand même calmes, dans un petit havre de verdure comme celui-là.

Ma sœur et moi gardâmes le silence, nous contentant de le fixer, comme si nous attendions la suite.

— Bon, bredouilla-t-il. Je… J'ai encore… euh… beaucoup de travail… dans le potager… Mesdames, monsieur…

Il tourna les talons et s'empressa de disparaître derrière la maison, traînant son râteau derrière lui.

— Souhaitez-vous visiter l'intérieur, madame ? demandai-je négligemment.

— Et comment ! s'amusa Victoire. Après une telle entrée en matière !

J'allai ouvrir la porte principale et me rendis compte que JC, resté en arrière, nous dévisageait l'une après l'autre, les sourcils froncés. Ah. Zut. Il se doutait de quelque chose.

Il entra pourtant avec nous et referma soigneusement la porte derrière lui.

— Le hall d'entrée ! annonçai-je à Victoire. Vous apprécierez le…

— Vous n'êtes pas une cliente, m'interrompit JC.

— Quoi ?

— Vous, madame, vous n'êtes pas une cliente.

Il parlait à Victoire. Celle-ci parut déconcertée et me consulta du regard. Bah… De toute façon, elle n'achèterait pas la maison, alors…

— JC, dis-je avec emphase, je te présente ma petite sœur, Victoire. Victoire, JC, mon unique soutien dans la vente de ce château hanté…

— Enchantée, JC ! sourit celle-ci. Il paraît que vos petits plats sont divins !

Le jeune homme resta sans voix une seconde. Puis :

— Mais… Pourquoi ?

Hum… Pourquoi Victoire était-elle venue visiter la maison ? Pourquoi s'était-elle fait passer pour une cliente ? Pourquoi n'avais-je rien dit ? Pourquoi ses petits plats étaient-ils divins ? Trop de pourquoi possibles.

— Pourquoi quoi ? demandai-je donc.

Il s'appuya contre le guéridon de l'entrée et passa la main sur son visage.

— Vous êtes vraiment psy ? s'enquit-il.

— Psy ? répéta Victoire, surprise. Pas du tout. Je suis assistante dans un cabinet dentaire.

— Un cabinet dentaire ?

Il ouvrit, puis referma la bouche.

— D'accord, marmonna-t-il. Le secteur médical… C'était… calculé…

— Pas vraiment, avouai-je. C'est surtout l'occasion qui a fait le larron.

— J'ai pris ma journée et j'avais besoin de me changer les idées pour ne pas rester toute seule à pleurer, appuya Victoire. Comme Noëlle m'avait parlé de sa maison hantée…

— Mais… Vous vous rendez compte qu'on perd notre temps et qu'on pourrait être avec de vrais clients ?

Je fis la moue.

— Quels vrais clients ?

Il détourna les yeux. Mouais. Pas besoin de retourner le couteau dans la plaie, quoi…

— De toute façon, dis-je plus gentiment, il fallait vérifier si Fernando était revenu à un cinéma un peu plus convenable et ça valait mieux avec une fausse cliente.

— Ne soyez pas triste, ajouta ma sœur. Même si j'avais vraiment les moyens de payer, vu le speech de votre fantôme à râteau, avec les proprios précédents saignés à mort dans le salon et les hurlements de leur fils qui résonnent jusque dans le jardin, je n'aurais jamais acheté.

— On n'a plus qu'à mettre un plan au point, conclus-je.

JC releva la tête.

— Un plan au point ?

— Bien sûr ! On ne va pas se laisser enquiquiner par un fantôme qui n'est même pas encore mort, pas vrai ?

— Mais avant ça, on visite ! s'écria Victoire. Je n'ai jamais vu une maison avec un vrai meurtre dedans ! Ensuite, je vous aiderai pour votre plan !

— Deal.

Nous nous tapâmes dans la main, aussi ravie l'une que l'autre. JC nous contemplait toujours, désemparé.

— Je ne sais pas comment j'ai pu rater votre lien de parenté… murmura-t-il.

Oh… C'était sûrement un compliment !

Une heure plus tard, confortablement installés dans le petit salon du premier étage – là où Fernando ne pouvait pas nous voir par la fenêtre –, nous prenions le thé. Assis dans de beaux canapés en velours taupe très chics, entre les cadres photo des îles Lofoten, JC avait pensé à tout pour mettre à l'aise d'éventuels acheteurs. Assortiment de thés et d'infusions, bouilloire, petits gâteaux au chocolat, sucre…

— On a deux solutions, résumai-je. Soit on le calme, soit on l'éloigne pendant les visites.

— Pour le calmer, on a déjà tenté de lui proposer de l'argent et il sait très bien comment contourner la menace de l'asile, rappela JC. Il faut trouver un autre moyen.

Je souris. Ça me plaisait de le voir participer. Les cris de ravissement de Victoire dans les différentes pièces avaient regonflé son moral à bloc.

— Je crois que ce qui pourrait vous aider, déclara celle-ci, c'est de lui faire comprendre que les Bel-Ami aimeraient que leur maison accueille une nouvelle famille.

— Ça va être compliqué, m'amusai-je. Ils sont morts ou en prison.

— Et alors ? Elle est bien hantée, cette baraque, non ?

JC plissa le front sans comprendre, mais moi, j'avais suivi. Mes lèvres s'arrondirent.

— Tu veux qu'on lui fasse croire que les fantômes sont vraiment là ? m'exclamai-je.

— Il faut même qu'il les entende ! s'enthousiasma ma sœur. On doit pouvoir enregistrer des phrases et déformer les voix avec un logiciel pour en faire un truc bien glauque, et les passer à Fernando au milieu de la nuit !

J'éclatai de rire, manquant de renverser ma tasse de

thé sur mon tailleur bordeaux, tandis que la mâchoire de JC semblait se décrocher.

— Vous voulez vraiment faire ça ? s'étrangla-t-il.

— Tu as déjà essayé tout ce qui était raisonnable. On doit se pencher sur le reste.

Il referma la bouche et hocha la tête. Il était d'accord ? Super !

— Plan B, l'éloigner pendant les visites, repris-je. Qui a des idées ?

— Moi ! s'exclama Victoire. Il faut lui couper l'électricité depuis le compteur que j'ai vu à l'entrée du domaine. Tant qu'il sera en train de chercher d'où ça vient, vous pourrez faire votre visite tranquille.

— Pas bête, approuvai-je. Mais il risque de comprendre que c'est nous en trouvant le problème. Et là, bonjour les représailles.

Victoire esquissa une moue déçue.

— J'avais pensé à l'enfermer dans sa cave, la consolai-je, mais c'est encore pire…

— Sinon, on lui cache son permis de conduire, lança JC. Et sa carte d'identité.

Je fronçai les sourcils.

— Pourquoi ?

— Le temps d'aller en mairie ou à la préfecture pour les faire refaire, je ne vous raconte pas les journées qu'il va y passer…

— C'est génial !

Totalement illégal, mais génial ! Qui aurait cru que JC pouvait proposer une idée pareille ?

Il se redressa sur son canapé taupe, laissant entrevoir ses yeux verts étincelants. Je me troublai. Décidément, il était toujours aussi beau garçon quand il en avait envie, celui-là…

— Chers amis, dis-je en levant ma tasse pour penser à autre chose, nous sommes désormais la confrérie des chasseurs de fantômes armés d'un râteau !

Victoire leva sa tasse en pouffant et JC nous imita.

— À la confrérie !

Je n'avais plus qu'à demander à Gungnir Conseil un magnifique enregistrement des Bel-Ami suppliant Fernando d'accueillir avec bienveillance leurs successeurs. Fastoche !

— Noëlle ? demanda JC.

— Oui ?

Son sourire réjoui me perturba derechef. Il savait sourire comme ça, lui ?

— Si ça ne t'ennuie pas, j'aimerais bien faire toutes les visites de cette maison avec toi.

— Euh… D'accord…

Il trinqua avec sa tasse contre la mienne.

— Je sens que ça va être les dix jours les plus drôles de ma carrière !

Mais… Mais pourquoi je rougissais, moi ?

Et si Victoire pouvait arrêter de glousser, ça m'aiderait, aussi !

10

Des clients et… des agents

— Et ici, une troisième chambre, dit Nathalie de sa voix mélodieuse. Elle aussi pleine de potentiel, comme vous pouvez le constater.

Le couple qui la suivait acquiesça avec un bel ensemble en entrant dans la pièce. Je passai juste la tête, franchement pas convaincue. Entre la moquette vieillotte qui tapissait les murs et les montants de fenêtre en bois vermoulu, voire fendus en certains endroits, je n'étais pas sûre que j'aurais voulu de cet « appartement Grand Siècle » sur l'avenue Montaigne, réputée la plus chère de Paris.

Le Tout-Paris avait eu le week-end pour prendre connaissance de nos annonces fraîchement remises en ligne, les clients affluaient enfin. Nathalie et Déborah m'avaient proposé de les accompagner dans leurs visites, ce que j'avais évidemment accepté, trop heureuse de l'aubaine. Nathalie s'était chargée de la première partie de l'après-midi.

Elle me rejoignit sur le pas de la porte, un sourire ravi aux lèvres.

— Ils vont acheter, chuchota-t-elle.

— Tu crois ? marmonnai-je.

— J'en suis sûre ! Regarde le monsieur. Il écrit tout ! C'est bon signe, ça.

Je hochai la tête, rassurée par sa confiance. En effet, l'homme, un grand gaillard d'un certain âge dont les cheveux grisonnants avaient déjà bien déserté le crâne, ne cessait de prendre des notes sur un petit carnet. Son épouse par contre, avec son manteau en fausse fourrure, passait un doigt sur chaque défaut qu'elle rencontrait, la bouche plissée dans une expression désapprobatrice. J'hésitai.

— Il est quand même en mauvais état, murmurai-je. L'appart…

— Bien entendu, répondit la jeune femme. Je n'arrête pas de le leur dire.

Je haussai un sourcil perplexe.

— Tu leur as dit qu'il était en mauvais état ?

J'avais raté ce moment-là !

— Enfin, Miss Noëlle ! Je viens de passer la visite à répéter qu'il était plein de potentiel !

Son air surpris m'obligea à me fendre d'un sourire contrit.

— Excuse-moi, je ne suis pas attentive…

— Je comprends, approuva-t-elle. Tu penses à la maison hantée.

Voilà, on allait dire ça.

Le couple revenait vers nous.

— On continue ? reprit Nathalie en repoussant ses cheveux blonds. Je ne vous ai pas encore montré la salle de bains. Vous allez voir, elle est pleine de charme et comporte vraiment un gros, gros potentiel.

Quand l'homme passa devant moi, je jetai un œil à son carnet. Les annotations me confortèrent dans mon impression. Il avait créé deux colonnes, une « + » et une « - ». La première comportait quatre mots : « sur l'avenue Montaigne », la seconde listait les travaux à effectuer, longue comme le bras. Oh oh… Nathalie avait-elle aussi vu ça ?

Je m'empressai de suivre le mouvement jusqu'à la salle de bains. Des traces de coulures noirâtres ornaient les murs, la baignoire était crasseuse et la vasque du lavabo fendillée d'un bout à l'autre.

— Gros, gros potentiel, répéta Nathalie avec le plus grand sérieux.

L'homme se mit à noter frénétiquement dans son carnet tandis que sa femme passait le doigt sur le lavabo abîmé. Ma collègue m'adressa un clin d'œil complice. Non, elle n'avait rien vu du tout. Misère…

Mon expérience avec Déborah partit nettement mieux. Je l'accompagnai dans une série de visites avec une vieille dame aux cheveux blancs et au tailleur impeccable, couverte de bagues et de colliers dont je n'osais pas estimer le prix. Celle-ci recherchait un pied-à-terre à Paris après avoir déménagé sa résidence principale près de la Méditerranée.

Nous vîmes ainsi de beaux appartements au standing indiscutable, de petites maisons atypiques nichées dans des quartiers chics, et même le dernier étage complet d'un immeuble neuf avec vue sur tout Paris. Déborah avait du nez, sa cliente semblait sous le charme.

— Magnifique, magnifique… ne cessait-elle de répéter, des étoiles plein les yeux, en trottant de fenêtre en fenêtre dans ce dernier bien. Qu'on doit se sentir tranquille, ici…

— Je dois vous avertir, madame, finit par l'intercepter Déborah. Étant donné la qualité et la rareté de ce type d'appartements, les acheteurs intéressés se bousculent devant notre porte.

La vieille dame s'immobilisa, les sourcils blancs froncés par-dessus ses lunettes.

— Ah ?

J'étais surprise aussi. Je savais que nous avions de nouveau des clients, mais tout de même.

— Je ne vous cache pas que nous avons déjà une offre sur ce bien, ajouta Déborah d'un air neutre, mais une offre au-dessous du prix, qui a été refusée par le vendeur. J'ignore s'il y aura une contre-offre, mais si vous êtes intéressée, il faut faire vite. Très vite. J'ai besoin d'une réponse avant ce soir.

La femme joua nerveusement avec ses doigts.

— Avant ce soir ? répéta-t-elle.

— Oui.

— Puis-je… refaire un tour ?

— Bien entendu, je vous en prie. Profitez de la lumière et de l'espace. Sentez-vous comme chez vous.

Elle fila du côté des chambres. Je me tournai vers Déborah, admirative.

— Tu avais déjà reçu une offre sur ce bien ? demandai-je à voix basse.

— Pas du tout.

— Hein ?

— Enfin, Miss Noëlle ! Tu connais les clients ! Si tu ne les brusques pas un peu, tu ne vends jamais !

Je lui jetai un coup d'œil incrédule. Les brusquer

« un peu » ? Elle venait d'imposer un délai de moins de deux heures à cette pauvre vieille dame pour un achat qui dépassait les cinq millions d'euros ! Bon… Pauvre n'était sûrement pas le terme exact, mais dans mon éducation, on ne se comportait pas comme ça avec les personnes âgées !

— Ne me dis pas que tu n'as jamais fait ça, ajouta Déborah en me jetant un regard trop maquillé critique. Je ne te croirais pas.

Je me renfrognai. Quel étrange monde que celui des agents immobiliers.

— Je l'ai fait seulement quand c'était vrai, répondis-je avec toute la superbe que je pouvais.

— Eh bien… Tu as de la chance d'avoir réussi à vendre quoi que ce soit.

La moutarde me monta au nez. Je me forçai à respirer. Allons. Déborah ne critiquait pas réellement mon travail. Parce que ce n'était pas réellement mon travail, pour commencer. Et puis, si cela se trouvait, elle avait raison, et cette cliente ne se déciderait jamais si on ne lui mettait pas un coup de pression.

Celle-ci finit par revenir, le visage toujours ridé par une expression inquiète.

— J'aurais aimé revenir le visiter avec mon petit-fils, plaida-t-elle, mais il n'est pas en France cette semaine…

— Vraiment ? répondit Nathalie d'un air compatissant.

— Et il faut que j'en parle avec mon banquier, bien sûr… Pourrais-je… Pourrais-je vous donner ma réponse en début de semaine prochaine ?

— Si vous voulez. Simplement, il risque de ne plus être là. Je ne peux pas le bloquer pour vous.

Je m'insurgeai en silence. Elle avait raison, bien sûr, mais bon sang ! Nous n'avions pas tant de clients que ça et c'était bien la première fois que j'entendais parler de cet appartement ! Elle aurait pu essayer de la rassurer, à la place ! Lui dire qu'il n'y avait pas de souci pour attendre et que si un autre acheteur – un vrai, pas un imaginaire – se présentait, nous la contacterions immédiatement pour la prévenir ! Quelque chose qui mette en confiance, quoi !

La conclusion logique ne manqua pas de tomber. La vieille dame secoua ses cheveux blancs d'un air navré.

— Entendu, je comprends. Je ne vais pas vous embêter plus longtemps…

Je remontai dans la voiture avec Déborah cinq minutes plus tard, en me retenant pour ne pas la secouer en criant. Entre Gaétan, Nathalie et elle, avaient-ils réellement réussi à vendre la moindre chambre de bonne, un jour, dans cette agence ?

— Ça m'a tout l'air de techniques de vente classiques, déclara la voix de Dorian depuis le combiné du téléphone posé sur le plan de travail de la cuisine. Présenter les défauts comme des challenges, créer l'urgence pour bloquer le circuit critique des neurones…

— Mais on n'a rien vendu ! me récriai-je, debout devant ma poêle, les yeux rivés sur la crêpe qui y cuisait.

— Bah… Les techniques sont mal utilisées, c'est évident, mais si tu savais ce qu'on a pu me raconter quand j'ai acheté mon propre appart…

— C'est vrai ?

— Ils m'ont dit que c'était normal d'avoir un appart dégueu parce que « c'était toujours comme ça », qu'un autre acheteur avait tenté une offre au-dessous du prix et que ça avait été refusé, donc je ne devais pas essayer de négocier, que je ne trouverais jamais rien de mieux dans le secteur en rapport qualité-prix, même si j'avais une annonce dans mon smartphone qui disait le contraire…

Je grimaçai. C'était dur à avaler.

— Gaétan a carrément proposé des choses qui n'avaient rien à voir, rappelai-je.

— C'est aussi une technique, pour montrer aux clients des biens auxquels ils n'auraient pas pensé. Bon, en théorie, il faut les présenter après les biens qui concordent avec les critères, pour ouvrir le champ des possibles, mais…

De l'autre côté du plan de travail, Victoire grignotait le comté destiné aux crêpes salées en me regardant d'un air passionné.

— C'est vachement mieux quand c'est toi qui racontes ta journée que quand c'est Vivien, chuchota-t-elle.

Je haussai un sourcil, embêtée, et fis sauter ma crêpe avec adresse. Combien de temps lui faudrait-il avant de cesser de parler de ce pauvre type toutes les cinq minutes ? Elle avait passé le week-end à me comparer à lui !

— Est-ce qu'on peut conseiller aux big boss de Demeures de Luxe de rappeler à tous leurs salariés la base des règles de vente ? demandai-je à l'adresse de mon patron.

— Ça me semble délicat, répondit la voix de Dorian. Je vais leur poser la question, mais je pressens leur réponse.

— Qui serait ?

— Si ces agents avaient carte blanche pour mener leurs affaires, leurs mises en ligne, leur site internet, leur vitrine, et surtout si chacun gérait un panel de biens qui lui était propre, au lieu de la totalité des biens de l'agence, ne seraient-ils pas plus efficaces ?

Je fis glisser la crêpe cuite dans l'assiette de Victoire. Celle-ci s'empressa de la garnir de comté et de dés de jambon. Je remis de la pâte dans la crêpière, qui grésilla gaiement.

— Il faudrait que j'amène PDG à ça… marmonnai-je dans ma barbe. Mais je ne vois pas comment. Je ne sais toujours pas pourquoi ils sont arrivés à cette organisation façon agence de mannequins.

— Tu dois creuser encore, Noëlle.

— C'est Miss Noëlle, corrigeai-je machinalement.

— Ah ? Tu es miss, maintenant ? Félicitations. Tu me diras quel numéro envoyer pour voter pour toi.

Victoire pouffa de rire, de la crêpe plein la bouche. Mon histoire lui redonnait une pêche inattendue. Je l'avais trouvée déprimée, enveloppée dans mon plaid escargot, à regarder un jeu télévisé quand j'étais rentrée de l'agence. Le cap du retour dans un appartement qui n'était pas le sien lui minait le moral.

— Allez, je vous laisse dîner. La bise à ta sœur.

— Je transmets, répondis-je avec un sourire à l'adresse de Victoire. Bonne soirée !

La tonalité de fin de conversation résonna. Victoire raccrocha tandis que je faisais sauter ma crêpe.

— Il est cool, ton chef, dit-elle, la bouche pleine.

— Et célibataire, précisai-je négligemment. Je l'invite à dîner, cette semaine ?

Elle avala de travers.

— Euh… Non, non…

Ha ! C'était pénible quand tout le monde essayait de vous caser avec le premier venu, hein ? D'ailleurs, ça faisait longtemps que je n'étais pas allée sur mon site de rencontres, moi… Comment on faisait pour avoir un amoureux quand on avait une vie comme la mienne ?

Je fis glisser la crêpe dans mon assiette, versai de la pâte dans la poêle, attrapai mon smartphone et me connectai rapidement. Six messages. Tous du même gars, envoyés deux jours plus tôt à environ trois ou quatre minutes d'intervalle.

« Salut… t'es belle….. »

« Je t'ai fait un compliment……… tu pourrais répondre !!! »

« Comment tu t'appelles ? »

« Tu te rappelles plus ton nom, c'est con »

« Je vois que tu ne me réponds toujours pas, tant pis pour toi… »

« Dommage, je te bloque »

Le tout suivi par une notification m'informant que ledit personnage ne souhaitait pas que je le contacte.

Je restai une seconde figée, à relire le texte, incrédule. Mais qu'est-ce que c'était que cet abruti, encore ? Il n'avait pas vu que je n'étais pas connectée ?

— Noëlle, ça brûle ! m'informa Victoire.

Je m'empressai de revenir à ma crêpe et de la faire sauter. Les mots de ce type me scandalisaient. Non mais franchement, qu'est-ce que c'était que ce comportement ? Heureusement que je l'avais manqué, je n'aurais pas voulu sortir avec un imbécile pareil !

— Ça ne va pas ? s'inquiéta ma petite sœur.

— Bof… marmonnai-je.

— Qu'est-ce qui se passe ?

— Ben… Tu sais, ce moment où tu n'as rien fait de mal, que tu te fais jeter quand même et que tu ne comprends pas pourquoi ?

Elle me regarda de travers.

— Ouais, je vois assez bien…

Ah oui, j'avais déjà oublié. Oups…

11

Fantôme contre fantôme

Mon horoscope était formel, ce mardi matin-là, dans le quotidien gratuit *Métro* : ma journée devait être parfaite ! Arrivée à ma station, je déposai le journal sur mon siège et oubliai aussitôt cette prévision.

Le beau temps de ces derniers jours tournait à l'orage. Des nuages noirs menaçants barraient le ciel lorsque je sortis des souterrains. Je grimaçai. Pourvu que cela n'éclate pas au moment où j'étais dehors, je n'avais pas de parapluie. Et puisque j'y pensais, j'avais encore oublié de mettre des baskets dans ma boîte aux lettres. Je soupirai en remontant les Champs-Élysées. Un jour, peut-être…

Nathalie m'attendait, surexcitée.

— Miss Noëlle ! s'écria-t-elle en me voyant, les perles de son collier tressautant sur sa poitrine. Il s'est produit un miracle ! Tu ne devineras jamais !

— Le président est venu ? m'écriai-je. Il veut une maison ?

— Euh… Non…

Ses grands yeux noisette s'étaient arrondis. Bon. Dommage.

Elle se ressaisit.

— J'ai reçu un appel, ce matin, me confia-t-elle en me prenant le bras pour m'accompagner jusqu'à mon bureau. Prépare-toi parce qu'à 10 heures, tu as rendez-vous avec deux personnes adorables qui sont intéressées par la maison hantée !

— Génial ! m'exclamai-je, très sincèrement, cette fois.

— J'y crois, Miss Noëlle ! Je dirai une prière pour toi, tu vas réussir à la vendre, j'en suis sûre !

Ah, super. En tout cas, sa confiance me touchait. JC apparut derrière elle.

— Je t'accompagne ? proposa-t-il timidement.

— Et comment !

Un pacte était un pacte !

Je jetai un coup d'œil à la grande horloge centrale. 9 heures pile ? J'avais tout le temps pour me préparer, mais sans traîner !

— Miss Noëlle… hésita Déborah. Tu n'as pas oublié que tu dois vendre cette maison seule ? Je veux dire…

Elle coula un regard à JC, qui se rembrunit.

— Il est bien obligé de m'accompagner ! me récriai-je. J'ai vérifié la police d'assurance de la limousine, vous y êtes inscrits nominativement et pas moi ! Si je l'abîme, c'est pour ma poche ! Et je n'ose pas imaginer combien ça peut coûter…

Bon, ce n'était pas tout à fait vrai – je n'avais rien vérifié du tout –, mais visiblement, Déborah n'en savait pas plus que moi sur les assurances automobiles. Elle se mordilla les lèvres, puis hocha la tête.

— OK. Mais soyez discrets. Vous savez…

Elle esquissa un mouvement de menton vers le bureau de PDG.

— Soyez discrets, répéta-t-elle.

Et elle retourna à son ordinateur. Je l'observai encore une seconde entre mes paupières plissées. Les membres de cette équipe avaient conscience de l'absurdité des ordres de PDG, trop peur pour s'y opposer ouvertement, mais assez de bon sens pour les contourner dès qu'ils en avaient l'occasion. D'un certain côté, c'était encourageant.

Une heure plus tard, nous roulions vers la maison hantée. Nos clients, un couple d'Anglais qui parlaient français avec un accent à couper au couteau, avaient choisi de s'installer au fond de la limousine et poussaient des cris de joie à chaque fois que nous passions devant un grand monument parisien. Parfait. J'allais en profiter pour tenter de cuisiner à nouveau JC !

— C'est génial d'appartenir à une chaîne aussi prestigieuse que Demeures de Luxe, quand même, entamai-je en regardant la tour Eiffel qui apparaissait entre deux immeubles.

Je le vis se crisper sur le volant. Mince, rien qu'avec ça ? Mais je n'avais encore rien dit !

— Vous avez été rachetés il y a longtemps ? ajoutai-je en feignant de ne pas percevoir son malaise.

— Cinq ans.

Ça concordait avec mes informations.

— Cinq ans ! m'exclamai-je. Tu étais déjà là ?

— Oui.

— Cool ! Ça a dû changer plein de choses, dans l'organisation, non ?

Il haussa les épaules, les yeux rivés sur la circulation.

— Pas vraiment.

— Ah ? Vous étiez déjà sur le modèle « tout le monde connaît tous les biens » ? Ça a dû les impressionner, ça…

Le nez de JC se fronça.

— Non, gronda-t-il, ce n'était pas encore comme ça.

Oh ! Enfin une information intéressante ! Je le dévisageai, pleine d'espoir, sans parler pour l'encourager à continuer, mais cet homme semblait immunisé contre les battements de cils d'oie.

— C'était comment ? finis-je par le relancer.

Il soupira et se cala mieux dans le siège conducteur.

— Comme dans toutes les autres agences, lâcha-t-il avec amertume. Nathalie gérait les biens neufs, Déborah les maisons, Gaétan les appartements, les stagiaires démarchaient et s'occupaient des mises à jour…

Ses narines se dilatèrent. La stupéfaction me laissa muette. JC, en colère ? Colère étouffée, certes, mais colère tout de même !

— Et toi ? demandai-je timidement.

— Je m'occupais des biens d'exception.

Je fronçai les sourcils.

— L'agence ne vendait pas que des biens d'exception ?

— Pas tout à fait. Des appartements de haut standing, des maisons de luxe, oui, mais ce qu'on appelle les biens d'exception, c'est… Eh bien, c'est le Logis des Sapins Bleus, par exemple. Les châteaux. Les manoirs. Tout ce qui sort vraiment de l'ordinaire.

Les pièces s'emboîtèrent dans ma tête. Tout s'expliquait. L'incompétence de Nathalie – la spécialiste du neuf – face à ses biens « pleins de potentiel », la galère de Gaétan – l'homme des appartements – avec un couple qui recherchait une maison avec une tourelle et un potager… Et JC, qui était passé de gérant de demeures exceptionnelles à sous-grouillot.

— Vous avez changé quand ? m'enquis-je.

— Ça va bientôt faire deux ans, je crois. Peut-être un peu moins.

Enfin ! J'allais comprendre ce qui s'était passé à ce moment fatidique de Demeures de Luxe !

— Pourquoi ?

Les mâchoires de JC se contractèrent furieusement. Puis se détendirent.

— Une idée de PDG, répondit-il simplement. Il voulait… qu'on ait tous les mêmes chances.

— Les mêmes chances de quoi ?

— De vendre de tout.

— De tout ?

— Oui. Il trouvait injuste que je… que je sois le seul à vendre les biens d'exception. Ce sont les plus chers, donc mes commissions étaient plus grosses. Il a rétabli… un équilibre.

Je remarquai les jointures de ses mains, blanches tant il serrait le volant. Je me laissai aller contre le siège de la limousine, pensive. PDG avait peut-être rétabli un équilibre, mais depuis l'agence sombrait…

— Tu gagnais vraiment plus, pour qu'il en vienne à de telles mesures ? demandai-je avec toute la douceur possible.

— Même pas, avoua le jeune homme avec un haussement d'épaules. Les biens d'exception sont beaucoup plus rares que les biens de haut standing, donc j'en vendais un pendant que les autres en vendaient deux ou trois. On s'y retrouvait sans problème.

— Mais il devait le savoir, ça, PDG !

— Oui.

— Alors… Pourquoi ?

Il parut sur le point de dire quelque chose, puis se ravisa.

— Tu crois que c'est la bonne, cette fois ? demanda-t-il avec un signe de tête vers l'arrière. On va le leur vendre, ce fichu Logis ?

Je grimaçai. Encore raté !

— Aucune chance, répondis-je avec un mouvement de main gracieux. Aujourd'hui, c'est le jour du grand sacrifice.

— Hein ? Tu veux sacrifier quoi ?

Je m'égayai et désignai les clients du pouce.

— Eux.

Il me jeta un coup d'œil surpris, puis un sourire malicieux releva le coin de ses lèvres.

— Je suis bien content d'être là, moi…

Je me détendis dans mon siège, ravie. Au fait, il faisait chaud dans cette voiture, non ?

Le ciel s'était totalement obscurci et le tonnerre grondait au loin lorsque nous nous garâmes dans la cour du Logis des Sapins Bleus. Nos Anglais sortirent de la limousine avec des « *Oh my God !* », « *Amazing !* » et « *So wonderful !* » enthousiastes. Ils mitraillèrent le jardin zen avec leurs téléphones portables. Je vérifiai d'un geste le contenu de la poche de ma veste et les suivis, à moitié stable sur mes talons dans les graviers. Vivement que Fernando débarque !

— On commence la visite par les extérieurs, pendant qu'il ne pleut pas encore ? proposai-je d'une voix forte, en espérant que je l'attirerais.

— Oh *yes* ! Avec plaisir, Miss Noëlle !

Nous fîmes le tour des dépendances, je racontai l'histoire des épicéas bleus et leur fis admirer la vue et le calme de l'endroit. Les clients semblaient sous le charme. Qui ne l'aurait pas été ?

Lorsque je me retournai vers la maison, une silhouette armée d'un râteau se tenait dans le recoin de l'entrée. Je réprimai un sourire de mon mieux. Génial !

— On continue avec l'intérieur ? lançai-je d'une voix ingénue.

Le couple se précipita vers moi, les yeux brillants, avide de visiter. Je les entraînai jusqu'à la porte. Fernando approcha.

— Je vous présente Fernando, déclarai-je, le garde-chasse de la propriété.

— Le garde-chasse ! se récria la femme avec son accent épouvantable. *So typical !* J'adore la France !

— Enchanté, monsieur, ajouta son époux en articulant chaque syllabe avec soin. Nous sommes Johanna et Clyde McCowen.

— Enchanté, répéta Fernando d'un air pas enchanté du tout. Vous venez visiter la maison ?

— Oh oui ! Nous recherchons *une* petit pied-à-terre comme vous dites ici, pour *notre* vacances avec les enfants…

— Il n'y a pas tout ce qu'il faut, dans votre pays ?

Eh ! Il était désagréable, là !

Heureusement, les McCowen ne parurent pas s'en apercevoir.

— Hélas, rien de si… *lovely* !

Et toc.

Fernando me fusilla du regard. Je me contentai de lui retourner un sourire *lovely*.

— On vous a raconté ce qui était arrivé aux propriétaires précédents ? demanda-t-il d'une voix maussade sans me quitter des yeux.

— Non, répondit Clyde avec un intérêt poli.

— Ils ont été assassinés par leur propre fils. Dans le salon du…

— Ils ont été extrêmement heureux dans ce logis, l'interrompis-je avec sérénité. Et vous le serez également, j'en suis sûre !

Le couple échangea un regard perplexe.

— Assassinés ? répéta Johanna McCowen.

— Sauvagement, asséna Fernando en me lançant un coup d'œil triomphant. Je ne sais pas si leurs âmes trouveront le repos un jour, tant ça…

— Monsieur Fernando ! m'exclamai-je. Enfin, ne racontez pas n'importe quoi ! Bien sûr que leurs âmes ont trouvé le repos ! Vous n'allez pas me dire que vous les entendez vous parler, quand même.

Un coup de tonnerre résonna, tout près.

Fernando frissonna et rapprocha son râteau de lui. Bon sang, quel comédien…

— N'affirmez pas de telles choses, madame. Parfois, surtout par un temps pareil, il y a comme des chuchotements…

— Du vent dans les branches, rien de plus, affirmai-je en mettant les mains dans mes poches.

— Pas que, madame, pas que…

— Que pourraient-ils bien avoir à vous dire ?

— Eh bien, cela ressemble parfois à des mots durs, des cris…

— Cela suffit… Fernando… souffla une voix féminine étouffée venue de nulle part.

Le garde-chasse s'interrompit net.

— Pardon ? bredouilla-t-il.

— Pardon quoi ? m'étonnai-je.

— Vous avez… dit quelque chose ?

— Non, c'est vous qui parlez, rappelai-je sur un ton blasé. Et pour raconter des sornettes.

— Vous avez dit… que cela suffisait ?

— Je l'ai pensé très fort, mais je ne me serais pas permis de l'énoncer à voix haute. Je peux continuer ma visite ?

Un éclair zébra le ciel et le tonnerre suivit. Oh la la ! Timing parfait !

JC me dévisageait avec intensité. Je lui souris innocemment et pressai le bouton suivant de ma télécommande, au fond de ma poche.

— Cela suffit… Fernando… reprit une voix masculine d'outre-tombe. Laisse-nous partir, maintenant.

La bouche du malheureux garde-chasse s'ouvrit en grand.

— Monsieur ? bredouilla-t-il.

— Laisse-nous partir, Fernando… reprit l'homme.

Eh ! C'était marrant ! Je reconnaissais la voix de Dorian, sous la réverbération ! Il ne m'avait pas prévenue qu'il avait participé à l'enregistrement.

Les McCowen échangèrent un regard stupéfait.

— Vous ne les entendez pas ? s'étrangla Fernando.

— Ça ne prend pas avec moi, répondis-je avec hauteur tandis que JC secouait la tête négativement. Arrêtez votre cinéma.

— Mais…

— La vie doit revenir, Fernando… ajouta la femme – que j'identifiai comme Louise, des ressources humaines de Gungnir Conseil. La vie doit reprendre sous les Sapins Bleus…

Une pluie torrentielle se mit à tomber.

— Tout le monde à l'intérieur, vite ! m'exclamai-je.

JC s'empressa de déverrouiller la porte et les McCowen entrèrent à notre suite, déjà trempés comme des soupes. Seul Fernando resta sous la pluie, bouche bée, tournant la tête dans tous les sens.

— Ma… Madame ?

Je fermai la porte. Après tout, cet homme avait sa propre maison !

Et maintenant, il n'y avait plus qu'à rassurer les clients. Enfin, rassurer… Notre couple d'Anglais ne semblait pas plus traumatisé que cela. Clyde recoiffait ses cheveux blancs tandis que Johanna réajustait son manteau.

— Je suis navrée de ce contretemps, formulai-je très cérémonieusement.

— *Please*, ne vous excusez pas, c'était très amusant ! répondit Clyde McCowen en me coulant un regard pétillant. On dirait Wooded Hill Castle, près de chez nous. On raconte qu'il est hanté aussi et qu'on entend le fantôme de Sir Trevor McIntosh hurler les nuits de pleine lune.

— Si pittoresque, approuva sa femme. Les touristes adorent.

J'en restai abasourdie. La vache ! Le flegme anglais, ça n'était pas une légende !

Et soudain, mon cerveau effectua un tour complet sur lui-même. Sérieusement ? Les fantômes, ça leur plaisait ? Malgré ce qu'ils venaient d'entendre ? Finalement, on avait une chance de vendre cette baraque ?

De l'autre côté du couple, JC faisait des efforts visibles pour ne pas sourire trop largement.

— Je suis ravie que cela vous plaise ! m'exclamai-je. Si vous le voulez bien, nous allons commencer par la salle à man…

— Juste un détail, Miss Noëlle, m'interrompit Clyde. Il va de soi que nous n'achèterons pas ce *cottage*.

— *Of course*, confirma Johanna.

Mon enthousiasme retomba comme un soufflé.

— Ah ? Mais, je croyais que… Pourquoi ?

— Nous recherchons une maison de vacances, pas un château à transformer en bed and breakfast à thème.

— Même si c'est très séduisant, ajouta sa femme devant ma mine déconfite. Dès que quelqu'un l'aura repris, nous réserverons une chambre et nous ferons plein de publicité auprès de nos amis. Nous adorons les fantômes.

Un… bed and breakfast à thème ? Je les observai tour à tour, incrédule. Que répondre à ça ? Heureusement, JC se reprit plus vite que moi.

— Vous voulez quand même visiter ? demanda-t-il. Peut-être que vous serez étonnés !

— Avec plaisir, jeune homme ! Nous vous suivons.

Espérait-il qu'ils auraient un coup de cœur malgré tout ? Je me ressaisis. Il fallait y croire ! Ils seraient peut-être sensibles aux clichés des îles Lofoten !

Une heure plus tard, nous quittions le Logis des Sapins Bleus. Le ravissement des McCowen n'avait pas faibli de la visite, mais ils avaient confirmé leur souhait d'acheter une maison plus tranquille. Même si j'avais prévu à la base de les « sacrifier » en passant l'enregistrement des voix fantomatiques en leur présence, mon moral en prenait un coup. Ils m'avaient donné tellement d'espoir avec leur histoire de château hanté !

Je me consolai en repensant à Fernando, qui errait toujours près des sapins détrempés quand nous étions partis, le regard vague, à bredouiller des « Monsieur ? Madame ? » très inquiets. Peut-être qu'il allait se calmer, maintenant. Et moi, je devais prévenir Dorian que ses gars pouvaient récupérer leur matériel de sono caché autour de la maison.

— Noëlle ? chuchota JC alors que nous prenions place tous les quatre dans la limousine.

— Oui ?

— Ça… Ça te dirait d'aller prendre un verre, vendredi soir, après le boulot ?

Mes joues s'enflammèrent brutalement. Hein ? Quoi ? Moi ? Un verre ? Mais je n'étais pas prête ! Et avec un client, en plus ! Qui ne savait même pas qu'il était un client !

— Pour me raconter comment tu as réussi à faire ce tour de magie ! se hâta-t-il de préciser.

Je remarquai ses oreilles cramoisies. Vite ! Trouver une bonne excuse pour dire non !

— Euh… D'accord, bredouillai-je.

Hein ? Mais… Mais pourquoi j'avais répondu ça, moi ?

12

Des réactions sereines et proportionnées !

Le récit de nos exploits fit rire aux éclats nos collègues à l'agence. Réunis autour d'une pizza maison bricolée par JC en une poignée de minutes, nous déjeunions dans une bonne humeur d'autant plus partagée que les demandes de rendez-vous affluaient en masse.

Je ne savais pas si j'arriverais à vendre la maison hantée, mais j'avais confiance dans l'avenir de cette équipe !

C'est d'ailleurs ce que j'inscrivis dans mon compte-rendu, après le repas. Si PDG revenait à la raison – ou disparaissait de l'équation –, l'équipe repartirait du bon pied. Je n'avais aucun doute sur le fait qu'ils remettraient en place l'ancienne organisation, bien plus logique et fonctionnelle, en moins de temps qu'il n'en faudrait pour le dire.

Je relus mon compte-rendu, émaillé d'exemples et de phrases prononcées devant moi. Parfait. Je n'avais plus qu'à envoyer ça aux trois big boss de la chaîne Demeures de Luxe, et ils prendraient leur décision en leur âme et conscience.

Un bruit de pas dans mon dos me fit sursauter. Je me retournai. PDG se tenait derrière moi, le visage rouge et les narines frémissantes de colère. J'avalai de travers et me levai précipitamment pour cacher mon écran. Mon cœur se mit à battre à coups furieux. Il avait… lu ?

— Vous ! cracha-t-il. Vous pensiez que vous alliez pouvoir jouer à ce petit jeu longtemps ?

Mon sang se figea. Oui, il avait lu. Il avait compris qui j'étais. Dans l'open space, les autres agents s'étaient immobilisés, anxieux.

— Écoutez, tentai-je, ce n'est pas si grave de…

— Taisez-vous ! N'essayez pas de vous justifier ! Vous m'avez menti ! Vous nous avez menti, à tous ! Comment osez-vous vous regarder dans le miroir ?

Je me sentis pâlir d'indignation. Bien sûr que j'avais menti ! Mais tout de même ! C'était mon métier ! Il ne pouvait s'en prendre qu'à lui si ses patrons en étaient réduits à mener une enquête sur lui !

— PDG, dis-je d'une voix plus calme. Vous ne comprenez pas…

— Oh si, je comprends très bien ! Vous avez essayé de me rouler dans la farine ! C'était quoi, l'étape suivante ? Me faire remplacer ? Par lui, par exemple ?

Il désigna JC, qui ne bougeait plus, statufié. Je serrai les dents. Évidemment que je voulais le faire remplacer ! C'était écrit noir sur blanc sur mon écran ! Mais… Pourquoi par JC ?

— Vous êtes virée ! rugit-il.

La stupéfaction fit retomber ma propre colère. Virée ? Comment ça, virée ? Il ne pouvait pas me virer puisque ce n'était pas lui mon patron !

— Je ne comprends pas, dis-je prudemment. Vous me reprochez… quoi, exactement ?

— Et vous jouez les innocentes, en plus ! Je suis au courant que vous êtes allée à la maison hantée avec JC ! Vous avez rompu les règles de notre contrat ! Vous croyez vraiment que je vais vous laisser rester ?

Les bras m'en tombèrent. Il ne savait rien. Rien du tout. Il me renvoyait sur… un coup de tête ? Et bon sang, qu'est-ce que c'était que son problème avec JC ? Ça ne pouvait pas être juste une histoire de commissions sur des biens de luxe ! Il lui avait piqué sa copine ou quoi ?

— Vous avez dix minutes pour prendre vos affaires et partir, conclut-il d'une voix sifflante. Et vous n'êtes pas autorisée à parler à mon équipe.

Je hochai la tête pour montrer que j'avais compris. Il tourna les talons et retourna dans son bureau. La porte claqua avec force derrière lui. Je me laissai retomber sur ma chaise, abasourdie. Mince alors. Virée. C'était bien la première fois que ça m'arrivait pendant une mission d'infiltration ! J'avais sous-estimé la haine que PDG vouait à JC. Et je n'en connaissais toujours pas la cause.

En tout cas, j'avais intérêt à me ressaisir très vite. Je revins à mon écran, sur lequel apparaissait toujours mon compte-rendu. Je l'enregistrai et me l'envoyai par e-mail à moi-même, vérifiai que l'ordinateur ne contenait rien de compromettant et rangeai mes affaires, l'estomac noué. Mon avenir professionnel n'était pas en jeu, bien entendu, mais mon ego en avait pris un coup. Virée. La vache.

Quand je me levai, je me rendis compte que les

quatre agents m'observaient en silence. Déborah se mordait les lèvres d'un air mortifié, Nathalie avait joint les mains devant ses yeux noisette pleins de larmes et Gaétan était si tendu que ses muscles crispés gonflaient le tissu de sa chemise. Je n'osai pas regarder JC. J'imaginais que notre verre de vendredi soir était annulé. J'en ressentis un pincement au cœur. Bah… J'en trouverais plein d'autres sur mon site de rencontres, des gars qui voulaient prendre un verre avec moi. Ils ne cuisineraient peut-être pas aussi bien, mais…

Je récupérai mon sac et allai jusqu'à la porte, qui tinta joyeusement quand je l'ouvris. J'hésitai. Dire au revoir à l'équipe ? Et prendre le risque de voir débouler l'autre fou furieux ? Sous-entendre que tout irait bien pour moi ? Et pour eux aussi ?

Un sursaut de fierté me revint. J'étais une Valkyrie, que diable ! J'avais un rôle à tenir jusqu'au bout !

Je sortis sans un mot.

Je redescendis l'avenue des Champs-Élysées, le moral miné. Ni les arbres bourgeonnants, ni les piétons qui flânaient malgré le temps orageux, ni le vacarme du flot ininterrompu de voitures ne parvenaient à me sortir de l'esprit le moment désagréable que je venais de vivre. Virée. Eh bien…

Je soupirai et redressai la tête, ce qui m'évita de rentrer dans un groupe de touristes chinois. Il y avait forcément de bonnes choses à tirer de ça. Déjà, je savais ce qui était arrivé aux nouveaux embauchés précédents. Ensuite, maintenant, j'avais tout le temps libre nécessaire pour taper mon rapport, fouiller les sites de rencontres et chercher un nouvel appartement pour ma sœur. Et en plus, je n'avais plus besoin de vendre la maison hantée.

Cette dernière pensée me rasséréna un peu. Franchement, cette baraque… Pauvre JC. Il allait à nouveau se retrouver avec le bébé sur les bras. Aurait-il le cran d'aller piquer les papiers d'identité de Fernando, si celui-ci l'embêtait encore ? Pas sûr. Je grimaçai. Dommage, ça m'avait plu de comploter avec lui. J'aurais bien aimé…

Je me figeai soudain. J'aurais bien aimé quoi, au juste ? Il fallait que j'arrête de penser à ça ! Ou plus exactement, il faudrait que je chasse définitivement cette histoire de mon esprit dès que j'aurais envoyé mon compte-rendu, complété avec le récit intégral de mon renvoi !

Victoire me trouva allongée sur mon canapé, mon coussin-escargot sur le ventre.

— Déjà rentrée ? s'étonna-t-elle.

— Ouaip. Je me suis fait virer.

Un silence me répondit. Je relevai la tête. Le manteau rouge à moitié enlevé, ma petite sœur me contemplait, la bouche arrondie, d'un air horrifié.

— Par l'agence immobilière, pas par Dorian, précisai-je donc.

— Oh… Oh, mon Dieu, Noëlle ! Tu m'as fichu une de ces frousses !

Elle vint se laisser tomber dans le fauteuil près de moi, encore sous le choc.

— Je nous voyais déjà déménager parce qu'on ne pouvait plus garder ton duplex ! gémit-elle.

Je haussai un sourcil.

— Dis donc, sœurette, si je perdais mon salaire et que tu vivais sous mon toit, j'espère bien que tu me relaierais le temps que je retrouve un boulot.

— Ah oui, tiens ! Je n'y avais pas pensé !

Elle soupira de soulagement.

— Bien sûr, Noëlle, reprit-elle. Ne t'inquiète pas, je paierai le loyer.

— Je n'ai pas perdu mon job, hein ? reprécisai-je, juste pour être sûre.

— Tant mieux ! Et Dorian, il en pense quoi ?

— Il est ravi. Il pense que cette expérience « réelle » va passionner nos clients.

— Cool ! Pourquoi tu déprimes, alors ?

Je haussai les épaules, pas sûre de le savoir moi-même.

— L'ego, sûrement…

— L'ego ? répéta ingénument Victoire. Ou JC ?

Je me redressai d'un coup dans le canapé et mon coussin-escargot atterrit sur le lino.

— N'importe quoi ! Pourquoi tu dis un truc pareil ?

— Vous aviez l'air complices, tous les deux, avec votre histoire de maison hantée… m'asticota-t-elle.

— Victoire !

— Ouiiiiiiiiiiiiiiiiii ?

— C'était pour le boulot !

— Bien sûr, oui…

Son sourire aux anges me ramena sur Terre et je me renfrognai.

— Ma petite sœur ne fait rien que m'embêter… grommelai-je en me rallongeant.

— Et blague à part, tu as trouvé de nouveaux hommes, sur ton site de rencontres ?

— Nan.

— Alors mets-toi dessus. Je m'occupe du dîner.

— Tu veux préparer quoi ?

— On est mardi, déclara-t-elle en se levant. Et le mardi, c'est raviolis.

Elle s'éloigna vers la cuisine. Je tiquai. Des raviolis ? Victoire, des raviolis ?

— Victoire ! la rappelai-je en me tordant le cou sur mon canapé.

— Oui ?

— Tu n'es plus avec Vivien. Le mardi, c'est fini les raviolis !

Ma sœur s'arrêta au milieu du chemin, comme frappée par la foudre.

— Mince… murmura-t-elle. Tu as raison…

J'attendis. Elle semblait plongée dans une profonde réflexion.

— Je pourrais faire… un gratin de légumes ? proposa-t-elle finalement. Avec plein de béchamel ?

— Bonne idée, approuvai-je.

Elle reprit sa route vers la cuisine.

— En plus, l'entendis-je marmonner, j'ai horreur de ça, les raviolis…

Il me semblait aussi, oui. Les habitudes que lui avait imposées Vivien avaient la vie dure.

Mon téléphone vibra sur la table basse. Je tendis la main pour l'attraper sans me lever. Dorian. Encore ? Nous avions discuté plus de quarante-cinq minutes en début d'après-midi !

— Allô ?

— Noëlle, c'est Dorian, annonça mon patron. Je

suis en téléconférence avec MM. de Montrouge, Beauval et Fontaine.

Je me redressai à moitié. Les big boss de Demeures de Luxe.

— Bonsoir, messieurs, dis-je poliment.

— Bonsoir, mademoiselle Andelnans, répondirent-ils avec un timbre lointain.

— Ces messieurs ont lu ton rapport avec intérêt, Noëlle, reprit Dorian. Cela éclaire bien des choses.

— Cela éclaire tout, vous voulez dire ! rétorqua une voix que je reconnus comme celle de Jean-Eudes de Montrouge, l'homme à la canne. Comment avons-nous pu être aveugles à ce point ?

— Il est évident que Patrick-Daniel Guerret n'a plus rien à faire à la tête de cette agence, ajouta un de ses compagnons. Mais nous voulons votre avis avant d'agir. Selon vous, qui est le plus à même de le remplacer ?

— Déborah Jocelyn, affirmai-je sans hésiter. Elle a déjà une position dominante dans l'équipe et elle dirige les autres quand les ordres de PDG ne sont pas clairs.

Cela marmonna à l'autre bout. Je tendis l'oreille mais ne parvins pas à discerner le moindre mot.

— Très bien, finit par déclarer Jean-Eudes de Montrouge, manifestement contrarié. Mademoiselle Andelnans, présentez-vous au travail demain matin à l'heure habituelle.

— Quoi ?

— Nous nous chargeons de tout. Soyez sans crainte, vous connaîtrez la version officielle du départ de Guerret et de votre retour avant d'arriver à l'agence.

— Pourquoi voulez-vous que j'y retourne ? m'inquiétai-je.

— Pour vous assurer que tout se passe bien avec la prise de poste de Mlle Jocelyn. Elle aura peut-être besoin d'aide pour asseoir son autorité. Vous êtes une pro. S'il le faut, vous lui mettrez le pied à l'étrier.

Hein ? Mais je n'avais jamais fait ça, moi ! Je n'étais pas… coach pour directrice d'agence ! J'étais experte en recherche de problèmes ! D'ailleurs, j'en avais trouvé assez pour tout le reste de la semaine. Et peut-être même du mois !

— Je compte sur toi ! lança la voix claire de Dorian. Tu vas encore nous faire un petit miracle de Noëlle !

Cela raccrocha.

Je contemplai mon téléphone, incrédule.

— Noëlle ?

Je relevai la tête. Victoire me contemplait par-dessus le muret qui séparait la cuisine de la pièce à vivre, avec un sourire jusqu'aux oreilles.

— Oui ?

— C'est cool ! gloussa-t-elle. Tu vas le revoir !

— Qui ?

— JC, bien sûr !

Je lui lançai le coussin-escargot, qu'elle évita en riant.

— Si tu ne veux pas de lui, cherches-en un autre !

Bien sûr. Et ça existait, un site pour chercher une nouvelle sœur ?

En attendant, mon ordinateur. Aujourd'hui, c'était décidé, je contactais un homme pour de bon !

La sonnette retentit.

— J'y vais ! cria Victoire en se précipitant vers la porte.

Je l'entendis ouvrir.

— Bonsoir Hortense !

— Bonsoir Victoire. Dites-moi, Noëlle est là ?

— Oui, et elle est en pleine forme !

— Ah ?

— Elle s'était fait virer de sa mission, mais les grands chefs sont intervenus et elle va pouvoir revoir JC.

Un soupir m'échappa. Victoire et la vie privée d'autrui…

— JC ? s'étonna ma voisine. Qui est JC ?

— Le sous-grouillot le plus sympa de la Terre. En plus, il aime beaucoup Noëlle. Entrez, je vous raconte…

— Avec plaisir !

Je me concentrai pour les ignorer. Les ragots, très peu pour moi. Même s'ils me concernaient.

— Au fait, vous veniez pour une raison en particulier ? s'enquit – un peu tard – ma sœur.

— Oh, une simple question de vocabulaire, à propos du mot « hashtag ». Si j'ai bien compris, je dois le placer devant les mots importants de mes phrases, mais je ne sais pas l'écrire. Mais racontez-moi plutôt votre histoire de sous-grouillot !

Je fermai hermétiquement mes oreilles et me connectai. Je n'accordai pas la moindre attention aux messages reçus. Cette fois, je ne subissais pas, je choisissais. Je lançai l'outil de recherche et sélectionnai quelques critères. De trente à trente-cinq ans, sans enfant, non-fumeur, habitant à moins de quarante kilomètres de chez moi…

Le site me renvoya toute une série de profils. J'éliminai ceux sans photos ou avec des photos où l'homme portait un chapeau ou des lunettes qui lui mangeaient la moitié du visage – ils avaient quelque chose à cacher ou quoi ? – et fis défiler ceux qui restaient. Pas si mal !

J'envoyai des messages à trois d'entre eux, dont les descriptions me plaisaient bien. Parfait. Plus qu'à attendre des réponses.

Par curiosité, j'allai tout de même lire les e-mails reçus. Quatre, annonçait la notification.

Le premier était un « Cc », tout seul.

Je me mordillai la lèvre inférieure, pensive. Il ne voulait certainement pas dire « cuillère à café », cela n'aurait eu aucun sens. Il s'agissait donc de « coucou ». Question subsidiaire : qu'avait fait cet homme de la précieuse seconde qu'il avait gagnée en ne tapant pas « coucou » en entier ?

Le deuxième faillit faire fondre mes rétines :

« Salu tu me fé tro craquer répon moi pliz. »

Je battis des paupières. Je venais de perdre un dixième à chaque œil.

Le troisième venait d'un homme de cinquante-huit ans :

« Bonjour, je vous trouve charmante. J'espère que vous me répondrez car la différence d'âge ne me pose aucun problème. »

Je haussai un sourcil dubitatif. Ça ne lui posait aucun problème. Tant mieux, alors. J'allais lui présenter Hortense, toujours en grande conversation avec Victoire.

Le dernier message me laissa plus perplexe encore :

« Hello ! J'espère que tu aimes le sport, parce que j'ai horreur des feignasses ! »

Au moins, ils se donnaient du mal pour capter mon attention, aujourd'hui…

13

Pour le meilleur… et pour le pire

Je pris une grande inspiration avant de pousser la porte vitrée de l'agence. L'air froid et pollué de ce petit matin humide entra dans mes poumons et me fit tousser. Non mais franchement, inspirer à fond sur les Champs-Élysées alors que la circulation vrombissait dans tous les sens… J'avais des idées, parfois…

Je me reconcentrai et me remis rapidement en tête ce que m'avait raconté Jean-Eudes de Montrouge la veille, lorsqu'il m'avait rappelée. Officiellement, les RH avaient considéré mon renvoi sans raison objective comme la preuve ultime de l'incompétence de PDG, et ils m'avaient demandé de revenir pour aller au moins jusqu'au bout des trois mois de ma période d'essai.

Parfait. Je poussai la porte et le carillon joyeux retentit.

— Bonjour… dis-je avec la voix pas complètement assurée qui collait au scénario.

Une ambiance bien étrange m'accueillit. Assis chacun à son bureau, Nathalie et Gaétan s'observaient sans un mot, la première les lèvres pincées, en tapotant nerveusement le bord de la table, le second assis en équilibre au bord de sa chaise, comme s'il s'attendait à devoir bondir et courir le cent mètres. JC manquait à l'appel. Déborah fouillait une armoire – celle où JC rangeait les dossiers, si j'avais bien suivi – en pestant.

— Mais bon sang, comment vous faites pour vous y retrouver, là-dedans ? Pas étonnant que l'agence coule ! Avec un bordel pareil… Gaétan !

L'homme bondit sur ses pieds.

— Oui ?

— Oui qui ? siffla Déborah, la tête toujours dans l'armoire.

Une grimace déforma le visage de l'agent une fraction de seconde.

— Oui, Miss Debby, dit-il pourtant avec la plus grande politesse.

Miss Debby ? Ça ne s'arrangeait pas, par ici !

Déborah sortit le nez des dossiers.

— Range-moi cette armoire, et au trot ! Par ordre alphabétique !

— Mais… Par numéro de dossier, c'était prati…

— Gaétan !

La jeune femme lui lança un tel regard que Gaétan parut perdre cinq centimètres.

— Je m'en occupe, marmonna-t-il.

— Je m'en occupe, qui ?

— Je m'en occupe, Miss Debby.

— À la bonne heure.

Médusée, je restai bêtement devant la porte tandis que Gaétan s'attaquait à l'armoire. Qui pensait que Déborah aurait besoin d'aide pour asseoir son autorité, déjà ?

Ses yeux bleus acérés se tournèrent vers moi.

— Ah ! Miss Noëlle…

— Bonjour, m'empressai-je de répéter. Les… les RH de Demeures de Luxe m'ont appelée hier soir, ils ont dit que…

— On sait ce qu'ils t'ont dit, m'interrompit sèchement la jeune femme, une ride verticale au milieu du front. Tu es en retard.

Surprise, je tournai la tête vers la grande horloge en métal noir ouvragé ultra-chic accrochée au mur. 9 heures moins une. Je n'étais pas en retard !

— À partir de maintenant, c'est réunion d'équipe tous les matins, à 9 heures moins le quart, ajouta-t-elle d'un ton pas beaucoup plus aimable. À 9 heures, on ouvre l'agence, vu ?

J'acquiesçai en silence, de peur de dire quelque chose de travers.

— Et au fait, conclut-elle avec une certaine délectation, je suis ta nouvelle cheffe.

— Ah… bredouillai-je. Euh… Félicitations.

— Merci.

— Et donc, vous avez… fini la réunion ?

— Oui. J'ai expliqué à mon équipe la raison du départ de PDG, ma nomination et ton retour, lâcha-t-elle avec hauteur en s'installant à son ordinateur. Et maintenant, au travail.

— D'accord… Mais du coup, qu'est-ce qui change ?

Elle haussa un sourcil.

— Je viens de te le dire, Miss Noëlle, je suis ta nouvelle cheffe.

— Oui, oui, bien sûr ! Mais je voulais dire : dans l'organisation ?

Elle parut surprise.

— Rien du tout. Pourquoi changerait-on quelque chose ?

Je n'insistai pas. Déjà, elle instaurait une réunion d'équipe tous les matins, c'était plutôt un bon point. Au moins, elle ne s'isolerait pas de l'équipe, « son » équipe comme elle l'appelait déjà, à la façon de PDG. Le reste viendrait sûrement très vite.

— Et JC ? demandai-je tout de même. Il est où ?

Déborah poussa un soupir à fendre l'âme.

— Tu me fatigues avec tes questions, Miss Noëlle. Va donc préparer du café, j'ai besoin de me calmer les nerfs.

Une vague d'agacement souleva ma poitrine. Je m'efforçai de rester de glace et me tournai vers le fond de l'open space. Préparer le café. Bien. Et si je n'étripais personne au passage, cela serait parfait.

Je passai devant Nathalie, qui jouait nerveusement avec un collier panthère en or que j'identifiai immédiatement comme un bijou signé Cartier – une bagatelle à pas moins de huit mille euros aux dernières nouvelles. Mouais. Elle n'était pas sereine non plus, la pauvre. Le visage tendu, elle ne leva pas les yeux vers moi quand je frôlai son bureau, le regard rivé sur Déborah. La transition promettait d'être sportive !

Dès que je fus dans la salle de repos, je posai les mains à plat devant la cafetière et m'obligeai à souffler profondément. Il fallait relativiser. Déborah avait besoin de prendre ses marques et d'instaurer son autorité. Bon, elle s'y prenait d'une façon maladroite, mais à sa décharge, la brutalité de l'annonce avait dû la secouer…

Je mis de l'eau dans la machine, puis le café moulu. Un café tout à fait normal. Ils n'avaient sûrement plus l'habitude. Un demi-sourire me revint. Si je regardais le bon côté des choses, au moins Déborah n'avait pas demandé à JC de s'en charger ! Il avait donc perdu son statut de sous-grouillot. Bien sûr, c'était moi qui l'avais récupéré, mais je ne comptais pas m'éterniser dans cette agence non plus… Et où était JC, d'ailleurs ? Déjà en visite ?

Cette pensée me détendit et je m'égayai. J'étais contente pour lui. Il le méritait. Il était un bon agent, quand il ne se planquait pas derrière ses cheveux. Peut-être que Déborah lui permettrait de montrer pleinement son potentiel. Peut-être qu'elle lui rendrait sa confiance en lui. Peut-être qu'il serait tout le temps tel qu'il avait été quand nous prenions le thé aux Sapins Bleus, avec ma sœur, à chercher des plans anti-fantômes. À cette idée, je sentis un frisson courir le long de mon corps. Je clignai des yeux. Non mais n'importe quoi, moi ! Qu'est-ce qui m'arrivait ?

— Miss Nathy ! appela Déborah dans la salle voisine.

— Oui ?

— Oui qui ?

— Oui, Miss Debby ?

— Prête-moi ton collier.

— Quoi ? bredouilla la pauvre Nathalie.

— Je suis ta cheffe, il faut que j'aie de l'allure. Ne t'inquiète pas, je te le rendrai ce soir.

J'ouvris des yeux horrifiés. Sérieusement ?

Le bruit des talons sur le parquet de l'open space m'informa que Nathalie se déplaçait. J'appuyai sur le bouton de mise en route de la machine à café. Oui, elle allait être sportive, la transition…

10 heures sonnaient quand JC entra dans l'open space, la veste sur le bras, les cheveux en bataille et la chemise couverte de traces noires.

— La voiture est propre, laissa-t-il échapper d'une voix à peine audible.

Il posa sa veste sur sa chaise et s'éloigna en direction des toilettes.

La mâchoire m'en tomba. Il avait… nettoyé la voiture ? Il n'était pas en visite ?

— JC ! le rappela sèchement Déborah.

Le jeune homme s'immobilisa sur le pas de l'open space.

— La voiture est propre, qui ? s'enquit-elle avec hauteur.

JC lui jeta un regard neutre par-dessous ses mèches noires, et sortit de la pièce sans un mot. Déborah manqua de s'étouffer sur son siège. Je dus me retenir pour ne pas lancer une ola monumentale depuis mon bureau, surtout que Nathalie et Gaétan m'auraient sûrement suivie.

— JC ! cria Déborah en se levant. Reviens tout de suite !

Elle lui courut après et tambourina à la porte des toilettes. Je réprimai un froncement de nez. Pas digne d'une dame, ça. Surtout avec un collier à huit mille euros autour du cou.

— JC !

La porte s'ouvrit.

— Quoi ? Je me lave !

Déborah entra dans les toilettes avec lui et ferma derrière elle. Je me tournai vers Nathalie et Gaétan, avec un sourire jusqu'aux oreilles.

— C'est comme ça que démarrent les rumeurs, non ? plaisantai-je, encore ravie de la rébellion silencieuse de JC.

Nathalie hocha la tête, visiblement partagée entre l'envie de rire et l'inquiétude.

— Que le Ciel le protège, murmura-t-elle. Si on le perd, on est fichus…

Mon hilarité retomba d'un coup.

— Quoi ?

— Ce petit gars peut encaisser beaucoup de choses, ajouta Gaétan sur un ton soucieux, mais il ne faudrait pas que ça aille trop loin.

— Vous croyez qu'il ne va pas se défendre ? m'alarmai-je. Pourtant, il vient de lui tenir tête, là. Je ne savais même pas qu'il était capable de faire ça !

— Il est capable de beaucoup de choses, répondit Nathalie. Mais est-ce qu'il le fera, c'est toute la question.

Gaétan approuva en silence. Des bribes de mots nous parvenaient depuis l'autre côté de la porte, mais trop peu pour entendre de quoi ils parlaient.

— Je ne comprends pas, avouai-je. Pourquoi JC ne ferait rien ? Si Déborah le cherche comme ça, elle va bien finir par le trouver, non ?

Les deux agents échangèrent un coup d'œil furtif, puis Nathalie haussa les épaules et porta machinalement la main à son cou. Elle tâtonna à peine une seconde avant de se rappeler que son collier ne s'y trouvait plus. Un éclair flamba dans ses yeux noisette, puis s'éteignit.

— Dieu nous garde, conclut-elle.

— Expliquez-moi ! suppliai-je. C'est quoi, l'histoire, avec JC ?

La porte se rouvrit d'un coup et Déborah apparut sur le seuil, les joues rougies par la colère.

— Pourquoi est-ce que vous lambinez, vous ? s'écria-t-elle. Au travail !

JC sortit derrière elle, le visage fermé, les poings dans les poches, dans une attitude mécontente, mais clairement soumise. Mon estomac se noua. Alors ça, ça ne me plaisait vraiment pas. Et le pire, c'était que j'avais provoqué tout ça.

Le jeune homme alla s'installer à son bureau. Je me rendis soudain compte qu'il m'observait, sous ses cheveux en bataille. Je m'empourprai brusquement et me détournai. Puis soupirai de désespoir devant mon propre comportement. Il fallait vraiment que je me fasse soigner, moi !

14

Tentative n° 2

Un silence de plomb était tombé sur l'open space. Déborah avait donné à chacun une liste des visites de la journée, puis une autre des choses à faire, dont la plupart n'avaient rien à voir avec la vente de maisons. Nathalie avait ainsi hérité du ménage dans la vitrine, Gaétan était parti acheter des viennoiseries pour « fêter le renouveau » et JC débarrassait le bureau de PDG pour que Déborah puisse l'investir. Moi seule avais échappé à la tornade.

— Concentre-toi sur la maison hantée, m'avait lancé notre nouvelle cheffe lorsque j'avais demandé si je pouvais aider. Tu es en visite demain à la première heure.

La mort dans l'âme, j'étais retournée sur mon ordinateur. Ça allait être long, jusqu'à demain. J'aurais bien aimé donner un coup de main au déménagement. C'était marrant, ça. Et ce n'était même pas une mauvaise excuse pour aller voir JC ! Enfin, il ne me semblait pas.

Je passai donc une bonne heure à fignoler un joli

document coloré. Langue tirée pour m'appliquer au mieux, j'ajoutai quelques mentions légales en couleur, puis imprimai le tout. Je jetai un coup d'œil à Déborah. Absorbée par son écran, elle ne semblait pas me remarquer. Impeccable. Je me levai avec le plus grand naturel et allai récupérer mes trois pages dans le local à imprimante, au fond de l'open space. Elle ne me surveillait toujours pas. Super. Je me glissai discrètement dans le bureau de PDG.

— JC ! soufflai-je en fermant la porte derrière moi aussi doucement que possible.

Celui-ci, accroupi devant une grande armoire, occupé à vider les derniers tiroirs dans un carton, leva les yeux vers moi.

— Tu ne devrais pas être ici, marmonna-t-il en détournant la tête.

— Arrête de dire des bêtises, le rabrouai-je. Regarde plutôt mon idée de génie.

Je lui tendis les feuilles. Il se redressa, l'air fatigué, et les prit. Au bout de trois lignes, ses sourcils se froncèrent.

— Tu as été tirée au sort et tu as gagné un voyage en Norvège ? lut-il, stupéfait. Tu pars après-demain ?

— Ce n'est pas pour moi ! gloussai-je. C'est pour Fernando.

Son visage s'éclaira d'un coup et il repoussa les cheveux de son front pour regarder les deux feuilles suivantes, laissant apparaître ses yeux brillants. Je retins à grand-peine un sourire. Vraiment, vraiment beau garçon. Je me demandai si je lui aurais répondu, s'il m'avait envoyé « cuillère à café » sur un site de rencontres. Bon, probablement pas. Quoique. S'il avait mis une photo avec ce petit sourire malicieux qui lui…

Je me repris. Oh ! Je bossais, là !

— Génial ! s'exclama-t-il. Tes imitations de billets d'avion sont parfaites !

— Tu trouves ? m'assurai-je, ravie.

— Eh ! Aux îles Lofoten, en plus !

Il venait de lire les petites lignes. Il releva la tête et un éclair de complicité passa entre nous. L'espace d'une seconde, je nous imaginai nous sauter dessus mutuellement et nous arracher nos vêtements avec des baisers fougueux qui…

— Tu les lui envoies quand ? s'enquit-il.

La vision s'évanouit.

— Comme Déborah ne m'a rien donné de spécial à faire aujourd'hui, répondis-je bravement, je pensais faire un saut jusqu'à la maison ce matin et mettre la lettre dans sa boîte. On a une visite demain, qu'il faudra bien faire avec Fernando sur le dos, mais on en a surtout une après-demain, vendredi, ça nous dégagera le terrain. Il me suffit de faire une enveloppe en imitant le cachet de la Poste…

— Tu sais faire ça ?

— Bah… Avec internet, on peut tout faire…

Son sourire s'élargit et il me regarda bien en face. Ouh là ! J'allais faire une syncope, moi !

— Tu es vraiment incroyable, Noëlle.

— Merci, balbutiai-je.

— Tu n'as pas peur qu'il se rende compte avant de partir que ces avions n'existent pas ?

Je me redressai, outrée.

— Mais enfin, ils existent ! Ce sont même les bons numéros de vols avec les bons horaires !

Ses yeux verts étincelèrent.

— Tu as pensé à…

La porte s'ouvrit d'un seul coup.

— Noëlle ! rugit la voix de Déborah. Qu'est-ce que tu fais là ?

Je me retournai. La jeune femme se trouvait là, la mâchoire serrée par la colère. Eh, c'était Miss Noëlle, pas Noëlle !

— J'explique à JC ma stratégie pour la maison hantée, répondis-je tranquillement.

— Et c'est quoi ?

— Je vais faire croire à Fernando qu'il a gagné un voyage, suite à un tirage au sort dans une société liée aux chaînes de supermarchés. Il doit décoller de Roissy vendredi à 14 heures, donc on devrait avoir le champ libre à partir de 10 heures, jusqu'à la fin de la journée.

Déborah arracha presque les feuilles des mains de JC et leur jeta un coup d'œil.

— Ça ne marchera pas, affirma-t-elle.

— Pourquoi ? demandai-je, vexée.

— Il n'y croira jamais.

Je passai ma langue sur mes lèvres comme si cela pouvait effacer ma contrariété.

— C'est un voyage en Norvège, signalai-je. Sur les îles Lofoten.

— Et alors ?

— Alors si j'en crois les photos accrochées partout dans le Logis des Sapins Bleus, les Bel-Ami avaient une vraie passion pour cet endroit. Ils y possédaient peut-être même une maison.

Les sourcils froncés de Déborah se détendirent un peu.

— Et alors ? répéta-t-elle avec plus de curiosité.

— Alors je suis persuadée que Fernando y verra un pèlerinage, et non un simple voyage.

La jeune femme se frotta le menton, pensive, toute trace d'agressivité envolée.

— Il risque quand même de se renseigner avant de faire ses valises…

— C'est prévu, assurai-je. Le numéro en bas de la feuille, c'est celui de ma sœur. Elle saura quoi répondre s'il l'appelle.

Enfin, c'était plutôt celui d'une Valkyrie de Gungnir Conseil, sur une ligne impossible à tracer, mais cela revenait au même pour eux.

— Les vols existent, énumérai-je, la compagnie qui assure le voyage aussi, je viens de faire une réservation en ligne à l'hôtel au nom de Fernando au cas où il téléphonerait pour vérifier…

Le sourcil gauche de Déborah s'arqua joliment, en signe d'admiration.

— Pas mal, apprécia-t-elle. Maintenant, arrête de déranger JC et retourne travailler.

Je me renfrognai. Je ne le dérangeais pas, il déménageait des piles de dossiers ! Il était capable de parler en même temps, non ? Et pourquoi il ne répondait rien, lui ? Qu'est-ce que ça m'agaçait, les gens qui se laissaient marcher sur les pieds ! Même s'ils étaient beaux ! Et plus exactement, surtout s'ils étaient beaux ! Et sexy ! Et…

— Tout de suite, ajouta-t-elle.

Bon, effectivement, il était temps que je reparte bosser…

— Son rangement, le déjeuner, la vaisselle, l'aspirateur, le pressing et la décoration florale ? répéta Victoire, incrédule, en comptant sur ses doigts.

— Tu as oublié le nettoyage de la voiture, précisai-je en finissant d'essuyer les assiettes du dîner qu'elle venait de laver.

— Et en plus, elle l'a engueulé ?

Je rangeai les assiettes dans le placard avec un haussement d'épaules fataliste.

— Quelle garce ! s'horripila ma sœur. Il est tellement gentil, ce JC ! Pourquoi il ne répond rien ?

— Ah ça, si je le savais…

— Au moins, ce genre de choses ne risquait pas d'arriver à Vivien, soupira-t-elle. Lui, quand il était contrarié, on s'en rendait compte…

Je grinçai des dents en sortant deux mugs pour notre chocolat du soir. Encore Vivien. Et pour le comparer à JC, en plus. Comme si ces deux hommes avaient quoi que ce soit en commun ! Un flash traversa mon esprit.

— Vic ! m'écriai-je.

— Quoi ? s'inquiéta celle-ci, figée dans son mouvement de verser du lait dans la casserole.

— Ce n'est pas Vivien qu'il faut comparer à JC ! C'est toi !

— Hein ?

C'était évident !

— Comment ai-je pu ne pas y penser plus tôt ? Tu lui as fait la cuisine, le café, le linge, le ménage, les courses, le repassage et tout le tralala pendant des années ! Sans aucune contrepartie ! Même pas une participation au loyer !

Victoire ouvrit la bouche en un « Oh ! » choqué.

— C'est toi qu'il faut comparer à JC ! insistai-je. Et Vivien est Déborah !

— Ça n'a rien à voir ! se récria ma sœur. Et en plus, il ne couche pas avec Déborah !

Je plissai les paupières, pensive. Je n'avais jamais envisagé cette option. JC et Déborah… ? Je secouai imperceptiblement mes cheveux roux. Non. Impossible. D'où me venait cette envie de frapper Déborah, d'un coup ?

— Juste pour savoir, marmonnai-je, vos pirouettes au lit, ça valait la peine de tout ce que tu t'infligeais pour lui ?

— Oui ! Bien sûr ! Je… Je…

Elle sembla perdre ses mots, puis soupira, comme vaincue.

— Bon, en fait, non, pas vraiment…

— Donc Vivien est pire que Déborah, résumai-je, rassurée. Parfait.

Victoire me jeta un regard morne.

— Parfait ? C'est quoi ton idée, là, Noëlle ?

Je lui souris largement.

— Puisque vous êtes dans la même situation, tu vas être mon cobaye. Dis-moi, Vic, que faudrait-il que je dise ou que je fasse pour que tu réagisses ?

Ma petite sœur me dévisagea comme s'il m'était poussé des antennes.

— Noëlle, je te signale qu'on a déjà rompu…

— Bien sûr, bien sûr, accordai-je en écartant sa remarque d'un geste. Lui, il a rompu. Mais toi, tu continues à parler de lui comme si vous étiez encore ensemble et tu n'as toujours pas annoncé à nos parents que c'était fini, alors que tu vis chez moi depuis une semaine. Tu crois toujours qu'il va revenir avec un bouquet de fleurs, en pleurant pour que tu lui pardonnes, pas vrai ?

Victoire s'empourpra sous ses taches de rousseur.

— Noëlle !

— Tu es mon cobaye ! Tu veux bien ?

Elle ferma les yeux, prit une profonde inspiration, referma la bouteille de lait d'un geste très digne et alla récupérer mon téléphone fixe sur le meuble télé du salon. Je l'entendis composer un numéro. Quelques secondes de silence s'écoulèrent. Puis :

— Allô, maman ?... Non, c'est Vic. Je suis chez Noëlle pour quelques jours, je t'appelle de chez elle... Non, pas vraiment. Je t'appelais pour te dire qu'avec Vivien, c'est fini.

Je penchai la tête, pensive. Dire la vérité bien en face, ça fonctionnait donc, comme électrochoc... Bon, j'avais intérêt à mettre double dose de chocolat. Je cassai quelques carrés supplémentaires dans la casserole abandonnée par Victoire.

— Non non, fini pour de bon, affirma celle-ci au téléphone. Il m'a trompé avec une... une...

— Une grognasse ! soufflai-je depuis la gazinière en touillant le lait.

— Une autre fille... Comment ?

Je relevai le nez. Victoire semblait s'étouffer.

— Mais... maman ! Tu aurais pu me dire avant que vous ne l'aimiez pas !

Oh. Tout allait bien, alors.

— Que… Qu'il me le paie cher ? balbutia la pauvre Victoire, effondrée. Euh… Noëlle y travaille, oui… Je… Quoi ? Moi ? Mais qu'est-ce que tu veux que moi, je fasse ?

Elle me lança un regard désemparé.

— Elle dit qu'elle a confiance en toi pour trouver une idée…

— T'inquiète, maman ! lançai-je d'une voix forte. Je gère !

— Euh… Elle dit aussi qu'elle t'embrasse.

— OK ! Bisous !

— Euh… Bisous…

Elle raccrocha et vint me rejoindre dans la cuisine.

— Noëlle ? bredouilla-t-elle.

— Qu'est-ce que je dois dire pour t'aider ? m'enquis-je sans cesser de remuer le contenu de la casserole.

Victoire frotta son nez en trompette, perplexe.

— Ben… Que je suis belle et forte, et que n'importe qui voudrait coucher avec moi tellement je suis sexy ?

Je poussai la casserole hors du feu et regardai ma petite sœur droit dans les yeux.

— Vic, tu es belle, forte, et n'importe qui voudrait coucher avec toi tellement tu es sexy.

Elle pouffa de rire.

— Merci, grande sœur chérie ! Avec ça, je me sens reboostée à fond !

— À ton service.

Sauf qu'en réalité, ça ne m'aidait pas pour mon

propre problème. Je me voyais d'ici en train d'affirmer à JC qu'il était beau et fort, et que n'importe qui voudrait…

Au secours.

15

Contre-attaques

— Vous admirerez le petit jardin zen, qui accueille dès l'entrée, dis-je avec emphase.

M. et Mme de Sacy, un couple épouvantablement mal assorti à mon avis, acquiescèrent avec enthousiasme. Mme de Sacy, une jeune femme de vingt-cinq ans aux jambes interminables et à la poitrine débordante, enlaça son époux d'au moins quarante ans son aîné.

— C'est tellement merveilleux, mon roudoudou ! minauda-t-elle.

Et elle embrassa son crâne chauve. Le roudoudou gloussa. Je clignai des yeux. Ne pas réagir, ne pas réagir, ne pas réagir… Il fallait me concentrer sur l'environnement. Le soleil de ce milieu de matinée sur les sapins bleus, l'air encore frais de la pluie de la veille, JC qui semblait beaucoup plus détendu depuis que nous avions quitté l'agence, mes talons qui s'enfonçaient dans les graviers, le chant des oiseaux, les insectes qui nous tournaient autour… Bien, j'étais recentrée, je pouvais reprendre.

— Derrière la maison, vous avez un parc de cinq hectares avec…

— Qu'est-ce que c'est que ça ? m'interrompit M. de Sacy.

— Quoi donc ?

— Ça.

Je suivis la direction indiquée par son doigt et aperçus une silhouette humaine appuyée contre un sapin, selon un angle improbable. Je fronçai les sourcils. Mille hypothèses me venaient à l'esprit en même temps, mais je refusai tout net celles qui comportaient les mots « cadavre », « meurtre » et « Fernando-suicidé-parce-qu'il-avait-entendu-ses-anciens-maîtres-lui-parler ».

— Je vais voir, dis-je d'une voix que je maîtrisais de mon mieux. Restez ici.

— Je t'accompagne, affirma JC avec force.

Les Sacy acquiescèrent. Bon, dans ce cas…

Nous approchâmes tous ensemble de l'étrange silhouette. Je me rassurai très vite. Il ne s'agissait pas d'un être humain mais d'un pantin de bois, presque aussi grand que moi. La façon dont il était appuyé contre le tronc d'arbre, avec ses jambes de travers, ses bras qui pendaient et la tête qui tombait sur le cou selon un angle pas très naturel, lui donnait un air désarticulé. Rien de mortel pour un pantin, quoi qu'il en soit. Un sourire torve tracé à la peinture rouge lui barrait la face et une perruque blonde couronnait le tout. Une vraie poupée de film d'horreur.

— Sûrement un jouet oublié, déclarai-je d'un ton beaucoup plus serein.

Et je me demandais bien par qui. Fernando jouait encore à la poupée ?

— Ces sapins sont des épicéas bleus, repris-je sans leur laisser le temps de se poser la question. Ils datent de la création de la maison.

Tout le monde se désintéressa du pantin et nous fîmes le tour par l'extérieur de la propriété, tandis que j'enchaînais les informations sur le domaine. Pas un signe de Fernando. Bizarre. Le coup des voix l'avait-il vraiment refroidi ?

Un soupçon de culpabilité vrilla mon estomac. Peut-être que je n'aurais pas dû lui faire gagner un faux voyage, ce n'était pas très cool…

Je contournai la rambarde en pierre du perron et sursautai brutalement. Assis sur les marches, un pantin de bois à la perruque blonde tournait son visage figé vers moi. Je dus me retenir pour ne pas reculer de deux pas.

— Noëlle ? s'inquiéta JC en me voyant porter la main à ma poitrine.

— Ça va, assurai-je en reprenant mes esprits. Ne soyez pas surpris, on a… de la compagnie.

Le jeune homme contourna la rambarde et fronça les sourcils.

— Elle est beaucoup plus laide que l'autre, déclara Mme de Sacy en nous rejoignant. Si on prend la maison, on les enlèvera toutes, pas vrai, roudoudou ?

Roudoudou observait le pantin, paupières plissées. Puis il se tourna vers les sapins où nous avions vu le premier. Je suivis son regard, avec un mauvais pressentiment. Il n'y avait plus rien, contre l'arbre. Il ne s'agissait pas d'un autre pantin.

— C'est la même poupée ! s'exclama l'homme. Qui l'a posée ici ?

— Le garde-chasse, Fernando, répondit JC avec une décontraction remarquable. Il aime bien faire des farces pendant les visites.

Il était là, évidemment. Les voix dans les arbres ne l'avaient pas du tout calmé. Comment avais-je pu en douter ?

Roudoudou de Sacy grimaça.

— Je trouve celle-ci d'assez mauvais goût… Où est-il, ce garde-chasse ?

— Pas très loin, ça c'est sûr, grommelai-je.

— Il pourrait venir se présenter !

Je me campai solidement sur mes pieds, les poings sur les hanches.

— Vous pouvez sortir de votre cachette, Fernando, lançai-je d'une voix forte. Nous savons que vous êtes là !

Seul le vent dans les branches me répondit. Je vis les narines de JC se dilater en signe de colère refoulée. Ouh là.

— Il est timide, affirmai-je à nos clients. Entrons. J'ai encore beaucoup de surprises pour vous à l'intérieur.

— D'accord.

Nous contournâmes l'effrayant pantin pour monter les quelques marches du perron, et pénétrâmes dans la maison. Le charme de l'intérieur opéra instantanément sur les Sacy.

— Quelle adorable petite maison, mon roudoudou ! s'écria la jeune femme en s'accrochant au bras de son mari. On serait tellement heureux, ici !

J'avalai de travers – le seul hall de cette « petite maison » aurait contenu mon duplex en entier. JC hocha la tête avec un sourire enjôleur. Je faillis m'étouffer de nouveau, mais pas du tout pour la même raison. Pourquoi souriait-il comme ça à une pouffe pareille ?

— Je suis enchanté de vous l'entendre dire, madame, déclara-t-il d'un ton enthousiaste. Voulez-vous voir la salle à manger ?

— Oh oui !

J'enfonçai mes mains dans les poches de ma veste et suivis le mouvement en essayant de me raisonner. Il était bien obligé de faire ce genre de sourires. En plus, ça ne me regardait pas s'il jouait les Casanova auprès des clientes trop riches. Surtout que ça ne risquait pas de marcher, cette gamine préférait les roudoudous plus âgés. Et pourquoi je me préoccupais de ça, d'ailleurs ? Je m'en fichais complètement ! C'était juste que… Je n'avais jamais eu ce sourire-là, moi. Bah… Je m'en fichais…

Cela mis au point avec moi-même, je repris le fil de la visite. La salle à manger leur plut, la cuisine tout autant et la véranda les laissa bouche bée.

— C'est tellement joli, murmura Mme de Sacy en avançant pour mieux voir la glycine qui recouvrait les arches de bois. On dirait le paradis sur…

Elle poussa un hurlement strident. Nous nous précipitâmes. Au détour d'un yucca, appuyé contre la verrière, le pantin de bois à la perruque blonde nous fixait de son air inquiétant. Je me crispai. Il commençait à me taper sur les nerfs, le Fernando.

— Tout va bien, chaton ? s'inquiéta Roudoudou de Sacy.

— Oui, balbutia la jeune femme. J'ai eu très peur. Désolée d'avoir crié comme ça.

— Ce n'est rien, voyons.

Il se tourna vers nous. Les poings de JC s'étaient serrés et ses yeux verts lançaient des éclairs furibonds. Fernando avait peut-être raison de rester caché, en fin de compte...

— Allez-vous m'expliquer ce que cela signifie ? demanda Roudoudou d'un air fâché mille fois moins impressionnant que la colère retenue de JC.

— Cela signifie que l'humour de votre futur garde-chasse laisse à désirer, m'empressai-je de répondre.

— Ça me met assez mal à l'aise, bouda Mme de Sacy.

— Je suis d'accord, approuva son mari. On a l'impression d'être dans une maison hantée.

Oui. Fernando était un génie.

— Mais non, mais non, tempérai-je avec bonne humeur. Un apéro avec lui et vous verrez, il est adorable. Et drôle !

— Drôle ? se récria l'homme. Vous trouvez ça drôle de me faire risquer la crise cardiaque ? Je ne suis plus tout jeune, vous savez ?

Son épouse tiqua et son regard retomba sur le pantin collé à la fenêtre, soudain attentif.

— Ce n'est pas si grave, en fait, minauda-t-elle. Un garde-chasse qui se donne autant de mal pour nous accueillir, même de façon maladroite, c'est plutôt bon signe, pas vrai, mon roudoudou ?

— Mais, chaton... protesta celui-ci.

— Je l'aime déjà ! J'adorerais faire sa connaissance.

Je contemplai le couple, les sourcils haussés par l'incrédulité. C'était une blague, non ? À mes côtés, les poings de JC ne se desserraient pas d'un chouia, preuve qu'il ne décolérait pas. L'envie à peine voilée de Chaton de Sacy de se retrouver veuve lui passait loin au-dessus de la tête. Peut-être que la maison était maudite, finalement. Les couples qui y vivaient connaissaient une fin tragique. Enfin, s'ils l'achetaient. Et pour ça…

— On visite l'étage ? proposai-je.

Quand nous sortîmes, le pantin nous attendait derrière la porte, son sourire angoissant toujours tourné vers nous. Je ne sursautai pas en le voyant, mais il me mettait mal à l'aise. La jeune future veuve lui jeta un regard plein de bienveillance, tandis que son époux détournait la tête avec un mépris palpable. Mouais. Je n'avais hélas pas de grands doutes sur qui tenait les cordons de la bourse, ils n'étaient pas près d'acheter le domaine.

C'était donc encore un échec. Mais je n'avais pas dit mon dernier mot. J'avais jeté un œil au passage, le courrier que j'avais déposé la veille avait disparu de la boîte aux lettres du garde-chasse…

Nous avions raccompagné les Sacy chez eux et JC nous ramenait à l'agence. La limousine ne me faisait déjà plus autant d'effet, mais les Parisiens continuaient à nous suivre des yeux avec admiration. J'espérais que je ne m'habituerais pas trop, sinon cela me ferait bizarre après. Mon téléphone vibra dans mon sac à main. Je farfouillai une seconde avant de mettre la main dessus. Victoire, annonçait l'écran.

— Ça ne te dérange pas si je réponds ? demandai-je à JC. C'est ma sœur…

— Non, non, vas-y.

Je décrochai.

— Allô ?

— Noëlle ? s'enquit Victoire d'une petite voix. Euh… Je ne te dérange pas ?

— Je suis en voiture avec JC.

— Ah… euh… Je crois que j'ai un problème…

— Quel genre de problème ? m'inquiétai-je.

— Ben…

JC me jeta un coup d'œil interrogateur.

— C'est… C'est Vivien, bredouilla-t-elle.

Je me renfrognai dans mon siège de limousine.

— Qu'est-ce qu'il a, celui-là, encore ?

— Euh… Il n'a pas trop kiffé les huissiers…

— Les huissiers ? m'écriai-je. Quels huissiers ?

— Mon ancien proprio a déjà retrouvé des locataires. Deux jours après mon départ, en fait. Et on s'est arrangé pour que je paie au prorata du mois écoulé sans aller au bout du préavis, pour qu'ils puissent emménager rapidement. C'est… C'est cool, non ?

— Sauf qu'il y a encore Vivien dans l'appart, murmurai-je.

— Voilà. J'ai appelé le proprio ce matin pour lui expliquer que les nouveaux pouvaient emménager dès demain, mais que je n'avais pas le pouvoir de faire partir Vivien. Il a appelé Vivien pour lui demander soit de payer la fin du mois, soit de partir, mais Vivien a refusé les deux vu que le bail est à mon nom. Alors mon proprio lui a envoyé les huissiers.

Je passai la main sur mes yeux. Je n'aurais peut-être pas dû bousculer autant ma sœur, hier soir…

— OK… marmonnai-je. Et donc ?

— Donc Vivien est venu au cabinet dentaire et il a

commencé à me hurler dessus. Ma cheffe est intervenue pour le virer, en lui disant qu'elle allait appeler la police, mais il a fallu que les trois dentistes le menacent avec leurs fraises pour le faire sortir…

Mon Dieu. J'imaginais la scène d'ici…

— Et là, je le vois par la fenêtre, ajouta-t-elle d'un ton piteux, il est dehors sur le trottoir, en train de m'attendre…

— Pourquoi tu n'appelles pas réellement la police ? demandai-je.

Les sourcils de JC se froncèrent d'un air soucieux.

— La police ? articula-t-il silencieusement.

— J'ai peur que ça ne serve à rien, bredouilla ma sœur. Ils le feront peut-être partir maintenant, mais il me retrouvera facilement…

Pas faux. Ce type avait besoin qu'on lui remette les idées en place.

— J'arrive, Vic. Ne sors pas.

— OK. Merci Noëlle. Je t'aime.

— Je t'aime aussi.

Je raccrochai et me tournai vers JC, qui profitait du feu rouge pour me scruter.

— Qu'est-ce qui se passe ?

— Vic a un problème avec son ex, résumai-je. Je suis désolée, tu veux bien me déposer à la prochaine station de métro ?

— Quel problème ? insista JC.

— Il l'attend devant son lieu de travail.

— Hein ? Mais pourquoi ?

— Elle a essayé de le virer de chez elle parce qu'il l'a quittée après l'avoir trompée. Sauf que, comme il refusait de partir, elle lui a envoyé les huissiers. Il n'a pas apprécié et il a l'intention de le lui faire payer.

Ses paupières s'écarquillèrent.

— Sérieux ?

— Très sérieux.

— Indique-moi la route, je t'accompagne.

Ma colère laissa place à la surprise.

— Tu m'accompagnes ? répétai-je.

— Évidemment. Je l'ai vue, ta sœur, elle est beaucoup trop gentille. Pas du tout le genre à pouvoir se défendre contre ce type de… mecs.

Hum. Ce n'était certainement pas le mot « mecs » qu'il voulait employer.

— Prends à droite ici, indiquai-je. On va sur la rive gauche, rue Balard. Tu crois qu'on doit prévenir Déborah ?

JC entra le nom de la rue dans son GPS sans lâcher la route des yeux.

— Non, marmonna-t-il. Je pense qu'il vaut mieux éviter…

J'acquiesçai en silence.

JC tourna à droite, le front plissé par un mélange de contrariété et d'inquiétude. Je me mordillai la lèvre supérieure, soudain pensive. Victoire n'était pas du genre à se défendre contre ce type d'enfoirés, d'après lui. Il ne l'avait pourtant pas rencontrée longtemps. À peine le temps d'une visite et d'un thé. Et encore, nous avions mis des plans au point pour neutraliser Fernando, nous n'avions pas parlé de nos vies privées. Comment avait-il pu l'analyser aussi vite ? Et quel genre d'effet avait-elle pu lui faire pour qu'il décide d'un coup d'aller la secourir ?

Mon ventre se serra bizarrement quand la réponse m'apparut. Il avait craqué sur elle. Bien entendu. Comment aurait-il pu en être autrement ? Elle était douce, drôle, adorable, pleine de vie… Et lui, avec sa gentillesse et sa préoccupation constante des autres, il était juste l'homme parfait pour elle. Bon sang, elle n'était pas célibataire depuis une semaine qu'un nouveau prince charmant frappait à sa porte ! Mais comment faisait-elle ?

Je ravalai l'étrange angoisse qui montait dans ma gorge. D'abord, dégager Vivien. On verrait pour le reste après.

16

JC Jekyll & Mister Hyde

— C'est là !

JC ralentit. Je désignai l'immeuble dans lequel se situait le cabinet dentaire où travaillait ma sœur. Comme partout à Paris, les voitures s'alignaient le long des trottoirs. Impossible de se garer ici. La haute silhouette d'un homme se détacha devant la porte vitrée à digicode. Blouson de cuir, cheveux mi-longs flottant sur les épaules, jean à trous façon adolescent rebelle, faisant les cent pas comme un tigre en cage, air rageur sur un visage trop long, impossible de se tromper.

— C'est lui, c'est Vivien ! chuchotai-je comme s'il pouvait m'entendre. Comment on fait ? Tu me laisses descendre ?

— Non, répondit JC sur le même ton. On va lui foutre les jetons, comme tu disais pour Fernando.

— Hein ? Comment ?

— En étant encore plus pignouf que lui. Ces mecs-là, ils ne connaissent que l'agressivité. Il faut lui en mettre plein la vue.

Je fronçai le nez. C'était possible, ça ? Et, plus improbable encore, c'était possible de la part de JC ?

Il s'arrêta au beau milieu de la rue, à hauteur de Vivien, et alluma les feux de détresse.

— On y va, grommela-t-il.

— Tu laisses la voiture ici ? m'affolai-je.

— C'est une limousine. Personne n'osera klaxonner. Les gens seront trop occupés à la photographier en espérant apercevoir une star.

Ah.

Le jeune homme sortit et claqua sa portière. Je m'empressai de l'imiter. Vivien, qui avait cessé les cent pas et ouvert des yeux larges comme des soucoupes en voyant la limousine s'arrêter devant lui, ouvrit la bouche comme un poisson hors de l'eau.

— Noëlle ?

— Qu'est-ce que tu fous là ? crachai-je. Tu ne lui as pas fait assez de mal comme ça, espèce de connard ?

Les mots parurent lui manquer. Eh ! JC avait raison ! L'agressivité, ça fonctionnait !

Celui-ci débarqua à son tour.

— Dégage, ordonna-t-il d'un ton dur que je ne lui connaissais pas. T'as rien à faire ici.

Interloqué, Vivien retrouva pourtant sa voix.

— Mais t'es qui, toi ? s'exclama-t-il. Et qu'est-ce que… Putain ! C'est cette connasse qui vous a appelés ? Elle…

Il n'eut pas l'occasion de finir sa phrase. JC l'avait empoigné par le devant de son blouson et pratiquement soulevé de terre. J'en restai bouche bée. Je ne m'étais jamais rendu compte qu'il était aussi grand ! Et aussi fort !

— Si tu parles encore d'elle comme ça, siffla-t-il, je te cogne, c'est clair ? Casse-toi, et ne reviens jamais.

Il le repoussa brutalement. Vivien trébucha en reculant, les traits déformés par l'incrédulité. Je me ressaisis aussitôt.

— T'as vingt-quatre heures pour vider l'appart ! lui jetai-je. Et si on te revoit, je te jure que tu passeras un sale quart d'heure, pigé ?

JC gonfla les épaules sous sa veste de costume. Ouh la la ! Ça fichait vraiment les jetons, j'en avais des frissons partout !

Vivien reculait toujours. Sa bouche se crispa en un rictus haineux.

— Ta gueule, salope !

Et il partit en courant. JC me lança un regard étincelant de colère.

— Tu veux que je le rattrape ? maugréa-t-il.

— Non, je te remercie, dis-je en me détendant. Laissons-lui une… disons une chance de sauver sa dignité en m'insultant comme ça. Tant qu'il ne s'en prend plus à Victoire, ça me va.

Il acquiesça et réajusta sa veste de costume. Son visage se relâcha.

— Ça allait ? s'inquiéta-t-il. Tu crois que j'en ai fait assez ?

La question me parut tellement incongrue que j'éclatai de rire.

— JC ! Tu as été parfait !

— Ah. Cool…

Ses pommettes se colorèrent légèrement. Alors ça, c'était le pompon !

— Je me disais… ajouta-t-il avec hésitation. Je… C'est…

— Noëlle ! JC !

Je me retournai. Victoire accourait vers nous depuis le perron. Elle n'avait sûrement pas perdu une miette de la scène. Elle se jeta dans mes bras.

— J'ai eu tellement peur ! Merci, merci, merci !

Elle me lâcha avant que j'aie le temps de dire ouf et étreignit JC qui s'était rapproché. Je ressentis un pincement au cœur. Désemparé, JC semblait ne pas trop savoir quoi faire de ses propres bras. Mouais. Il était redevenu lui-même.

— Vous allez bien ? demanda Victoire d'une voix brisée, comme si nous sortions d'une bataille épique.

— Très bien, approuvai-je. Grâce à JC, je n'ai même pas eu le temps d'avoir peur.

— Oh, merci, JC !

Elle le serra plus fort. JC lui tapota maladroitement le dos, avec le regard d'un lapin apeuré. Est-ce que cet homme venait vraiment de menacer Vivien, avec autant de talent qu'un mercenaire à la solde de la mafia russe ? Bon sang ! Quand allait-on en finir avec ces changements de personnalité ? En tout cas, avec un don pareil pour le théâtre, si Déborah le virait de Demeures de Luxe, je le recommanderais à Dorian pour entrer chez Gungnir Conseil. Quoique. S'il sortait avec Victoire, ça ne serait peut-être pas une bonne idée de l'avoir sous le nez en permanence. Pour ma propre santé mentale.

— Vic ? m'enquis-je. Il faut que tu libères mon collègue, Déborah n'est pas au courant de notre petite escapade. On ne peut pas rester absents trop longtemps.

— Oh…

Elle lâcha JC avec un sourire contrit.

— C'est Miss Debby, non ? plaisanta-t-elle timidement.

— Parfait, tu es engagée, répondis-je avec le plus grand sérieux.

Elle pouffa, mais le visage de JC s'était fermé.

— Miss Debby, marmonna-t-il. On aura vraiment tout entendu dans cette agence…

Je lui jetai un coup d'œil intéressé. JC Jekyll était-il en train de redevenir Mister Hyde ?

Il s'aperçut de mon regard et rougit. Ah. Eh bien, non.

— Noëlle, dit-il avec une assurance qu'il ne semblait pas ressentir, je me demandais… Je sais qu'il s'est passé plein de choses depuis, mais… C'est… C'est toujours d'accord pour un verre, demain soir ?

Mes oreilles se mirent à chauffer d'un seul coup. Moi ? Il m'invitait, moi ? Mais je croyais qu'il avait craqué pour…

À mes côtés, Victoire se redressa, le visage illuminé par l'espoir.

— Oui, oui ! répondit-elle à ma place. Elle m'avait prévenue qu'on ne pourrait pas dîner ensemble !

— Ah, super.

Il se détourna pour remonter dans la limousine, dont les autres voitures faisaient religieusement le tour, sans klaxonner ni même tenter un appel de phares.

— Noëlle ! chuchota ma sœur, surexcitée. Tu ne m'avais pas dit ! Trop cool !

— Euh… Oui… bredouillai-je, encore ébranlée.

— Quand je raconterai ça à Hortense !

J'entendis à peine. JC avait analysé le comportement de Victoire, sa psychologie, il avait volé à son secours, joué les gros bras… Mais pas pour elle.

Pour moi.

Le retour à l'agence s'effectua dans un silence quasi total. JC ne paraissait pas vouloir dire quoi que ce soit, et moi, j'étais trop abasourdie pour aligner deux mots. Un millier de pensées se bousculaient dans ma tête. Fallait-il que je résilie mon abonnement au site de rencontres ? Tout de suite ? Comment JC réagirait-il s'il apprenait mon véritable métier ? Aimait-il les escargots ?

Heureusement, Déborah se chargea de me remettre les idées en place dès notre arrivée à l'agence en nous enguirlandant copieusement pour notre retard – devant une paire de clients qui contemplèrent la scène avec une incrédulité teintée d'appréhension. Eux non plus, ils n'achèteraient pas chez Demeures de Luxe. Et JC avait retrouvé son rôle de sous-grouillot. D'ailleurs, Déborah l'envoya nettoyer le four, car Gaétan avait tenté d'y mettre un gratin de pommes de terre de sa composition et tout avait débordé.

Bon, j'avais un rapport à envoyer. Et une épineuse question à résoudre. Comment allais-je m'habiller le lendemain soir ?

Déborah se leva soudain et partit en direction de la salle de repos. La porte était à peine fermée que son ton mécontent nous parvint. Elle en avait encore après JC, hein ? Je me penchai vers Nathalie.

— Nathalie ! soufflai-je aussi bas que possible.

— Oui ? répondit celle-ci sur le même ton.

— Déborah et JC, ils ont couché ensemble ?

Ses grands yeux noisette s'écarquillèrent tellement que je crus qu'ils allaient sauter hors de leurs orbites.

— Seigneur ! s'étrangla-t-elle. Bien sûr que non !

— Et ça ne risque pas, ajouta Gaétan qui avait entendu depuis son bureau. Même si Déborah en avait envie, JC ne lui donnerait jamais cette satisfaction-là.

Je fronçai les sourcils. Qu'est-ce que c'était que cette réponse super bizarre ?

— Comment ça ?

— Il n'est pas du genre à laisser la moindre chance qu'on puisse profiter de lui.

Je comprenais de moins en moins. Profiter de lui ? Il était sexy, j'en convenais, mais de là à profiter de son corps de… Eh, je me concentrais, oui ?

— Il a toujours été irréprochable à tout point de vue, ajouta Nathalie en repoussant ses longs cheveux avec fierté.

La porte se rouvrit et Déborah sortit en soufflant sur une tasse de café. Je m'empressai de me redresser sur ma chaise, troublée. Mais qui était réellement JC ? Un criminel repenti ? Un écrivain célèbre ? Un sportif olympique ? Un acteur du X aux compétences reconnues ? Parce que avec des réponses pareilles, je pouvais tout imaginer ! Quelques recherches s'imposaient.

Je me connectai au site internet de l'agence et cliquai sur l'onglet « Équipe ». La photo des agents souriants apparut. Je plissai les paupières. Que des prénoms, pas de noms de famille. Je laissai tomber le site et ouvris un moteur de recherche. Voyons… Taper JC ne servirait à rien, bien entendu. Comment s'appelait-il réellement, déjà ? Jacques-Charles, non ? Un prénom aussi improbable, ça remonterait peut-être des informations intéressantes !

Je découvris donc qu'il existait un nombre invraisemblable de Jacques-Charles sur Paris, et même en ajoutant les mots-clés « Demeures de Luxe », « Champs-Élysées » ou même simplement « agence immobilière », JC demeura introuvable. En même temps, aucun acteur porno n'aurait tourné sous le prénom Jacques-Charles, il aurait pris un pseudo. Je me renfrognai. Un nom de famille, ça m'aurait drôlement aidée, quand même. Et si je fouillais ses affaires pour trouver son permis de conduire ?

— Miss Noëlle ? m'interpella Déborah.

Oups… Je levai le nez de mon ordinateur, la mine la plus innocente possible.

— Plutôt que de te faire des rides à plisser le front devant ton écran, laissa-t-elle tomber sans même me regarder, va donc nous acheter des plats à emporter chez le traiteur chinois, à l'autre bout de la rue. JC nettoie toujours le four, ça a l'air salement incrusté et je commence à avoir faim.

Je restai sans réaction une seconde. JC avait peut-être besoin d'un coup de main, non ?

Déborah leva un sourcil vers moi.

— Maintenant, ajouta-t-elle.

— OK, OK, murmurai-je en me redressant. Qui aime quoi ?

— Les nouilles sautées ! s'exclama Gaétan. Et le porc laqué !

— Les crevettes poivre et sel ! ajouta Nathalie.

— Ne dites pas n'importe quoi, les rabroua Déborah. Vous voulez devenir énormes ou quoi ? Notre agence a un standing à maintenir ! Miss Noëlle, prends cinq portions de riz cantonais et des bouchées à la vapeur.

Je clignai des yeux pour maîtriser le sentiment de révolte qui montait en moi. Je ne travaillais pas ici, je ne devais pas faire d'esclandre, je ne travaillais pas ici, je ne devais pas faire d'esclandre, je ne travaillais pas ici…

Avec une grande inspiration, je hochai la tête en signe d'assentiment, récupérai mon sac à main et me dirigeai vers la porte.

— Miss Noëlle ! me rappela Déborah.

Je me retournai.

— Prends-moi aussi une petite boule coco, pour le dessert, glousse-t-elle. J'adore ça.

La porte se referma derrière moi avec son tintement guilleret. Il ne fallait surtout pas que Déborah voie mes yeux en cet instant, elle en serait sûrement morte sur le coup.

— Un tyran, répéta pensivement Dorian au téléphone. Intéressant.

— Et elle a refusé de me rembourser le repas en note de frais ! fulminai-je, encore hors de moi bien que la journée soit terminée. Sous prétexte que le reste du temps, je mange à l'œil et que là, je peux bien offrir le déjeuner à tout le monde !

— Tiens ? C'est légal, ça ?

— Je ne sais pas, mais c'est scandaleux !

— En effet…

Victoire apporta une planchette couverte de rondelles de saucisson aux noix qu'elle venait de découper, la posa sur la table du salon près d'Hortense Michel qu'elle avait invitée, et elles commencèrent à grignoter sans cesser de m'observer. Elles étaient vraiment au spectacle, toutes les deux…

En même temps, je tournais en rond autour du canapé depuis que j'étais rentrée, incapable de retrouver mon calme.

— Je n'ai pas revu JC de l'après-midi, continuai-je à déballer, loin d'avoir vidé mon sac et insensible aux regards de chat curieux de mes convives. Elle l'a envoyé faire des courses, des COURSES ! Pour remplacer les ampoules de l'agence par des ampoules basse consommation ! Et je suis sûre qu'il ne sera pas remboursé non plus !

— Ça, ce sont des frais professionnels, donc c'est illégal, devisa mon patron de sa voix tranquille.

— Elle a fait cirer ses chaussures par Gaétan en expliquant qu'elle n'avait pas le temps de le faire elle-même avant de partir en visite, elle a encore piqué les bijoux de Nathalie, et cette fois, elle a aussi pris son foulard en soie !

— Et ce comportement ne ressortait pas quand elle était sous le joug de PDG ?

— Pas du tout !

Je me tus pour respirer. Il fallait que j'arrête de crier dans le téléphone, j'allais vriller les tympans de mon boss, et lui n'y était pour rien. Victoire et Hortense étaient pendues à mes lèvres.

— Quand les gens se métamorphosent comme ça, reprit Dorian, c'est qu'ils ont atteint leur seuil d'incompétence. Ils sont très bons dans leur travail, donc on leur fait grimper les échelons, puis ils arrivent à une position où ils deviennent mauvais. Et comme ils sont mauvais, ils n'évoluent plus. C'est pour ça qu'on a tant de gens inaptes, en France. Ils sont bloqués à leur seuil d'incompétence.

— Et on ne peut pas les rétrograder à leur position précédente ? grommelai-je.

— C'est délicat. Mais en admettant qu'on le fasse, qui verrais-tu à la place de Déborah ?

— Nathalie ou Gaétan, peu importe. Ça ne pourra pas être pire.

— Tu es sûre de ça ?

J'hésitai. Deux jours plus tôt, j'avais répondu de façon convaincue au sujet de Déborah.

— Je ne sais pas, avouai-je donc. Mais je pense qu'avec Nathalie, ça se passerait mieux.

— Très bien. J'appelle les directeurs demain, mais je pense qu'ils voudront laisser encore quelques jours à Déborah, pour voir si ça s'arrange, le temps qu'elle prenne ses marques. Moi, c'est ce que je ferais, en tout cas.

Un soupir m'échappa. De soulagement ou de frustration, je ne savais pas trop.

— Merci Dorian.

— Pas de quoi. Oh ! Et, Noëlle, une dernière chose…

— Oui ?

— Pour le repas de ce midi, fais une note de frais à Gungnir Conseil. Je connais le patron, il n'est pas trop buté, il devrait accepter.

Je pouffai.

— Merci Dorian, répétai-je, avec sincérité cette fois.

— Bonne soirée, les filles.

Il raccrocha. Victoire ouvrit des yeux ronds.

— Il savait qu'on écoutait ? s'exclama-t-elle, la bouche pleine de saucisson.

— Il m'a appelée « les filles » ! s'exclama Hortense, ravie.

— Il sait tout, affirmai-je avec un respect presque mystique. Vic, tu es sûre que tu ne veux pas que je l'invite à dîner ?

Elle rougit furieusement et secoua la tête de gauche à droite avec beaucoup d'énergie. Dommage, dommage… Hortense se tourna vers elle, les yeux pleins de lumière. Ah ? Je venais de gagner une alliée !

Je tiquai soudain. Zut. J'étais tellement énervée que j'avais complètement oublié de lui parler du mystère de l'identité de JC ! Bah… Demain.

— Au fait, lança innocemment ma petite sœur en poussant le saucisson vers moi, tu ne m'avais pas dit que JC t'avait invitée à boire un verre…

Du coup, Hortense reporta toute son attention sur moi. Je restai pensive.

— Noëlle ! s'exclama-t-elle, enchantée.

— Ben… Je ne sais pas…

— Tu ne sais pas quoi ? insista ma sœur.

— Si j'arriverai encore à le regarder dans les yeux, si je découvre que c'est un acteur porno…

La mâchoire de Victoire manqua de tomber tandis que les yeux de ma voisine s'écarquillaient.

— Un acteur porno ?

— Ou un assassin, tempérai-je.

Victoire fronça les sourcils.

— Tu es encore en train de trouver des excuses pour ne pas y aller, c'est ça ?

— Pas du tout ! protestai-je. Ce sont juste des choses que les collègues ont dites…

Hortense Michel pointa une tranche de saucisson vers mon chemisier avec autorité.

— Noëlle, ma fille, ne soyez pas idiote !

— Hein ?

— Si c'est un acteur porno, foncez. Ça vous fera beaucoup de bien.

Mes pommettes chauffèrent d'un coup et la bouche de Victoire s'arrondit. Hortense !

17

Le dixième jour

— Vraiment magnifique. Vraiment, vraiment magnifique.

Notre cliente, une petite brune de quarante ans au chignon un peu brouillon, n'avait plus que ce mot-là à la bouche, quand nous quittâmes le Logis des Sapins Bleus à bord de la limousine. Ses yeux pleins d'étoiles restèrent rivés sur le domaine jusqu'à ce qu'il disparaisse au bout du chemin. Comme quoi, sans Fernando pour gâcher la visite, tout se passait à merveille. Le sourire sur le visage de JC, qui conduisait, me réchauffait le cœur. On allait la vendre, cette baraque !

— Allô, chéri ? Écoute, elle est magnifique ! Tu as vu mes photos ? Alors ?… Oh oui ! Et le jardin, tu as vu ?… Les enfants vont tellement aimer !

Je cessai d'écouter sa conversation téléphonique et sortis mon propre portable.

— Ça me fait penser que je n'ai même pas ton numéro ! soufflai-je à mon voisin. Tu veux bien me le donner ?

— Bien sûr, bafouilla celui-ci.

— Alors… JC… Ton nom de famille ?

Ses pommettes un peu rosées pâlirent instantanément.

— J'ai un nom de famille très moche, marmonna-t-il. Juste JC, ça devrait suffire.

— Hein ? me récriai-je. Mais qu'est-ce que je mets dans ma case, alors ?

Il me jeta un coup d'œil vert. Pour une fois, ses mèches noires ne cachaient pas ses yeux.

— Collègue de Demeures de Luxe ? proposa-t-il avec un sourire en coin.

— Fais attention, le menaçai-je. Sans nom de famille, je risque de penser que tu as des choses à cacher.

— Quoi, par exemple ?

— Que tu es un dangereux criminel. Et que tu risques de me découper en morceaux.

Il fit la moue.

— Rassure-toi, je commencerai par Déborah, tu auras le temps de courir.

Je pouffai.

— Mon numéro, reprit-il en se concentrant sur la circulation, c'est 06…

Je m'empressai de noter, mais je n'avais pas dit mon dernier mot.

— JC tout court, énonçai-je donc sentencieusement. Mais comment je vais te différencier des autres JC ?

— Tu en connais tant que ça ? s'amusa-t-il.

— Eh bien, au moins notre Sauveur tout-puissant, comme dirait Nathalie.

Il s'esclaffa.

— Et en plus, ma mère s'appelle Marie !

— C'est pas vrai ? m'exclamai-je. Et ton père, c'est Joseph ?

— Non, mais il travaille dans le bâtiment. Ça compte ?

Nous rîmes tous les deux.

— Au moins, je ne suis pas né le 25 décembre, souligna-t-il.

— Moi, si. À nous deux, on est la réincarnation de Jésus.

Notre fou rire dut déranger notre cliente, car elle nous lança un « chut » réprobateur, avant de retourner à sa conversation téléphonique. Nous échangeâmes un regard mi-hilare, mi-penaud.

— Tes parents t'ont vraiment appelée Noëlle parce que tu es du 25 décembre, alors, reprit-il plus bas.

— Oui. Et Victoire est du 8 mai. Elle se félicite de ne pas être née le 1er, elle a échappé à Muguette…

Il se mordit les lèvres pour ne pas éclater de rire à nouveau.

— Et le 11 novembre, ils vous auraient appelées Armistice ?

— Ne plaisante pas avec ça ! m'effrayai-je. Le 6 août, on aurait eu droit à Transfiguration, et le 14 juillet, à Fête nationale !

— Et pour le 1er avril ? Sirène ?

— Mouais. Ou Morue. Morue Andelnans, enchantée.

La voiture fit une légère embardée tant JC riait de bon cœur. Heureusement, nous étions encore assez loin en banlieue, il y avait peu de circulation.

— Noëlle, c'est top, résumai-je. Alors, je mets quoi dans ma case nom de famille ?

— Mets Sainte-Croix Glorieuse.

— Hein ?

— Je suis né le 14 septembre. Le 14 septembre, c'est la Sainte-Croix Glorieuse.

Je le dévisageai, à mi-chemin entre l'incrédulité et un nouveau fou rire. JC de la Sainte-Croix Glorieuse ? Il me jeta un coup d'œil étincelant.

— Et moi, mes parents n'ont pas fait exprès, précisa-t-il.

Oh mon Dieu ! C'était vrai !

Une certitude m'envahit tandis que je pouffais derechef. Je n'aurais peut-être pas son nom de famille tout de suite, mais on allait passer un super moment, pendant notre verre de ce soir.

— S'il vous plaît ?

Nous nous retournâmes. La cliente tenait son portable contre sa poitrine.

— Mon mari voudrait visiter la maison aussi, nous confia-t-elle, les joues roses de plaisir. Il peut se libérer lundi après-midi. Est-ce que ça serait possible pour vous ?

Mon euphorie retomba et je retins une grimace. Lundi, Fernando serait revenu. Et il ne serait pas content.

— Aucun problème, madame, répondit pourtant JC sur un ton redevenu professionnel.

Elle gloussa et remit son téléphone contre son oreille.

— C'est bon, mon chéri ! Lundi après-midi !

Je lançai un coup d'œil inquiet à JC. Il me sourit

gentiment, bien plus confiant que moi. Je me rassérénai. C'était lui, le pro. S'il y croyait, moi aussi !

— Alors ? s'enquit Déborah dès que nous passâmes le seuil de l'agence. Vous avez conclu ?

— Ils contre-visitent lundi, en couple, répondit JC, le visage rayonnant de fierté.

— Je ne t'ai rien demandé, à toi. Va faire à manger. Miss Noëlle ?

JC se raidit et ses mâchoires se crispèrent. Je me tendis aussi. Je la détestais un peu plus à chaque minute passée avec elle.

— Je crois que tu as entendu, dis-je en maîtrisant ma voix pour en faire disparaître toute trace d'acidité.

— Donc tu n'as pas conclu, lâcha-t-elle.

— Bien sûr que non ! Une baraque d'un prix pareil, c'est normal que les gens veuillent revisiter !

Elle haussa un sourcil parfaitement épilé et réajusta le pendentif étincelant qui ne lui appartenait probablement pas.

— Eh bien, les termes du contrat étaient pourtant clairs.

— Quels termes, quel contrat ? marmonnai-je.

— Tu avais dix jours pour vendre la maison hantée. Nous sommes le dixième jour.

— Hein ?

— C'était du temps de PDG ! s'exclama Gaétan en se levant brusquement de son bureau.

— Elle la vendra lundi ! s'écria Nathalie presque en même temps.

JC avait pâli. Il dévisageait Déborah, aussi fixe qu'une statue.

La jeune femme balaya leurs remarques d'un geste de la main.

— Un contrat est un contrat. Miss Noëlle, tu es virée.

Ma mâchoire manqua de se décrocher. Virée ? Déjà ? Encore ? C'était une blague ou quoi ?

— Tu peux récupérer tes affaires et partir, ajouta-t-elle. Nous ne te…

— Déborah !

La voix de JC avait fendu l'air comme une hache. Nous nous tournâmes vers lui d'un même mouvement et les bras m'en tombèrent encore un peu plus. Totalement redressé près de son bureau, les cheveux complètement dégagés et les yeux verts luisant de fureur, JC toisait Déborah de toute sa hauteur.

— À quoi tu joues ? cracha-t-il. Tu t'es mise au défi d'être encore pire que PDG ? Méfie-toi, tu es en train de réussir !

Déborah recula comme s'il venait de la gifler, trébuchant dans sa chaise.

— Comment oses-tu ? siffla-t-elle. Ne te mêle pas de…

— De quoi ? Des affaires de cette agence ? Tu crois que je vais te laisser la couler sans réagir ?

— Je suis la responsable, ici ! C'est moi que les directeurs ont nommée ! S'ils pensaient que tu étais compétent, ils t'auraient choisi à ma place ! Pour être encore un simple agent, c'est que tu es le plus mauvais de tous !

Les pommettes de JC déjà pâles se décolorèrent totalement. Nathalie et Gaétan s'interposèrent avec précipitation.

— Ne dis pas n'importe quoi, voyons, Debby… bredouilla Gaétan. Tu sais bien que…

— Elle ne le pense pas, ajouta Nathalie à l'intention de JC, tout aussi paniquée. Ne crois pas ça. Elle est juste déstabilisée… Tu imagines comme c'est stressant de…

— Ne vous occupez pas de ça ! rugit Déborah. C'est une histoire entre JC et moi !

Abrutie, je contemplais la scène avec la sensation de nager en plein cauchemar. JC reporta son attention sur moi. Il me sembla recevoir un électrochoc. Je n'avais jamais vu un regard aussi dur et aussi pénétrant. Même Dorian ne m'avait jamais fait cet effet-là, et pourtant il donnait souvent l'impression de scanner l'âme des gens. Ses yeux s'adoucirent soudain.

— Répète un peu si tu l'oses, espèce de parvenu ! vociférait toujours Déborah. Tu crois que je vais te laisser faire la loi ici ?

Il haussa les épaules.

— Pas la peine, laissa-t-il tomber d'une voix redevenue calme. Je démissionne.

— Quoi ? s'étrangla Nathalie. JC ! Non !

— Ne dis pas n'importe quoi, mon ami, ajouta un Gaétan accablé. Tu ne vas pas nous…

— Bon débarras ! cracha Déborah. Deux incompétents en moins, ça n'empêchera pas la Terre de tourner. Et évitez de vous reproduire entre vous, le monde n'a pas besoin d'une progéniture aussi misérable.

JC, qui s'était retourné pour aller chercher son sac sous son bureau, s'immobilisa. Ses épaules se crispèrent derechef. Oh lala, il fallait intervenir.

— Quelle élégance, observai-je. Tu es sûre que tu

as besoin de dire des choses aussi vulgaires quand tu licencies quelqu'un, Déborah ?

Celle-ci sembla s'étouffer.

— Toi... Toi...

Heureusement, la rage l'empêcha de formuler une phrase complète. Je jetai un coup d'œil à mon bureau. J'avais mon sac à main sur l'épaule et, suite à mon premier renvoi par PDG, je n'avais plus rien mis de sensible sur mon ordinateur. Je n'avais rien à récupérer.

JC vint me rejoindre devant la porte, son sac sur le dos.

— Quelqu'un viendra chercher le reste de mes affaires, dit-il d'une voix neutre. Bonne chance, les amis.

Visiblement, il ne parlait pas à Déborah.

Il sortit sans autre forme de procès. Je m'empressai de le suivre. Le vent frais des Champs-Élysées me donna l'impression de revenir dans le monde réel. JC se fondit dans le flot massif des touristes.

— Tu... Tu n'étais pas obligé de faire ça..., bredouillai-je en accélérant pour rester à sa hauteur.

Pour toute réponse, il haussa les épaules.

— JC ? Attends ! Tu marches trop vite, je n'arrive pas à suivre avec mes talons !

Il ralentit avec un soupir à fendre l'âme, indifférent à la foule qui se mouvait autour de nous, gaie, colorée et enthousiaste.

— Désolé, marmonna-t-il. J'aurais préféré que tu n'assistes pas à ça...

— C'est moi qui suis désolée... Je... Rien ne serait arrivé si je n'avais pas été là...

— T'inquiète. Ça faisait un moment que j'y pensais. C'est juste que… je n'avais pas imaginé que ça se passerait comme ça.

— Tu pensais à démissionner ? m'ébahis-je.

— Sous PDG, déjà oui, un peu. Beaucoup plus fort quand Déborah a été nommée responsable de l'agence, mais…

Il hésita et me jeta un regard par-dessous.

— Mais quoi ? m'enquis-je d'une voix blanche.

— Mais je me suis dit que je ne pouvais pas te laisser seule avec elle. Maintenant qu'elle t'a mise à la porte, je n'ai plus aucune raison de rester.

Je m'arrêtai net au milieu du trottoir, générant des protestations parmi les touristes qui nous suivaient.

— Tu es resté pour moi ?

Mon murmure ne l'avait probablement pas atteint dans le vacarme incessant de la circulation, mais JC se rembrunit et ses cheveux retombèrent devant son visage, comme un rideau pour signifier la fin de la conversation.

— Je suis… tellement désolée !

— Tu n'y es pour rien, marmonna-t-il.

Je ne trouvai rien à répondre. Oh si, j'y étais pour quelque chose. J'avais fait écarter PDG. J'avais désigné Déborah pour prendre sa suite. J'étais l'unique responsable de cet immense gâchis. Un creux douloureux s'ouvrit dans ma poitrine.

— JC, je…

Les mots me manquèrent. Comment lui dire combien je regrettais ?

— Qu'est-ce que… Qu'est-ce que tu vas faire ? demandai-je à la place.

— Aucune idée. Prendre quelques jours de réflexion. Envisager d'autres choses.

— Mais… Tu es un super agent !

— Vraiment ? Tu m'as déjà vu vendre une maison ? Parce que moi, je ne me rappelle plus la dernière fois où c'est arrivé. Par contre, je me souviens très bien d'être un brillant nettoyeur de four, de voiture, d'armoire, et je fais le café comme personne.

L'agressivité dans sa voix me fit perdre la mienne. Un millier de phrases tournoyèrent dans ma tête. J'aurais dû lui dire qu'il m'avait impressionnée lors de la première visite aux Sapins Bleus. Qu'il avait enchanté Victoire. Que je n'avais pas oublié que ce Logis était son seul échec dans sa carrière. Qu'il n'y pouvait rien si ses patrons et collègues ne lui avaient pas laissé les visites pour lesquelles il excellait. Que son site internet avait ramené les clients à l'agence. Ou même qu'il était super sexy en gros bras de la mafia. Mais rien ne sortit. Sous ses yeux emplis de rancœur, même si celle-ci ne me visait pas, je me sentais comme un lapin dans les phares d'une voiture.

Il finit par secouer la tête et fixa le bout de ses chaussures.

— Je suis désolé que ça se termine comme ça, Noëlle. Je ne suis pas fier de… Bref… Je vais te laisser, je prends le bus en face. Et…

Il porta son regard de l'autre côté de la rue.

— Pour le verre de ce soir, je pense que c'est mieux qu'on annule.

Mon cœur cessa de battre.

— Qu… Quoi ?

— Salut.

Il tourna les talons et alla attendre le feu vert piéton dans la masse grouillante des touristes, un peu plus loin. Incapable de réagir, je le contemplai, la bouche ouverte, le ventre broyé. Ça ne pouvait pas se terminer comme ça ! Il fallait que je dise quelque chose ! N'importe quoi !

Le feu passa au vert. JC traversa et disparut dans la foule. J'eus l'impression que ma poitrine se fendait en deux. C'était… fini ?

18

Rebelote

Le vent de la révolte avait soufflé dans mon esprit. Hors de moi, j'avais bondi sur mon ordinateur à peine rentrée et tapé un rapport édifiant, détaillant chaque remarque, chaque attitude ayant abouti à mon renvoi et à la démission de JC.

J'avais ensuite relu avec soin, retiré tous les points d'exclamation pas très professionnels, avalé la moitié d'une tablette de chocolat noir aux noisettes, supprimé les accumulations de superlatifs, écrabouillé mon coussin-escargot en le malaxant avec trop d'énergie, enlevé les comparaisons superflues avec Staline et Mussolini, puis envoyé le tout.

La réponse de Dorian n'avait pas traîné :

« Ma pauvre Noëlle ! Virée deux fois en une semaine !
J'espère que ton moral tient le coup quand même.
En ce qui me concerne, tu as fait du bon boulot. Je transmets ton rapport aux intéressés.
Passe un bon week-end,
Dorian »

J'avais esquissé un sourire un peu grimaçant. J'appréciais ses mots, mais ma contrariété m'empêchait de profiter pleinement du compliment. La réaction de JC me remplissait de culpabilité et de honte. Je n'avais rien compris, rien vu venir. Et je n'aurais pas l'occasion de me racheter.

Pour calmer mes nerfs et évacuer le trop-plein d'énergie, j'avais décidé de faire le ménage.

Quand Victoire rentra, sur les coups de 16 heures, la cuisine et la salle de bains brillaient de mille feux, le sol était lavé, récuré, les draps et les serviettes séchaient sur le balcon, les vitres n'avaient jamais été aussi propres et j'avais rempli cinq cartons de bric-à-brac destiné à Emmaüs.

— Noëlle ? s'ébahit-elle en me voyant secouer un tapis par la fenêtre. Tu es déjà rentrée ?

— Je suis encore virée ! répondis-je, le buste à moitié dehors.

Elle posa son sac sur le canapé recouvert de mon plaid à escargots violet, tout regonflé par un coup de sèche-linge après la lessive. Elle semblait beaucoup moins impressionnée, cette fois.

— Elle te reproche quoi, Miss Debby Thatcher ? s'enquit-elle en caressant le plaid avec curiosité.

— Je n'ai pas vendu la maison hantée assez vite.

— Elle est vraiment débile, cette pauvre fille… Et les autres ? Ils ne t'ont pas défendue ? Même pas JC ?

— Il a démissionné.

— Hein ?

Je rapatriai mon tapis à l'intérieur et l'examinai d'un œil critique. Au panier à linge sale, hop !

— Noëlle ! s'exclama ma sœur en me coupant la route pour la salle de bains. JC a démissionné ?

— Oui. Et notre verre de ce soir est annulé.

— Oh…

Je la contournai pour aller déposer – ou plutôt jeter – le tapis dans le panier.

— Je vois, murmura-t-elle. Tu es très contrariée.

— C'est moi qui ai mis Déborah à cette place ! Je suis responsable de tout ça !

— Tu ne pouvais pas savoir…

— J'aurais dû !

Victoire me rejoignit et, sans prévenir, me prit dans ses bras. Désarçonnée, je lui rendis son étreinte. Au bout de quelques secondes, je sentis mes muscles se détendre.

— Désolée, murmurai-je, confuse. Je suis vraiment en colère.

— Je sais, répondit-elle. Mais ne t'inquiète pas, grande sœur. Ce n'était vraiment pas ta faute.

— Je… Je crois que si.

— Tu veux me raconter ?

— Euh… D'accord…

Elle me lâcha et m'entraîna jusqu'au canapé au plaid-escargot tout doux.

— Je t'écoute, dit-elle en s'asseyant.

Je l'imitai, un peu embarrassée.

— Vic…

— Oui ?

— Juste… Avant que je commence, tu vois les cartons pour Emmaüs, là ?

— Oui. Tu as fait du tri !

— Hum. Oui. J'ai mis toutes les affaires de Vivien que tu avais rapportées dedans…

Sa bouche s'arrondit d'un air scandalisé.

— Noëlle !

— Désolée, désolée…

Elle fronça les sourcils, puis haussa les épaules.

— Bah, tu as bien fait. Alors, ton histoire ?

Une heure et demie plus tard, deux barquettes de sushis fraîchement livrées sur les genoux, j'achevais mon récit. Mon estomac semblait s'être roulé en boule tout au fond de mon ventre. Victoire me contemplait de ses grands yeux bleus pleins de compassion.

— Tu sais ce qu'il te faut ? demanda-t-elle en pointant ses baguettes vers moi.

— Deux mois de vacances au soleil et la retraite à la fin de l'année ? marmonnai-je.

— Tu as besoin d'aller boire un verre.

Je haussai les épaules.

— OK, tu veux y aller après le dîner ?

— Pas avec moi ! Avec un homme !

— Un homme ?

— Évidemment ! Tu as besoin d'oublier JC. Alors autant prendre le taureau par les cornes et…

— Je ne vois pas pourquoi je devrais oublier JC, grommelai-je en sentant la moutarde me monter au nez. Il n'y a rien entre lui et moi. On n'a même pas eu le temps de…

— Bon, alors il n'y a aucun problème pour que tu ailles boire un verre avec un autre gars. Tu as eu des réponses, sur ton site de rencontres ?

Je me renfrognai.

— 'Sais pas. Je n'ai pas regardé.

— On regarde toutes les deux, si tu veux. Je t'aiderai.

Mouais… Je grignotai ma salade de chou du bout des dents. Mes yeux tombèrent sur les cartons soigneusement rangés au fond du salon.

— Vic ? Les affaires de Vivien, si on les vendait sur leboncoin plutôt que de les donner à Emmaüs ?

— Ne détourne pas la conversation, Noëlle ! menaça-t-elle en pointant un sushi vers moi. Tant qu'on ne t'a pas décroché un rendez-vous, on ne vend rien du tout.

— Bon, bon…

Tiens ? À propos de détourner la conversation, je n'avais toujours pas mis de baskets dans ma boîte aux lettres ! Bon, en même temps, vu la tournure des événements, pas sûr que j'en aie besoin…

Je mangeai mes sushis avec plus d'appétit que je l'aurais cru tandis que Victoire installait mon ordinateur sur la table basse. Elle se connecta au site.

— Tu connais mon mot de passe ? m'étranglai-je.

— Évidemment. Tu as toujours le même depuis qu'on a quinze ans. Dinde-aux-marrons-25-12.

— Incraquable, en théorie, marmonnai-je, ennuyée.

— Sauf pour moi.

Certes.

Le site s'afficha à l'écran. Huit messages reçus.

— Quel succès ! s'exclama ma petite sœur.

— Attends de les lire avant de t'emballer…

— Ah bon ?

Elle ouvrit les messages. Je jetai un coup d'œil tout en touillant ma sauce soja dans laquelle j'avais ajouté un peu de gingembre et de wasabi. Grosse majorité de « cc » et de « slt, sa va ». Rien de nouveau. Je trempai un sushi au saumon dans ma sauce et l'engloutis, tandis que Victoire lisait les messages, les yeux agrandis par le dépit.

— Mais… Mais c'est quoi, ces mecs ? Il n'y en a pas un pour faire un message convenable ?

— Ch'est le lot quotidien des femmes ch'ur les ch'ites de rencontres, répondis-je, la bouche pleine.

— Tu as droit à ça tous les jours ?

— Oui.

— Oh mon Dieu ! Noëlle, c'est horrible ! Tu dois désespérer ! Et dire que c'est moi qui t'ai envoyée là-dessus !

Elle semblait sincèrement effondrée. Je déglutis.

— Regarde le dernier, dis-je en pointant mon doigt sur l'écran. Je reconnais le pseudo, je l'ai contacté la première pour savoir s'il avait envie de faire connaissance.

Elle cliqua.

> « Salut Noëlle ! Avec plaisir, ton profil me plaît beaucoup et je trouve ta photo charmante ! Je préfère les rencontres en face à face plutôt que les longues discussions par messageries interposées. Ça te dirait qu'on se prenne un café, ce week-end ? Ton jour, ton heure et ton lieu seront les miens.
>
> À bientôt, j'espère,
>
> Loïc »

Je relus trois fois, à la recherche de l'indice qui clochait. Mais rien. Message parfait, comportement de gentleman et photo plaisante. Pas possible. C'était un faux profil.

— Sympa, sourit Victoire. Il me plaît, à moi.

— Tu veux y aller à ma place ?

— Oh, non, non ! Je voulais dire qu'il me plaît pour toi. Il me plaît comme beau-frère.

— Minute, papillon ! On va juste prendre un café !

Elle gloussa.

— Bon, qu'est-ce que j'écris ? s'enquit-elle, les mains déjà sur le clavier.

— Oh là ! Tout doux ! C'est à moi qu'il est adressé, ce message !

— Oui, mais toi, tu as les doigts pleins de riz gluant et tu es fichue de répondre que tu repousses à la saint-glinglin parce que tu as la trouille.

— Pas du tout, bougonnai-je.

— Tant mieux ! Alors demain, samedi ? En milieu d'après-midi pour avoir le temps de te pomponner après le déjeuner ?

J'avalai de travers. Déjà demain ? Et ma préparation psychologique, alors ?

La vibration de mon téléphone m'évita de devoir trouver une mauvaise excuse. Je l'attrapai et regardai l'écran. Dorian ? À 20 h 30, un vendredi soir ? Je décrochai.

— Allô ?

— Noëlle, c'est Dorian. Je ne te dérange pas ?

— Pas du tout, mentis-je en lançant un regard d'excuse à ma sœur, qui fit la moue.

— Tant mieux. Je suis en visioconférence avec ces messieurs de Demeures de Luxe, qui sont fort mécontents de la tournure prise par les événements.

Je m'enfonçai dans le plaid escargot du canapé, pas très fière.

— J'en suis navrée, répondis-je pourtant sur le ton le plus professionnel que je pus trouver. Je vous assure que j'ai fait mon possible pour…

— Ne revenons pas sur le passé, mademoiselle Andelnans, m'interrompit la voix de Jean-Eudes de Montrouge, lointaine et déformée par les haut-parleurs successifs. Pensons plutôt à l'avenir. La nomination de Déborah Jocelyn à la tête de l'agence est un échec, nous devons la remplacer par quelqu'un d'autre.

— Nathalie ? proposai-je, pleine d'espoir.

— Non. Jacques-Charles.

L'ahurissement me terrassa. Victoire haussa un sourcil critique et me fit signe de fermer la bouche. Je m'empressai de m'exécuter.

— Je… Je crains qu'il ait démissionné, bredouillai-je.

— Foutaises. S'il a le culot de m'envoyer sa lettre, je me ferai un devoir de la déchirer en petits morceaux et je ne me gênerai pas pour le lui faire savoir lorsque je l'appellerai.

Je clignai des yeux, abasourdie. Sympa, le boss.

— Mlle Jocelyn retrouvera sa place d'agente et JC prendra les rênes de la boutique. Cela suffit, les enfantillages, maintenant.

Euh… OK.

Mille pensées se bousculaient dans ma tête. Comment lui expliquer que ce n'était pas une bonne idée ? Que JC allait se faire manger tout cru, à l'instar des sushis posés sur ma table basse ? Qu'il était d'une grande gentillesse et certainement d'une grande compétence pour vendre des maisons, mais que cela ne suffisait pas pour gérer une équipe ? Que malgré toute l'affection que j'éprouvais pour lui, malgré notre complicité dans la chasse aux fantômes, il n'avait pas l'assurance et les épaules pour un tel poste ?

— Présentez-vous lundi matin, comme d'habitude, conclut-il.

— Quoi ? m'étouffai-je. Mais… J'ai été virée ! Deux fois ! Si je reviens encore, ils vont finir par trouver ça suspect !

Et je n'avais pas du tout envie d'assister à la débâcle de JC !

— Vous avez le week-end pour trouver une excuse plausible.

— J'ai confiance en toi, Noëlle, ajouta Dorian d'une voix sereine.

Horrifiée, j'entendis à peine les doigts de Victoire qui pianotaient à toute allure sur mon clavier.

— Écoutez, bredouillai-je, je crois vraiment que ce n'est pas une bonne idée et…

— Lundi matin, trancha Jean-Eudes de Montrouge avec un coup sourd, comme s'il venait de taper sa canne sur le sol.

Le cauchemar recommençait.

— Bonne soirée et bon week-end ! lança Dorian.

Il raccrocha.

Je restai immobile, effarée, à contempler mon téléphone inerte. Je n'aurais peut-être pas dû répondre, en fin de compte. Dorian n'avait même pas sorti sa blague du « miracle de Noëlle ». Pourtant, j'allais en avoir besoin ! Du miracle, pas de la blague.

— Félicitations pour n'être plus virée, chantonna Victoire. Pour la deuxième fois. Un sushi ?

Comme un robot, je pris l'assiette qu'elle me tendait.

— Tu as rendez-vous demain à 15 heures, ajouta-t-elle.

— Quoi ? coassai-je. Avec qui ?

— Loïc.

— Loïc ?

— Le gars du site de rencontres. Il était connecté, il a répondu tout de suite. C'est OK pour lui. Tu as besoin de te changer les idées avant lundi, non ? Autant en profiter pour trouver l'amour !

J'attrapai l'ordinateur et lus l'échange qu'elle venait d'avoir avec le jeune homme. Le lendemain, 15 heures, dans un café à deux rues de chez moi. Et il semblait emballé.

— Victoire ! gémis-je.

— Oui ? Tu préfères demander l'avis d'Hortense avant de te lancer ?

Je me renfrognai. Tout le monde complotait autour de moi…

— Et puis ça te fera un point de comparaison, asséna-t-elle.

— Un… point de comparaison ?

— Avec JC. Tu verras bien lequel des deux tu préfères.

J'inspirai profondément. Très bien. J'irais à l'agence

lundi matin. Et je trouverais un appartement au démon qui me servait de petite sœur. D'urgence.

En attendant, il fallait que je vérifie mes quelques souvenirs : il ressemblait à quoi, déjà, ce Loïc ?

19

Loïc, coach végétarien

J'arrivai à hauteur du bar et ralentis, nerveuse. Le retour du soleil après une semaine maussade avait encouragé le propriétaire à sortir des tables en terrasse et celles-ci étaient déjà prises d'assaut. Je baissai d'un doigt les grosses lunettes de soleil derrière lesquelles je m'étais cachée. Allez, aujourd'hui, je rencontrais l'homme de ma vie. Parce qu'il fallait bien l'avouer, sur le papier, Loïc avait bien plus le profil que tous les JC de la Terre. Pour commencer, il n'était pas mon client sans le savoir. Ensuite, étant lui-même consultant pour une entreprise d'informatique, il comprendrait mon travail et ma situation. Il aimait les animaux, vivait à Paris depuis ses études et appréciait les bandes originales de films. Et puis, il était beau garçon.

Pour l'occasion, je m'étais « pomponnée », d'après les mots de Victoire. Petite robe blanche à encolure en dentelle rouge, ceinture pour souligner ma taille, cheveux roux remontés en chignon d'où s'échappaient des mèches très étudiées pour attirer l'œil sur mon cou et ma nuque, maquillage léger mais suffisant pour me faire des yeux de biche, boucles d'oreilles fantaisie vertes et pendentif en forme d'escargot pour égayer le tout. D'après moi, il ne manquait rien. Était-il déjà arrivé ? Se pointer en retard à un premier rendez-vous, ça craignait un peu, quand même…

— Noëlle ?

Je me retournai et reconnus instantanément le fameux Loïc. Même cheveux noirs courts, mêmes lunettes rondes, même sourire timide que sur le site de rencontres. Par contre, il avait perdu au moins dix kilos depuis la photo. Il était mince comme un coucou !

— Loïc ? répondis-je sans trop de doutes.

— Enchanté !

Nous nous fîmes la bise, puis nous nous installâmes en terrasse. Un serveur accourut pour prendre nos commandes. Je demandai un jus d'ananas – il était un peu tôt pour attaquer les piña coladas même si j'adorais ça – et Loïc choisit une bière brune.

Nous évoquâmes sans grande passion le beau temps, la vie à Paris et nos familles qui vivaient dans le coin, histoire de briser la glace. Le sourire figé de Loïc peinait à virer au naturel. Sans doute était-il aussi nerveux que moi. Sauf que son anxiété renforçait la mienne et cela fonctionnait probablement aussi dans l'autre sens. Bonjour les coincés…

— Alors comme ça, tu es consultant en informatique ? lançai-je tandis que le serveur revenait avec nos boissons.

— Ah, non, corrigea-t-il. J'ai démissionné.

Je hochai la tête. C'était à la mode, ça, en ce moment.

— J'ai eu une prise de conscience, ajouta-t-il. Je ne veux plus perdre mon temps à faire des choses qui ne me plaisent pas. Je veux vivre ma vraie vie.

— Super ! m'exclamai-je, sincèrement enthousiaste. Tu vas faire quoi ?

— J'ai suivi une formation grâce à Pôle Emploi, je vais m'installer comme coach, à partir du mois prochain.

Je pris une gorgée de jus d'ananas sans le quitter des yeux, impressionnée. Il se tortilla sur sa chaise en fer blanc, sans oser poursuivre.

— Quelle aventure ! l'encourageai-je donc de mon mieux. Coach en quoi ?

— Comment ça ?

— Eh bien… Coach sportif ? Coach de vie ? Coach amoureux ? Coach pour arrêter de fumer ?

— Oh… Je ne sais pas. Je n'ai pas encore réfléchi à ça.

Hein ?

— Mais… Tu as écrit quoi, sur ta plaque ? m'enquis-je.

— Quelle plaque ?

— La plaque de ton cabinet. Ou de ton local. De là où tu exerceras, quoi.

— Ah ! Non, non, je n'ai pas de plaque. Je vais faire ça dans la cuisine de mes parents pour le moment. Elle est grande et ils ne l'utilisent pas beaucoup, ils préfèrent les plats tout prêts.

Je battis des paupières. Dans la cuisine de ses parents. Je visualisais bien un truc, mais c'était assez bizarre…

— D'accord, marmonnai-je sans trop savoir quoi dire d'autre.

Il but nerveusement sa bière. Mince, j'espérais qu'il serait un peu plus solide devant ses coachés que devant moi !

Un silence gênant s'installa.

— Ça va aller, pour faire sortir les gens de leur zone de confort ? repris-je pour essayer de relancer la conversation.

— Comment ça ?

— Eh bien… Tu sembles être un homme très…

Mou.

— … réservé ?

— Oh, je vois, dit-il. Non, je ne veux pas être quelqu'un de violent. Je ne donnerai pas d'ordre et je n'obligerai personne à sortir de sa zone de confort.

Je fronçai les sourcils. J'avais du mal à suivre. C'était quoi, sa vision du coach, exactement ?

— Je veux que mes clients viennent m'exposer leurs problèmes, et moi, je leur poserai des questions ou je leur donnerai des outils pour qu'ils les résolvent par eux-mêmes.

— D'accord ! compris-je. Tu veux être psychothérapeute.

— Quoi ?

— Ce que tu viens de décrire, c'est psychothérapeute, pas coach.

— Ah bon ?

Je m'efforçai de conserver un visage de glace. Et il commençait le mois prochain. Ça promettait. Puisqu'on en était là, j'allais creuser un peu.

— J'imagine que tu as déjà commencé ta promo sur les réseaux sociaux, dis-je négligemment. Et tu proposes des séances gratuites pour lancer ton coaching et fidéliser les premiers clients ?

— Euh… Non, bredouilla-t-il. Il faut faire ça ?

Touriste. Comment pouvait-on se lancer sans se renseigner un minimum avant ? Et on s'étonnait qu'en France, neuf start-up sur dix coulent avant la fin de leur première année…

— Tu n'as pas vu ça dans ta formation Pôle Emploi ?

— Non, non, c'était une formation de service dans la restauration…

J'en restai bouche bée. Pas possible. C'était pour la caméra cachée, non ?

— Parlons plutôt de toi, enchaîna-t-il. Tu es consultante, c'est ça ?

— Oui, dans un cabinet de conseil aux entreprises.

— Cool ! Comme ça, si j'ai des problèmes, je pourrai te demander !

Je fis un effort pour sourire agréablement, alors que mon esprit refusait tout net. Vu comment c'était parti, même un miracle de Noëlle ne pourrait rien pour lui !

— Et tu fais quoi, en ce moment ?

— J'essaie de sauver une agence immobilière.

Et c'était mal barré, ça aussi. Un flash me traversa

l'esprit. Était-ce moi qui attirais l'échec avec mes mauvaises ondes ? Catastrophe !

— Super ! Raconte-moi !

— Eh bien… marmonnai-je, très ennuyée par mon illumination. J'ai infiltré l'agence sous couverture et, maintenant que j'ai trouvé d'où vient le problème, je tente de le résoudre.

— Cool ! C'est facile ?

— Pas vraiment. Surtout que les grands patrons m'ont collé le type le plus mollasson de la Terre dans les pattes et que je suis censée le conseiller pour devenir un directeur d'agence charismatique. Franchement, c'est l'enfer.

Bon, j'étais peut-être un peu injuste avec JC – il avait refusé de dire « Miss Debby », quand même ! – mais là, je déprimais.

Face à moi, Loïc se tortillait toujours sur son siège.

— Ça te dirait qu'on dîne ensemble ?

J'oubliai instantanément ma dépression.

— À 15 h 30 ? m'effarai-je.

— Non, mais si tu veux, j'ai réservé à 19 heures dans une pizzeria. Je te trouve fabuleuse, tu sais ?

J'en restai abasourdie. Il me trouvait fabuleuse ? Avec tout ce que j'avais souligné plus ou moins subtilement sur la non-viabilité de son projet ? Et alors que je me donnais à moi-même l'image d'une suicidaire en puissance ? Mince. En plus d'être futur chômeur, il était masochiste ! Et il me demandait de rester avec lui pour les cinq prochaines heures, minimum ! Vite, trouver une excuse pour refuser.

— Tu aimes les pizzas ? demandai-je pour gagner du temps.

— Pas trop, mais c'est pratique pour un végétarien, il y a toujours un plat qui convient.

— Tu es végétarien ?

— Oui.

L'esprit vide, je ramais désespérément pour trouver une échappatoire.

— Mais je mange de la viande, rassure-toi, ajouta-t-il en se méprenant sur la cause de mon silence.

— Hein ?

— Oui. À midi, par exemple, j'ai mangé un steak. Je suis végétarien, mais pas stupide.

Végétarien mais pas… Mais qu'est-ce que c'était que ce type ?

— Euh… OK. Euh… Je… Par contre, ça ne sera pas possible pour le resto, je… j'ai promis à ma sœur qu'on dînerait ensemble…

— Oh…

Sa moue déçue derrière ses lunettes rondes me parut tellement misérable que je faillis changer d'avis pour le consoler. Je me rappelai juste à temps ce sur quoi s'accordaient tous les magazines de psychologie amoureuse : « Si un homme vous fait pitié, fuyez » !

— Elle peut venir, si elle veut, implora-t-il.

De pire en pire…

— Il ne vaut mieux pas, répondis-je, horriblement mal à l'aise. Elle sort d'une rupture après une histoire de plus de trois ans, elle a besoin de calme. D'ailleurs, je crois que je vais y aller…

— Déjà ?

— Oui. Je suis désolée. Je… Je…

Et la franchise, ça pouvait marcher ou pas ?

J'inspirai à fond.

— Je ne crois pas que ça pourra coller, nous deux.

— Quoi ? s'écria-t-il, effondré. Mais on passe un bon moment, non ? J'ai un super feeling avec toi !

Oui, et une intuition de folie.

— On n'a même pas discuté une heure ! Qu'est-ce que tu me reproches ?

— Rien. C'est juste que… Nos univers sont trop différents.

— Mais pas du tout ! Donne-moi au moins une chance d'apprendre à te connaître !

Je me levai.

— Je suis désolée, répétai-je.

— Attends ! On… On partage l'addition, au moins ? On coupe en deux ?

En deux ? Je haussai un sourcil. Sa bière valait trois fois le prix de mon jus de fruit. Et on coupait en deux. En même temps, vu les revenus qu'il allait avoir ces prochains mois…

— Je t'invite, lâchai-je.

— Ah mais non ! C'est moi qui t'invite !

Décidément, ce type ne savait pas ce qu'il voulait !

Je sortis un billet de dix euros et le posai sur la table.

— Voilà, déclarai-je. J'espère que tu trouveras la fille qui te correspondra. Bon courage pour ton projet.

— On se reverra ? me lança-t-il avec un regard de chiot suppliant par-dessus ses lunettes.

Aucune chance.

Je rassemblai des trésors de patience pour sourire gentiment.

— Qui sait ? Il n'y a que les montagnes qui ne se rencontrent pas ! Allez, bon samedi !

Et je partis, pas en courant, mais pas loin.

— Tu rigoles ? s'exclama Victoire, à moitié assise sur le plan de travail de la cuisine, tandis que je racontais cette demi-heure surréaliste.

— Il vous faisait marcher, ajouta Hortense Michel, catastrophée.

Je finis de verser un fond de liqueur de fraises dans mon verre.

— Pas du tout.

J'avalai le liquide sirupeux cul sec, sous leurs yeux effarés. En rentrant si tôt, je ne m'attendais pas à trouver ma voisine installée à papoter avec ma sœur. *A priori*, elles débriefaient de la merveilleuse façon dont Victoire avait réussi à provoquer ce rendez-vous. Mon récit les consternait de façon visible. Je soupirai.

— Pitié, Vic, dis-moi : est-ce qu'il reste encore des mecs normaux, sur le marché des célibataires à mon âge ?

— Ben…

— Non, dis-moi plutôt : est-ce qu'il reste encore des mecs normaux tout court ?

Ma sœur frotta son nez couvert de taches de rousseur, désemparée.

— Je suis sûre que oui…

— En tout cas, à mon âge, il y en a, affirma Hortense.

Génial…

— Au fait, pourquoi êtes-vous célibataire, Hortense ? s'étonna soudain Victoire.

— Je ne suis pas célibataire, ma fille, je suis une femme libérée et fière de l'être !

— Je devrais faire pareil… bougonnai-je.

— Oh non, hors de question, Noëlle. Vous, vous allez trouver quelqu'un de formidable. Et Victoire aussi.

— Si vous, vous n'avez pas trouvé, marmonnai-je encore, pour moi, c'est mort.

Un silence tomba soudain. Le visage d'habitude si avenant et si mobile de ma voisine s'était fermé.

— Euh… Désolée, balbutiai-je. J'ai dit quelque chose qui vous a blessée ?

Elle approcha et m'ôta la bouteille d'alcool des mains pour s'en servir un verre. Et pas juste un fond, comme moi.

— Écoutez-moi attentivement, grinça-t-elle, car je ne raconterai pas cela une seconde fois.

— Euh… D'accord…

Elle inspira profondément.

— Je suis tombée enceinte à l'âge de quinze ans. À l'époque, cela ne se faisait pas du tout. Mes parents ont voulu me forcer à me marier avec le fils du boulanger de mon village. Je me suis enfuie, et comme je ne voulais pas que cet enfant naisse sans père, dans l'opprobre général, j'ai avorté avec l'aide d'une faiseuse d'ange. Le ciel m'en soit témoin, j'ai cru mourir tellement j'ai souffert. J'en suis restée stérile. Et je n'ai plus jamais laissé un homme m'approcher.

Je l'écoutai, ahurie. Je savais que ma voisine n'avait ni époux ni enfant, mais je pensais qu'elle était juste vieille fille. Je n'aurais jamais imaginé un drame pareil. Et Victoire non plus, si j'en croyais ses yeux bleus écarquillés.

Hortense leva son verre en direction du plafond.

— À la mémoire de Simone Veil, déclara-t-elle. Une très, très grande dame, que j'aurais aimé voir au gouvernement trois ans plus tôt.

Et elle reposa son verre pour boire directement à la bouteille. Je hoquetai de stupeur. Ma liqueur de fraises !

Elle la laissa retomber et respira bruyamment.

— Alors, ma fille, vous voulez vraiment vous comparer à moi ?

— Euh… Non, balbutiai-je.

— Tant mieux. Buvez ça.

Elle me tendit le verre plein. Je le pris, de plus en plus effarée. Tout ça ?

— Qu'est-ce qu'on disait, déjà ? s'enquit-elle plus tranquillement.

— Euh… Que je retourne chez Demeures de Luxe lundi ? bredouillai-je.

— Ah, oui, c'est ça ! Comme je vous plains…

Je n'osai pas répondre, sans trop savoir s'il s'agissait d'un sarcasme. *A priori* non, mais dans le doute…

— Et si on s'organisait une petite activité entre filles ? reprit-elle en retrouvant son ton enjoué habituel. Qu'auriez-vous à m'apprendre sur les passe-temps des jeunes femmes de notre âge ?

— Je sais ! s'écria Victoire.

Elle quitta son siège improvisé, alla fouiller son sac à main dans le salon et en sortit un pot blanc.

— Tadaaaaa ! s'exclama-t-elle, radieuse.

— Qu'est-ce que c'est ?

— J'ai acheté ça en pensant très fort à vous deux ! Je suis sûre que vous allez adorer !

Elle me lança le pot à travers le salon. Je posai précipitamment mon verre d'alcool pour le rattraper. Une crème pour masque de beauté ? Je lus les petites lignes.

— Vic ! m'écriai-je.

— Ouiiiii ! répondit celle-ci en battant des mains.

— Un masque à base de bave d'escargot ?

— Ouiiii !

— Faites voir ! s'emballa Hortense.

— C'est… C'est…

— C'est dégueu, hein ? jubila ma sœur.

Je continuai à lire le descriptif du produit, à mi-chemin entre le dégoût et le ravissement, Hortense penchée par-dessus mon épaule.

— On essaie ?

— Évidemment ! exulta ma voisine. Tout le monde en petite tenue à la salle de bains !

Euh… Bon, OK.

Une demi-heure plus tard, le visage couvert d'une mixture verte et gluante qui fleurait bon le jasmin, Hortense, Victoire et moi riions aux éclats en prenant selfie sur selfie. Définitivement, j'avais les meilleures colocataires du monde ! Et tant pis si je restais célibataire toute ma vie !

Enfin non, quand même pas.

20

Derrière le sous-grouillot

Je marquai un temps d'arrêt en arrivant à quelques mètres de l'agence. J'aurais voulu me trouver partout ailleurs, mais pas ici. Bon, pas non plus à la pizzeria avec Loïc, le coach végétarien, j'en convenais, mais partout ailleurs… Qu'est-ce qui m'avait pris d'accepter cette mission ? Dire que j'aurais pu être en vacances, à l'heure qu'il était !

Dans le reflet de la vitrine de la boutique précédente, je vérifiai mon manteau bien boutonné sur mon tailleur bleu, mes cheveux simplement retenus en queue-de-cheval, mon maquillage léger, mes escarpins de… Oh non ! Mes escarpins ! J'avais encore oublié de déposer des baskets dans ma boîte aux lettres ! Fichue journée…

Je soupirai. Les réactions possibles – probables, même – des autres agents me tournaient en boucle dans la tête, mais cela ne servait à rien de ruminer un futur désagréable. Autant y aller et voir ce que cela allait donner.

Comme à son habitude, le carillon m'accueillit

joyeusement. Il fut bien le seul. L'ambiance glaciale me saisit au bout de trois pas. Déborah me fusillait du regard comme si j'avais tué ses deux parents, Nathalie se tenait très droite et très pâle, et Gaétan ne releva pas la tête de son ordinateur. Aucun JC en vue. Occupait-il déjà le bureau de PDG ? Ou avait-il refusé l'offre de Jean-Eudes de Montrouge ?

Je grinçai des dents. Soit je m'asseyais sans rien dire et je participais au marasme général, soit je tentais un truc. Bah… Au pire, ils m'enverraient bouler…

— Salut la compagnie, lançai-je d'une voix légère. Vous allez rire, mais les RH de Demeures de Luxe m'ont encore rappelée…

Curieusement, personne ne rit. La porte de la salle de repos s'ouvrit et JC en sortit avec une cafetière fumante. Je fronçai les sourcils. En temps normal, il cachait déjà son visage derrière ses cheveux, mais alors là, on aurait cru qu'il avait acheté une moumoute pour se la coller sur le nez !

— Ah… Noëlle… Tu… Tu veux un café ?

Un sifflement retentit du côté de Déborah, accompagné de quelques mots parmi lesquels je reconnus « directeur incompétent », « pistonné » et « grosse tache ». Décidément, son bref passage à la tête de l'agence lui avait fait perdre toute forme de classe. Et si elle voulait parler de personnel incompétent et de pistonnés, j'étais tout à elle !

— Non merci, refusai-je poliment à l'adresse de JC. Par contre, je veux bien être briefée sur les changements réclamés par le nouveau directeur.

— Hein ? bredouilla JC. Non, non, on ne… On ne change rien…

— Évidemment, marmonna Déborah en baissant à peine la voix. J'ai fait le job, ce minable n'a pas besoin de modifier quoi que ce soit…

Nathalie et Gaétan continuèrent à regarder leurs ordinateurs comme si de rien n'était et JC détourna la tête. La colère flamba dans mes veines. Aucun changement ? Il en était sûr ? Même pas le rétablissement des châtiments corporels ? Parce que j'en connaissais au moins une qui méritait une paire de baffes !

Je m'imaginai en train de flanquer une fessée à la jeune femme et me détendis. C'était réconfortant, comme pensée. Sauf que pour que ce soit efficace, il fallait que ça vienne de JC. Je tentai donc de visualiser JC en train de donner la fessée à sa nouvelle subordonnée. Le résultat me rendit rouge comme une tomate. Pas une bonne idée, ça, pas une bonne idée…

— Miss Noëlle, ça va ? s'inquiéta Nathalie. Tu as l'air toute… perturbée.

— Hein ? balbutiai-je. Euh… Non, non, ça va…

Je m'empressai d'aller m'asseoir à mon bureau. J'aurais dû accepter le café, finalement. Avec une bonne rasade de whisky. J'allumai mon ordinateur. Bon, se concentrer sur l'essentiel. À savoir : trouver un appartement à Victoire, tout en observant comment JC gérait sa prise de poste. Pour le moment, ça me semblait assez mal barré, mais peut-être que son nouveau statut allait le bousculer un peu ? Si Déborah le provoquait assez, Mister Hyde sortirait-il de ses gonds pour mettre un coup de pied dans la fourmilière ?

Les programmes s'initialisèrent et je cliquai sans hésiter sur le dossier « Petits budgets » de Demeures de Luxe.

Au bout de cinq minutes, j'avais déchanté. De toute évidence, nous n'avions pas la même notion des petits budgets. Le loyer du moindre appartement valait trois fois le salaire mensuel de Victoire. Je n'avais plus qu'à chercher ailleurs.

— Noëlle ?

Je sursautai. JC contemplait mon écran d'un air surpris. Je me crispai. Il était discret, le bougre ! Trop tard pour faire disparaître la page affichée, à savoir le site d'une agence bien moins luxueuse, à la page des appartements à louer.

— Qu'est-ce que tu fais ?

— J'évalue la concurrence, répondis-je avec une voix presque assurée.

Il ne répondit rien, mais je vis ses paupières se plisser malgré le rideau de ses cheveux.

— OK. Je vais m'occuper du repas.

Il s'éloigna sans plus de cérémonie et se dirigea vers la salle de pause. Je grimaçai sans tenir compte des persiflages de Déborah. Zut de zut. Je me sentais vraiment bête ! Je m'empressai d'aller le rejoindre.

— C'est ça, railla Déborah, cours-lui après. Toi au moins, t'as vite compris avec qui il fallait coucher…

L'envie d'écraser mon poing sur son parfait petit maquillage me dévora. Dans un monde idéal, vêtue d'une combinaison de fourrure et d'un casque ailé, chevauchant Pégase, je lui aurais enfoncé un marteau dans le crâne, telles les fidèles guerrières de Thor dans la mythologie nordique. Et ensuite, j'aurais fini en prison, ou en asile psychiatrique, avec Dorian m'apportant des oranges d'un air désolé et bredouillant « C'est ma faute, docteur, je ne pensais pas qu'elle se prendrait réellement pour une Valkyrie… ».

Il fallait que je relativise.

— JC ? demandai-je en fermant la porte derrière moi avec précaution.

Le jeune homme sortait des casseroles d'un placard.

— Tu cherches un appart pour Victoire, pas vrai ? s'enquit-il.

Je fis la moue. Il percutait vite, mon sous-grouillot de chef.

— J'imagine que ce n'est pas autorisé sur les heures de travail, dis-je prudemment.

Il haussa les épaules pour toute réponse et plongea son nez dans le frigo. Hum. Il avait besoin que je le secoue, hein ?

— Tu as eu une aventure avec Déborah ?

JC se redressa d'un coup, ce qui dégagea les cheveux de son front.

— Bien sûr que non ! s'exclama-t-il, outré. Pourquoi tu dis ça ?

— Pourquoi elle réagit de cette façon, alors ? Et surtout, pourquoi tu la laisses empoisonner le monde sans la recadrer ?

Il se renfrogna.

— Pourquoi tu ne me reprends pas quand tu me surprends en train de faire autre chose que bosser ? ajoutai-je.

Il se détourna pour sortir un poulet du réfrigérateur et le poser sur le plan de travail.

— Pourquoi c'est toi qui fais à manger ? Pourquoi tu ne modifies rien à l'organisation débile de cette agence, alors que tu sais que c'est ça qui la coule ?

Ses doigts se crispèrent sur le couteau qu'il avait attrapé pour découper le poulet. Si on me retrouvait morte baignant dans mon sang, j'espérais que Thor viendrait me venger et que mon âme irait directement au Walhalla.

— Je vous parie que dans une semaine, elle devient le numéro 2 de l'agence ! lança la voix aigre de Déborah de l'autre côté de la porte. Et son salaire prend cinq pour cent à chaque minute qu'elle passe avec lui là-dedans.

Je haussai un sourcil en direction du mur, comme si je pouvais voir ma collègue à travers. La vache, ça payait bien, de rester enfermée avec le chef !

— Elle te prête beaucoup de pouvoir, observai-je. Est-ce qu'on en a réellement autant, quand on est directeur d'agence ?

Pas de réponse. Je reportai aussitôt mon attention sur JC, intriguée.

— Oui ? m'amusai-je.

— De Montrouge, grogna-t-il, sans cesser de tourner le dos.

— De quoi ?

— Mon nom de famille, que tu demandais l'autre jour, c'est de Montrouge.

La stupeur me cloua sur place, tandis que mon esprit continuait tout seul.

— De Montrouge ? Comme… Comme Jean-Eudes de Montrouge ?

— Et en plus, tu connais déjà, maugréa-t-il en donnant un coup rageur au poulet.

— Vous… avez un lien de parenté ?

Impossible que cet homme au charisme imposant,

au regard acéré et à la canne bruyante ait engendré mon gentil sous-grouillot !

— C'est mon père.

Ah si.

Les pièces du puzzle s'emboîtèrent enfin dans ma tête. Sauf que…

— Mais tu bossais ici avant que l'agence soit rachetée par Demeures de Luxe !

— Oui.

— Et elle a été rachetée à cause de ses résultats, pas à cause de toi !

— En effet.

Alors impossible de hurler au piston, comme le faisait Déborah !

— Et donc ? bredouillai-je.

JC soupira et posa son couteau, ce qui me rassura un peu. Il se retourna pour me faire face. Son regard vert flamboyait dans son visage tendu.

— Et donc, PDG a découvert notre lien de parenté, il y a deux ans, pendant un séminaire où mon père a eu la bonne idée de venir me taper sur l'épaule en disant que d'ici à dix-huit mois, je serais P-DG à la place du P-DG. La blague l'a fait mourir de rire, et ses petits copains aussi. Depuis, ma vie est un enfer. Je prépare le café, je fais la cuisine, je lave les voitures et toute forme de changement est totalement interdite dans l'agence. Des fois que je planifie un coup d'État en douce.

Il me fixait, le menton relevé, comme s'il me défiait de le juger moi aussi. Je n'en revenais pas.

— Mais pourquoi tu t'es laissé faire ? m'exclamai-je. Il suffisait de lui expliquer !

— De lui expliquer quoi ?

— Eh bien, que c'était juste une mauvaise blague de ton père !

— Tu crois que je n'ai pas essayé ? Il n'a rien voulu entendre. À partir de là, tout ce qui venait de moi a été systématiquement critiqué, refusé, enterré. De la mise à jour des annonces au site internet. Même mon système de classement informatique a été modifié. Résultat, aujourd'hui, il faut dix minutes pour trouver un bien qui correspond à trois pauvres mots-clés !

Il s'interrompit pour reprendre son souffle. Je le fixai, tendue. Il avait l'air aussi en colère que lorsqu'on avait fichu les jetons à Vivien, sauf que là, il ne simulait pas du tout.

— Comment tu as réagi ? murmurai-je.

— J'ai travaillé deux fois plus pour lui faire comprendre que cette plaisanterie ne rimait à rien, que je ferais ma part comme les autres. Je me suis plié à toutes les sales besognes pour qu'on ne m'accuse pas de passe-droit. Et maintenant… Et maintenant…

Il donna un coup de poing sur le poulet, dont la cage thoracique bien plumée s'affaissa sous le choc. Heureusement qu'on avait vidé cette bestiole de ses entrailles, un coup pareil aurait pu faire repartir son cœur. On aurait eu l'air très bête.

— Et maintenant, tu te retrouves dans une position de sous-grouillot dont tu ne sais pas comment sortir, complétai-je.

— Voilà. Sous-grouillot. C'est exactement le terme.

Tout s'éclairait. JC s'était écrasé depuis ce fameux jour, non pas parce qu'il avait un tempérament naturellement soumis, mais pour prouver sa valeur par ses propres moyens. Bon, ça n'avait pas très bien fonctionné, dans la mesure où ses interlocuteurs n'avaient pas du tout envie de la reconnaître, sa valeur en question, mais je comprenais la démarche. Et je voyais soudain le bout du tunnel. Si on effaçait ces deux dernières années, qu'allait-il se produire ?

JC m'avait tourné le dos pour retourner à sa préparation du poulet. Il le charcutait avec un style assez peu conventionnel, d'après mes rudiments de cuisine. Peut-être encore une technique apprise auprès de la mafia russe ? Pour faire parler les prisonniers politiques ? Je tirai une chaise jusqu'au plan de travail.

— Et maintenant ? m'enquis-je en m'asseyant.

— Et maintenant quoi ? grogna-t-il.

— Et maintenant, tu vas faire quoi ?

— Qu'est-ce que tu veux que je fasse ?

L'agressivité dans sa voix me fit songer que je devrais peut-être m'éloigner un peu. Je restai pourtant.

— Si tu ne fais rien, rien ne changera.

Voilà. « Noëlle, reine des évidences, bonjour. »

— Mais qu'est-ce que tu veux que je fasse ? répéta-t-il, excédé, en tranchant un oignon en deux d'un seul coup.

— Commence par remettre Déborah à sa place, ça lui fera du bien.

— Elle va m'accuser de profiter de ma position !

Je soupirai et me levai pour m'interposer entre JC et son oignon. Il détourna les yeux.

— JC.

— Quoi ? marmonna-t-il.

— Elle t'accuse déjà de profiter de ta position. Même quand tu te contentes de dépiauter un poulet.

Il se redressa et braqua son regard sur le mien. Mon cœur battit plus vite. On était vraiment très proches, non ?

— Qu'est-ce que tu veux dire ? demanda-t-il entre ses dents, la voix pleine de tension.

— Puisqu'elle le fera de toute façon, autant agir comme tu veux, non ?

Il secoua la tête négativement, l'air résigné. Je fronçai le nez. Comment ça, non ?

— Tu trouves ça normal, la façon dont elle se comporte ? relançai-je.

— Ce n'est pas la question…

— Bien sûr que si, c'est la question. Tu l'imagines parler comme ça à PDG ? Tu imagines Nathalie ou Gaétan lui parler comme ça à elle, quand elle était responsable d'agence ? Qu'est-ce qui se serait passé ?

Un doute passa dans ses prunelles vertes.

— Il y aurait eu du blâme dans l'air, ça c'est sûr, murmura-t-il.

— Du blâme ? Il y aurait eu renvoi pour faute grave, oui ! Tu te rappelles combien de fois j'ai été virée de cette agence ? Alors que j'ai toujours été très polie ? Combien de temps j'aurais tenu si, en plus, j'avais insulté les gens et que j'avais ouvertement douté de leurs compétences ?

Cette fois, un sourire franc éclaira son visage et il repoussa ses cheveux.

— Encore moins longtemps, admit-il sur un ton bien plus rigolard.

Mouais. Il venait sûrement de m'imaginer en train d'insulter Déborah. Dommage que je ne puisse pas lui raconter ma vision de moi-même en tenue de guerrière avec un marteau.

— Donc ? dis-je.

— Donc quoi ?

— Donc si tu la remets à sa place, ça ne sera rien de plus que le comportement normal d'un chef vis-à-vis de sa subordonnée. Personne ne pourra te traiter de pistonné, ou de fils à papa, ou de je ne sais quoi. C'est ton rôle de faire ça.

Son sourire s'effaça un peu et son regard s'égara sur la fenêtre, pensif.

— Je ne sais pas, marmonna-t-il.

Je tripotai nerveusement le bas de ma veste. Il me restait une carte à abattre, mais si ça ne fonctionnait pas, mon ego allait encore en prendre pour son grade.

— En tant que mon supérieur, dis-je en tentant de garder une voix égale, tu ne réagirais pas si elle me parlait comme ça, à moi ?

JC se redressa d'un coup, comme piqué par une abeille.

— Bien sûr que si !

Je respirai mieux.

— Alors ne la laisse pas faire ça avec toi.

— Ce n'est pas pareil !

— Bien sûr que si. Pour… Pour moi, si. Quand je l'entends te dénigrer comme ça, c'est… terrible.

Les mots avaient un peu trébuché pour sortir de ma bouche. Mon cœur battait comme un fou. Je n'en revenais pas d'avoir dit une chose pareille. JC non plus, visiblement. Ses joues avaient perdu leur couleur et, le couteau toujours à la main, il me contemplait comme si j'avais réellement été vêtue d'une combinaison de fourrure et d'un marteau.

— Enfin bref, enchaînai-je en détournant le regard, persuadée d'avoir les joues en feu d'après la chaleur qui s'en dégageait. Ce que je voulais que tu comprennes… C'est que… Si tu fais des trucs… Si tu redresses la barre dans cette agence… et que ça marche, personne ne pourra t'accuser de quoi que ce soit. Enfin… Déborah le fera quand même, évidemment, mais… On s'en fout… Enfin… Moi, je m'en fous. Et… Et Nathalie et Gaétan aussi, bien sûr…

— OK, m'interrompit-il. OK, Noëlle, j'ai compris.

Je relevai le nez. Il me fixait avec une telle intensité que mes oreilles s'enflammèrent à leur tour et mon estomac effectua un tour complet sur lui-même.

— Euh… Je préférerais que tu poses le couteau, si tu continues à me regarder comme ça, couinai-je, pas du tout rassurée.

— Hein ?

Il parut se rendre compte de l'arme blanche très pointue qu'il tenait à la main et soudain, il éclata de rire. Mon corps se détendit comme par magie et je me laissai aller contre le plan de travail.

— C'est bien noté !

— Cool… soufflai-je.

— J'ai besoin de réfléchir à tout ça. Laisse-moi préparer mon poulet, je te promets que…

Il hésita.

— Que ? relançai-je timidement.

— Que j'y réfléchis.

Ah. Bon, en même temps, je ne pouvais pas effacer

deux ans de passé de sous-grouillot en un claquement de doigts.

— Noëlle ! me rappela-t-il comme je me dirigeais vers la porte.

— Oui ?

— Je me disais… On n'arrête pas d'annuler, mais… Est-ce que… ça te dit toujours d'aller prendre un verre, après le boulot ?

Mon corps manqua d'entrer en autocombustion tellement je chauffais de partout.

— Un verre ? répétai-je d'un air effaré. Mais si je prends un verre avec mon patron, je vais me tailler une réputation d'infamie !

Il esquissa un sourire mi-figue, mi-raisin.

— Ça va, ne te fiche pas de moi…

— Je ne me permettrai jamais de me moquer de mon boss, répliquai-je. Je tenais juste à protester. Quitte à attirer la honte et le déshonneur, j'aimerais mieux un dîner qu'un verre.

Parce que ça serait beaucoup plus pratique pour parler de ses décisions stratégiques, du futur de l'agence et de l'équipe, évidemment.

Son sourire se réchauffa.

— À vos ordres, madame. Demain soir ?

— Oui… D'accord, demain soir.

Je quittai la pièce avec l'impression de marcher sur du coton. Dans l'open space, tout le monde se rassit précipitamment à sa place, Déborah d'un air révolté, Nathalie en gloussant derrière ses longs cheveux blonds et Gaétan avec un sourire jusqu'aux oreilles. Je me sentis rougir de la tête aux pieds. Ils avaient entendu quoi exactement ?

21

Sortie de chrysalide

La peau dorée du poulet grésillait encore quand Gaétan le découpa et Nathalie prit en main le service des pommes de terre rissolées – tâches qui incombaient d'ordinaire à JC. Cela me conforta dans mon idée que seule Déborah poserait problème. Les deux autres acceptaient bien volontiers leur nouveau chef et rétablissaient d'eux-mêmes l'équilibre dans les différentes besognes.

JC s'assit avec nous.

— J'ai réfléchi, annonça-t-il sans préambule. Nous allons procéder à deux ou trois changements dans l'organisation de l'agence.

Nathalie suspendit son geste pour le fixer, les yeux aussi brillants d'espoir que le diamant accroché à son cou. Gaétan poursuivit la découpe du poulet, mais en regardant beaucoup moins ce qu'il faisait, ce qui m'inquiéta un peu.

— Tu es sûr que tu es compétent pour ça ? grinça Déborah.

— C'est ce qu'on verra. Première chose : chacun

d'entre nous va s'occuper d'une partie du parc des biens de l'agence, pas de tous. Voici la répartition…

Un silence tomba sur la pièce. Les trois agents étaient suspendus aux lèvres de JC. Je dus fournir un énorme effort pour ne pas sourire. Et en plus, il savait ménager le suspense…

— Nathalie, les biens neufs, finit-il par déclarer. Gaétan, les appartements. Déborah, les maisons. Je m'occupe des mises à jour, du site internet et des biens d'exception.

Nathalie poussa un cri de joie, assorti d'un grand mouvement de cuillère de service qui fit voler des patates jusqu'à mon assiette.

— On revient deux ans en arrière, quoi, railla Déborah.

— On revient à un temps où l'agence tournait ! rétorqua Gaétan en reprenant la découpe de son poulet.

— Toi, le faux jeton de service, tu ne la ramènes pas.

Les yeux de Gaétan flamboyèrent de colère.

— Deuxième changement, intervint JC d'une voix forte. Toute forme d'insulte ou de dénigrement de ses collègues est formellement interdite.

— Tu crois vraiment que tu peux interdire aux gens de parler ? ricana Déborah.

— Tu crois vraiment que je ne peux pas te coller un blâme dès mon premier jour ?

Le ton froid et assuré de JC fit perdre toute sa superbe à Déborah. Gaétan esquissa un sourire satisfait. Nathalie se remit à servir des pommes de terre d'un geste souple, comme si nous parlions de la météo.

— Troisième changement : on tournera à la préparation des repas et du café. On fera un planning pour…

— Et pour ceux qui ne savent pas cuisiner ? l'interrompit Déborah d'un air plaintif.

— On fera un planning pour prévoir les courses, reprit JC comme si de rien n'était. Ceux qui ne souhaitent pas passer des heures en cuisine peuvent inscrire dans la liste des plats surgelés à réchauffer au dernier moment.

— J'ai une petite recette de tarte à la tomate, vous m'en direz des nouvelles ! s'exclama Nathalie.

— Et moi, je suis le pro des cakes salés, se rengorgea Gaétan. Mes enfants se battent pour se resservir.

— Je fais des salades d'avocat comme personne ! ajoutai-je pour ne pas être en reste.

Le plat de poulet circula entre nous et nous nous servîmes.

— Bon appétit !

— Et elle ? s'enquit Déborah d'un ton venimeux en pointant sa fourchette vers moi. Tu n'as pas dit quel rôle elle va occuper.

— Noëlle vient d'arriver, répondit tranquillement JC. Elle va commencer par nous suivre dans nos visites et voir comment ça fonctionne chez Demeures de Luxe. On ne connaît pas bien ce concept, ici, mais ça s'appelle de la formation de nouvel arrivant et ça aide pas mal à entrer dans un poste.

L'admiration me gagna. Je m'étais fourvoyée sur toute la ligne. JC savait gérer une équipe, il savait gérer une agence, il savait même gérer une nouvelle ! Heureusement que son père avait plus de flair que moi sur ce coup-là ! Peut-être qu'il ne plaisantait pas, alors, deux ans plus tôt, pendant cette fameuse soirée qui avait tout changé… Et PDG l'avait bien compris.

— Je l'ai recrutée parce qu'elle a de l'expérience ! persifla Déborah, me sortant de ma réflexion. Si elle n'en a pas, elle n'a rien à faire ici.

— Bien sûr. Sauf que ça fera bientôt deux semaines qu'elle est là et personne ne lui a montré comment fonctionne le logiciel de recherche de biens. Tu ne crois pas que ça pourrait lui donner un coup de main ?

Hein ? Il existait un logiciel de recherche de biens ?

— C'est n'importe quoi ! vitupéra Déborah. Avoue plutôt que tu couches avec elle et que tu lui…

— Déborah !

J'ouvris des yeux ronds. Les prunelles vertes de JC flamboyaient de rage. Je ne savais pas qu'il était capable de crier – d'aboyer, même – sur quelqu'un !

— D'une part, je couche avec qui je veux, siffla-t-il entre ses dents serrées. D'autre part, si ça te contrarie à ce point, j'accepte ta démission. Personne n'est indispensable. Surtout pas toi.

Déborah parut avaler de travers. Pourtant, elle n'avait pas encore touché à ses patates, trop occupée qu'elle était à cracher son venin.

— J'ai… J'ai… enragea-t-elle. Je travaille ici depuis presque cinq ans et je…

— Et tu as même été responsable de l'agence, l'interrompit JC, toujours hors de lui. Tu as eu ta chance de prouver ta valeur. Quand on voit ce que tu en as fait, ne viens pas pleurer !

Là, c'était le poulet tout entier – et vivant – qui s'était coincé dans la gorge de Déborah. Je jetai un coup d'œil à Nathalie et Gaétan. Tous deux mangeaient en contemplant la dispute avec autant d'intérêt que s'ils étaient au spectacle. Eh bien… Ils devaient l'attendre depuis longtemps, le JC nouvelle version !

Nathalie surprit mon regard.

— Au fait, Noëlle, tu fais toujours la contre-visite des Sapins Bleus, cet après-midi ? s'enquit-elle avec un naturel désarmant.

— Oui, à 15 heures ! répondis-je, enthousiaste. On va bien finir par la caser, cette baraque !

— C'est Miss Noëlle, grogna Déborah.

— Non, c'est Noëlle, trancha JC. Miss Noëlle, c'est pour les clients, et encore, seulement les étrangers.

Décidément, j'allais la lancer, ma ola !

Un hurlement troubla la paix des arbres. Je sursautai. C'était humain, ça ? On aurait dit un loup ! Je me tournai pour chercher autour de nous. La limousine garée devant la dépendance transformée en garage étincelait sous le soleil, les arbres bruissaient doucement et le jardin zen semblait aussi paisible que d'ordinaire. Fernando était donc revenu…

Sur le perron du Logis des Sapins Bleus, JC s'était renfrogné et notre cliente, cette fois accompagnée de son mari, ne bougeait plus, interdite.

— Qu'est-ce que c'était ? bredouilla-t-elle.

— Aucune idée, avouai-je en montant les marches pour les rejoindre. Des enfants qui jouent ?

— J'aurais juré que c'était un loup !

Je fis une moue dubitative, et son époux, un grand gaillard aux tempes dégarnies, réagit plus vite que moi.

— Voyons, Cécile, il n'y a pas de loups par ici. Madame a raison, ce sont sûrement des enfants.

Cécile approuva avec un sourire gêné. Ouf. Mais Fernando n'allait sûrement pas en rester là.

JC nous fit entrer. Et nous tombâmes nez à nez avec la poupée de l'autre fois, avec son sourire torve, pendue au lustre du hall. Cécile poussa un cri d'effroi. Je clignai des yeux, pas beaucoup plus fière. Mon cœur avait fait un bond quand j'avais vu la silhouette se découper dans la lumière, le cou de travers.

— Qu'est-ce que c'est que ça ? grinça notre client.

— À première vue, je dirais une mauvaise blague, répondit JC sur le même ton.

— Ou alors un meurtre, m'empressai-je de me ressaisir. C'est Nelly, non ?

— Nelly ?

— La poupée du garde-chasse de la propriété. Ils ont dû rompre et ça s'est mal terminé.

Le couple me dévisagea avec stupeur. Même JC avait l'air éberlué. Il commençait à me connaître, pourtant…

Je leur offris à tous mon plus beau sourire.

— On la décrochera plus tard pour lui donner une sépulture décente. On continue la visite ?

Bien évidemment, cela s'acheva par un échec cuisant. Le couple mit un coup d'arrêt à notre tour de propriété quand un volet, pourtant au premier étage, claqua pour la troisième fois sans raison apparente. Je bouillais tellement que j'étais prête à accrocher Fernando à la place de Nelly sans problème. Heureusement pour lui, il resta caché quand nous ressortîmes pour remonter dans la limousine.

Le trajet du retour s'effectua dans un silence de mort malgré mes tentatives pour détendre l'atmosphère. À croire que l'âme de cette pauvre Nelly planait avec nous dans la voiture. Ils ne la connaissaient pas de son vivant, pourtant !

Nous déposâmes nos clients devant leur domicile, là où nous les avions pris à l'aller, et nous reprîmes le chemin de l'agence. Je lâchai un gros soupir.

— Encore raté…

JC esquissa un sourire.

— Tu es content ? m'étonnai-je. Tu crois qu'ils vont signer ?

— Non, reconnut-il. Cécile va même sûrement avoir besoin de trois ans de psychothérapie pour gérer le stress post-traumatique, mais…

— Mais quoi ?

— Je ne sais pas. Je suis heureux d'avoir vécu ça avec toi.

Mes oreilles chauffèrent d'un coup.

— C'était mon premier cadavre, précisa-t-il. Ça ne pouvait être qu'avec toi.

La pression dans ma poitrine dégonfla soudain et j'éclatai de rire.

— Évidemment, vu comme ça ! Tu veux qu'on

mette une histoire au point, pour quand les gens nous demanderont comment on s'est rencontrés ?

Il hocha la tête très sérieusement.

— Cela nous prendra sans aucun doute tout le dîner de demain.

J'approuvai en me mordant la lèvre inférieure pour ne pas laisser exploser ma joie. Il allait vraiment être génial, ce dîner ! L'après-midi risquait de me sembler interminable. Et la journée du lendemain, je n'en parlais même pas !

En fait, ce ne fut pas si terrible. Conformément aux instructions de JC, je suivis Gaétan dans toutes ses visites jusqu'à la fin de la journée.

Curieusement, certains termes sonnaient beaucoup mieux dans sa bouche que dans celle de Nathalie. Ainsi, pendant les quelques heures passées avec lui, je me pris à m'imaginer en salopette, de la peinture jusque sur le nez, à rénover une petite maison de charme « pleine de potentiel ». Je redescendis brutalement sur terre quand un coup d'œil sur mon smartphone m'informa qu'un pot de peinture adéquat, à 144,99 euros, suffisait à couvrir 12 mètres carrés et que la surface totale à repeindre, entre les murs et les plafonds, s'élevait à presque 200 mètres carrés. Sans compter toute l'électricité à refaire. Trois mois de salaire n'y suffiraient pas.

— C'est comme une aventure, conclut Gaétan avec un clin d'œil à destination de nos clients. Avec votre chez-vous exactement comme vous l'aimez à la clé.

Ils hochèrent la tête avec un frisson d'excitation et je dus me retenir pour ne pas les imiter. La vache, il était convaincant, l'animal ! Heureusement que je savais compter, sinon j'aurais pu me laisser tenter ! Bon, bien sûr, mon banquier se serait chargé de me ramener à la réalité. On pouvait toujours compter sur son banquier, dans ces cas-là.

Quand je sortis du métro pour regagner mon immeuble, je me demandais encore si mon duplex ne rendrait pas mieux en gris souricette ou en violet aubergine. Moi qui avais horreur des travaux ! Mais quand même… Un beau parme pastel… Sur un seul mur…

Une silhouette au coin de la rue me fit stopper net. Un grand échalas avec des lunettes rondes ? Je me rejetai contre le mur, à moitié cachée derrière un lampadaire, sous le regard surpris d'une dame qui portait des sacs de courses, et plissai les paupières pour mieux voir. Oui, il s'agissait bien de Loïc, le coach végétarien. Que fichait-il ici, celui-là ? Il marchait avec la lenteur d'une limace et s'arrêtait devant chaque entrée d'immeuble. Je fronçai le nez. Il n'était pas en train de chercher mon nom quand même ? Mais si ce n'était pas ça, que fabriquait-il ? Il cherchait un local pour son entreprise de coaching ? On ne s'y prenait pas comme ça !

J'étais à peu près sûre que si je passais devant lui pour rentrer chez moi, j'étais bonne pour un « eh ! quelle surprise ! ». Quelle surprise, quelle idiote, oui ! Je me souvenais parfaitement de lui avoir dit que j'habitais ce quartier. Et qu'est-ce qui m'avait pris de lui laisser entendre qu'on se reverrait peut-être par hasard ? Bon sang, on n'était jamais trop prudents, avec les premiers rendez-vous de sites de rencontres…

Loïc approchait dangereusement de mon immeuble. L'étiquette sur ma sonnette indiquait *N. Andelnans*, donc il ne me trouverait probablement pas, mais je préférais ne pas tenter le diable. Je sortis mon téléphone de mon sac et appelai un numéro de mon répertoire. Pourvu qu'Hortense Michel ne soit pas trop loin… On décrocha.

— Allô ? demanda la voix réjouie de la vieille dame.

— Bonjour Hortense, c'est Noëlle.

— Oui ! gloussa-t-elle. Je sais, c'est écrit sur mon écran !

— Super. Vous êtes chez vous ?

— Bien sûr ! Il y a une émission formidable à la télévision ! Une grande dame maigre avec un accent très amusant apprend à des femmes à s'habiller correctement. Dites-moi, vous pensez qu'une minijupe en cuir, ça me ferait perdre dix ans ?

Pendant une seconde, l'image d'Hortense en minijupe de cuir court-circuita mon cerveau. Puis je me repris.

— Je suis désolée de vous déranger pendant votre émission, mais Loïc est presque en bas de l'immeuble.

— Loïc ? L'empoté qui veut faire du coaching dans la cuisine de ses parents ?

— Oui, lui.

— Que fait-il là ?

— Je ne sais pas vraiment, avouai-je, mais il lit tous les noms sur les interphones et j'ai peur qu'il soit à ma recherche.

— Diantre !

— Je n'ose pas lui passer devant pour rentrer, je n'ai pas envie qu'il sache où j'habite.

— Ne bougez pas, j'arrive !

— Ce que je voudrais, c'est que vous sortiez dans le hall de l'immeuble et que vous le regardiez fixement comme si c'était un cambrioleur en repérage, pour le faire partir. D'accord ?

Sa voix me parvint, soudain beaucoup plus lointaine.

— Alors, mes bas… mes chaussures… mon parapluie…

— … Hortense ? m'inquiétai-je. Vous m'avez entendue ? Hortense !

— … Il va voir ce qu'il va voir, ce godelureau ! Ennuyer les petites camarades d'Hortense Michel, quelle honte !

Zut. Elle avait dû poser le téléphone sans raccrocher. C'était ma faute. Je n'avais qu'à mieux lui apprendre comment gérer ces appareils-là. En soupirant, je l'écoutai donc s'habiller en quatrième vitesse et claquer la porte de son appartement. En oubliant son téléphone. Je n'aurais pas la suite. Au bout d'une minute, je la vis pousser la porte de l'immeuble. Juste à temps ! Loïc avait fini l'interphone voisin et approchait du nôtre. En rasant les murs, bien à l'abri d'une rangée de poubelles, je me faufilai pour saisir la conversation.

Hortense jaugeait Loïc, appuyée sur son parapluie comme sur une canne.

— Vous cherchez, jeune homme ? s'enquit-elle d'une voix enjôleuse.

— Euh… Une amie, répondit celui-ci, surpris.

— Oh… Plus belle que moi ?

Loïc ouvrit des yeux ronds. Moi aussi.

— Euh… Eh bien…

Bon, au moins, il essayait de ne pas la vexer.

— Je suis beaucoup moins chère qu'elle, ajouta ma voisine avec un clin d'œil suggestif.

Mes poumons se vidèrent d'un seul coup de tout leur air. Hortense !

— Ce… Ce n'est pas ce que vous croyez… balbutia Loïc. Je…

— Vous cherchez bien une amie dans cette rue, insista la vieille dame.

— Euh…

— Alors ne cherchez plus, vous m'avez trouvée. Vous montez ?

— Euh… Non merci… Je… Je dois y aller.

Il tourna les talons et s'en fut sans demander son reste. J'eus tout juste le temps de m'accroupir derrière la poubelle, sous le *tsss* désapprobateur de la dame aux sacs de courses. Loïc passa devant ma cachette en marchant curieusement vite, les joues en feu. Ouf !

J'attendis qu'il ait tourné au bout de la rue pour sortir de mon abri et rejoindre ma voisine, toujours campée devant la porte de l'immeuble.

— Vous m'avez sauvée ! soufflai-je.

— Quel goujat, répondit-elle en retroussant le nez d'un air vexé. Il n'a même pas dit au revoir. Vous avez bien raison, ma fille, ce n'est pas un garçon pour vous !

Ça, je n'allais pas prétendre le contraire…

— Vous savez que Dorian adorerait vous avoir dans son équipe ? repris-je, un sourire aux lèvres. Quel talent pour la comédie vous avez ! Et quelle idée géniale !

Son œil pétilla derrière ses lunettes.

— Ne me flattez pas pour détourner la conversation, Noëlle, je veux savoir tout ce qui s'est passé aujourd'hui avec votre sous-grouillot !

Mon sourire s'épanouit.

— Alors là, je vous promets que vous n'allez pas être déçue ! Vous dînez avec nous, ce soir ?

— Naturellement ! J'ai préparé du flan à la vanille, avec plein de caramel, exprès pour ça !

Ah. Bon, parfait.

Pour mon plus grand bonheur, la journée du lendemain passa relativement vite. Les visites avec Nathalie dans les appartements neufs se révélèrent très amusantes. Tablette numérique sous le bras, elle possédait une modélisation 3D de chacun des biens qu'elle présentait et demandait aux clients quel type de mobilier ils possédaient afin de les intégrer dans sa simulation. L'effet sur les gens était immédiat. En plein milieu d'une grande pièce vide, ils contemplaient avec émotion les images proposées par la jeune femme, puis fixaient les murs nus avec des yeux pleins d'étoiles.

Je m'abstins de tout commentaire quand l'agente installa virtuellement un piano à queue de six cents kilos dans un loft, au dernier étage d'un immeuble sans ascenseur. Je me demandais bien comment il allait monter jusque-là, celui-là. Même si notre client embauchait huit déménageurs très costauds, je n'étais pas sûre que l'instrument passe par la porte.

— Vous souhaitez vous positionner sur le bien ? s'enquit Nathalie de sa voix cristalline.

— Et comment !

Bon, j'allais continuer à me taire. Peut-être que ça se démontait, un piano…

Déborah, par contre, faisait toujours sa tête de cochon.

— C'est un peu cher pour la localisation, nota une cliente lors d'une visite de maison en banlieue.

— Vous ne trouverez rien de mieux pour ce budget, répondit fraîchement la jeune femme. Si vous ne faites pas une offre très rapidement, cela vous passera sous le nez.

Je fronçai le mien, de nez. Pas une bonne tactique, ça…

— D'accord. J'ai besoin de réfléchir.

Ah ? Encore une qu'on ne reverrait jamais !

Mais peu importait, car à chaque fois que j'y revenais, l'agence rayonnait de bonnes ondes. Gaétan sifflotait gaiement, Nathalie chantonnait en accrochant de nouvelles affiches en vitrine et JC avait même repoussé les cheveux qui barraient son front. Mon rapport allait encore être truffé de petits détails, mais dans le bon sens, cette fois ! La boutique était enfin sur les bons rails !

Dès 16 heures, malgré tous mes efforts pour ne pas y penser, je ne songeais plus qu'à notre dîner. J'essayais de me concentrer sur autre chose pourtant. Je m'étais même fait un mémo sur mon portable pour me rappeler de mettre des baskets dans ma boîte aux lettres ! JC avait fini par me montrer comment fonctionnait le fameux logiciel de recherche de biens par mots-clés, et il avait glissé d'un air presque décontracté :

— Au fait, j'ai réservé pour ce soir.

Son téléphone s'était mis à sonner avant que j'aie le temps de demander où, puis Nathalie était revenue d'une de ses visites et je n'avais plus osé réclamer des précisions. Elle était fière, la Valkyrie, à chercher discrètement sur internet les restaurants autour de l'agence… Je ressemblais un peu à Loïc, là, non ?

22

Chez Max

— Alors ? Où on va ?

JC me coula un regard en coin, amusé.

— En fait, je ne sais pas trop, avoua-t-il. Je n'ai encore jamais tenté ce resto. D'après la personne qui me l'a conseillé, il est très bien.

— Oh… Une personne de confiance, j'espère !

Son sourire s'élargit.

— J'espère aussi.

Je fronçai les sourcils.

— Ne pose plus de questions ! dit-il avant que j'aie le temps d'ajouter quoi que ce soit. Tu verras !

Bon…

Il m'entraîna jusqu'au métro. Je notai que nous prenions la même ligne que pour rentrer chez moi. Tant mieux. Si le dîner se prolongeait jusque tard dans la soirée, je n'aurais pas trop de route à faire pour regagner mon duplex.

La rame arriva à quai, déjà bondée. L'heure de pointe faisait son œuvre. Nous montâmes en nous tassant de notre mieux au milieu des Parisiens blasés et indifférents. Je dus inspirer un grand coup pour éviter la surchauffe lorsque je me retrouvai plaquée contre la poitrine de JC. Ce qui fit entrer l'odeur vraiment très agréable de son parfum dans mes narines. Ouh lala ! J'aimais un peu trop ça, moi ! Beaucoup trop, même ! Avais-je une chance que le cramoisi de mes joues passe pour une réaction à la chaleur ?

Pour ne rien arranger, les cahots du métro nous bousculèrent l'un contre l'autre et JC passa son bras autour de ma taille. Je frôlai la syncope. Il l'avait fait exprès ? Oui ? Non ? Peut-être ? Argh ! Et surtout... Pourvu qu'on n'arrive pas trop vite à destination ! Mais... Mais qu'est-ce que je racontais, moi ? Ce type était mon client ! Et il ne le savait même pas ! Fallait-il que je le lui dise ? Oui, évidemment ! Mais quand ? Pas maintenant ! Il risquait de me lâcher !

Je trouverais bien un moment pendant le dîner. Oui, au dessert, par exemple, ça serait bien. Je lui expliquerais. J'utiliserais les bons termes et il comprendrait. Et ensuite, il me prendrait dans ses bras, comme maintenant, et on s'embrasserait passionnément et... Et s'il le prenait mal ? Il faudrait le convaincre que j'étais quelqu'un de bien, sinon adieu mon *happy end* ! Bon, alors du coup, non, pas au dessert, avant. À l'entrée ? Au plat ?

— On descend ici !

Je sortis brutalement de mes pensées. Déjà ? Mais... Je n'étais pas prête !

Je dus pourtant suivre le mouvement parce que JC m'avait lâchée. Je reconnus l'arrêt qui précédait le mien. Je serais vraiment vite rentrée. Un flash traversa soudain mon esprit. Avait-il parié là-dessus ? Pensait-il me raccompagner ensuite, pour que je lui propose un verre et qu'on… ? Oh mon Dieu ! Et Victoire qui était là ! Catastrophe !

— Ça va, Noëlle ?

— Hein ? bégayai-je. Euh… Oui oui. Au fait, je t'ai dit que j'héberge ma sœur en ce moment ?

Il me jeta un coup d'œil étonné.

— Oui, vous m'aviez raconté ça quand on montait notre coup contre Fernando, aux Sapins Bleus.

— Ah… Ah ?

Je me sentis encore plus nouille. En fait, il n'avait jamais envisagé de monter chez moi !

Ses sourcils s'étaient froncés.

— Pourquoi tu me parles d'elle ? Tu voudrais qu'elle nous rejoigne ?

— Oh non ! Pas du tout !

Ma réaction un peu – beaucoup – trop rapide lui provoqua un sourire en coin vraiment très séduisant. Mon ventre se tordit encore davantage quand une horrible question s'imposa à moi. Avait-il perçu ce à quoi je pensais ? Argh ! Pourvu que non ! Un chef ex-sous-grouillot qui percutait à la moindre gaffe, c'était carrément l'angoisse !

Et moi, j'étais assurément la pire Valkyrie de France. Du monde. De l'univers entier. Heureusement que Thor n'existait pas, il m'aurait virée direct. Et il aurait eu raison, lui.

Un petit restaurant attira soudain mon attention dans la rue où nous marchions et j'oubliai mes craintes existentielles.

— Chez Max ? m'exclamai-je. On va Chez Max ?

— Tu connais ?

— Tu rigoles ! C'est mon resto préféré !

— Ah oui ?

Son ton trop innocent pour être honnête me fit lever les yeux vers lui. Il feignait le détachement mais sa poitrine s'était gonflée de fierté.

— Tu le savais !

— J'avoue, rit-il. J'ai demandé à Victoire. Je ne voulais pas me tromper pour notre premier rendez-vous.

Mes joues chauffèrent bien malgré moi. Alors c'était vraiment notre premier rendez-vous. Je n'avais pas intérêt à me planter, à l'entrée. Ou au plat, je ne savais pas encore.

— Tu as le numéro de Victoire ? m'inquiétai-je tout de même tandis qu'il ouvrait la porte.

— Oui, tu l'as mise comme contact à prévenir dans tes proches si tu as un souci, dans les fiches RH de l'agence.

Oh… Il avait vraiment de la ressource, ce garçon ! Quel dommage qu'il aime son boulot, j'aurais pu le faire embaucher chez Gungnir Conseil les doigts dans le nez !

Nous entrâmes dans le restaurant. Je retrouvai avec plaisir l'ambiance d'auberge qui me plaisait tant dans ce petit établissement discret. Grosses poutres apparentes et murs jaune paille, il faisait le bonheur de tous les amateurs de bonne viande des environs. D'ailleurs, l'endroit était déjà bien plein. Il ne restait plus qu'une table pour deux près d'une fenêtre, entre un couple – une jeune femme blonde qui attaquait un steak tartare monstrueux et son compagnon, un bel homme qui la couvait d'un regard amusé – et une famille composée des parents et de deux petits garçons.

Dès que JC eut annoncé son nom, le serveur nous conduisit à la table en question, où une petite bougie répandait une lueur dansante sur les couverts argentés. Je m'installai, enchantée. Je voyais bien qu'il n'y avait pas de bougie sur les autres tables, ça devait être une commande spéciale de JC. Il s'était vraiment donné du mal !

Bon, comment lui révéler mon véritable boulot en ayant l'air naturel, détendu et super cool ?

— Un apéritif, madame, monsieur ?

OK, pas maintenant…

— Alors, déclara JC en ouvrant le menu quand le serveur repartit avec nos commandes de Martini blancs. Qu'est-ce que tu aimes, dans ce resto ?

— Tout ! m'esclaffai-je. Leurs grillades sont dingues, les steaks tartares envoient du lourd et même les plats à base de tripes sont à tomber par terre !

— Et pas d'escargots ?

Je restai interdite une seconde. J'avais déjà parlé d'escargots devant lui ?

— Victoire m'a dit que c'était ta grande passion, ajouta-t-il avec un sourire timide devant mon silence.

Ah. Ils avaient eu une conversation drôlement longue ! De quoi d'autre avaient-ils pu bien parler ?

— Tu veux les manger ? me récriai-je sur un ton faussement effaré.

— Évidemment ! Grillés avec un bon beurre d'ail…

— Assassin d'escargots ! De si gentilles petites bêtes !

Il éclata de rire et je plongeai dans mon menu, un

sourire incontrôlable aux lèvres. Décidément, j'aimais bien l'entendre rire.

— Si tu veux manger utile en ajoutant du beurre d'ail, conclus-je, commençons par Déborah. Ça soulagera l'univers bien plus qu'en s'en prenant à des bestioles rigolotes.

— Il n'y a rien à manger sur Déborah, protesta-t-il. Que des os et du cartilage. Et je suis sûr que le peu de chair est empoisonné. Si on doit manger quelqu'un, autant choisir Fernando.

— Euh… Vos apéritifs ?

Le serveur était revenu avec deux verres et nous contemplait d'un air un peu inquiet. Bah… Petite nature.

— Vous avez fait votre choix ?

Nous commandâmes donc.

— Il faudrait faire attention à nos conversations en public, soufflai-je alors qu'il tournait les talons. Sinon on va finir en prison.

— Si on m'avait dit un jour que je flirterais en préméditant un meurtre, répondit JC d'un ton badin, je n'y aurais jamais cru.

— C'est parce que tu ne me connaissais pas encore.

— Non, en effet. Il va vraiment falloir que je remédie à ça.

Mon cœur s'emballa. La perche était parfaite. C'était le moment de tout lui raconter !

— Eh bien justement, à ce sujet… me lançai-je en faisant tourner nerveusement mon Martini dans mon verre. Puisqu'on parle de… De me connaître… J'avais… quelque chose d'important à te dire…

Il se rembrunit d'un coup.

— C'est le moment où tu m'annonces que tu es fiancée ? marmonna-t-il.

— Hein ?

— Ou que tu as trois enfants et huit chiens à nourrir ?

Mes yeux s'arrondirent. Huit chiens ?

— Non ? insista-t-il.

— Ben… Non…

— Ah, ouf.

Il se redressa sur sa chaise et sourit, visiblement soulagé.

— Parce que c'est toujours comme ça, au premier rendez-vous sur les sites de rencontres.

— Sérieux ? m'exclamai-je, stupéfaite. Pour les hommes aussi, vous avez des…

Non, pas des ratatinés du bulbe mythomanes et dépressifs.

— … des surprises ?

— Oui. J'en déduis que toi aussi ?

— Plutôt, oui ! Mais je pensais que ça n'arrivait qu'aux femmes !

Il fit la moue.

— Je te raconterai, éluda-t-il. En attendant, qu'est-ce que tu voulais me dire ?

— Euh…

Ne pas être réellement agente dans les appartements de luxe, c'était mieux ou moins bien que fiancée avec trois enfants et huit chiens ?

La porte du restaurant s'ouvrit d'un coup et mes yeux s'écarquillèrent quand je reconnus le nouvel arrivant. Silhouette mince, lunettes rondes et cheveux noirs courts, impossible de me tromper, c'était Loïc, le coach végétarien ! Que fichait-il dans un restaurant de viande ?

— Qu'est-ce qui se passe ? s'étonna JC.

Je me rendis compte que je m'étais tassée dans ma chaise. Autant jouer franc-jeu.

— Je te jure que je ne suis fiancée à personne, grommelai-je, mais le type qui vient d'entrer, j'ai eu un rendez-vous avec lui après quelques messages sur un site internet et depuis, il rôde dans mon quartier.

— Sérieux ?

— Sérieux. Et pourtant, je lui ai bien dit que lui et moi, ce n'était pas possible.

Un sourire narquois – et terriblement sexy – releva le coin de ses lèvres.

— Ta sœur et toi, vous avez du talent pour choisir les hommes…

— Ne rigole pas, maugréai-je.

— Noëlle !

Loïc se dirigeait vers nous à grands pas, un immense sourire aux lèvres.

— Tu avais raison, on se rencontre à nouveau par hasard !

— Par hasard ? répétai-je, incrédule. Tu es entré Chez Max, le meilleur restaurant de viande du coin, par hasard ?

Il parut déstabilisé. J'en profitai pour reporter mon attention sur JC.

— JC, je te présente Loïc. Il est coach, mais il ne sait pas en quoi, et végétarien.

— Je vois, répondit JC avec un sourire de plus en plus goguenard.

— Et je t'assure que je n'ai pas huit chiens. Juste

un coussin-escargot, mais il ne pleure pas quand il est tout seul à la maison et il ne mord pas les étrangers.

JC rit de nouveau. Loïc nous contemplait avec une incompréhension manifeste.

— Tu m'avais dit qu'on se recroiserait peut-être par hasard, reprit-il avec moins d'assurance.

— Je n'en doute pas, répondit JC à ma place. Quelle coïncidence extraordinaire que vous soyez entré précisément dans ce restaurant, où rien ne vous plaît à la carte !

— Euh… J'ai vu Noëlle par la fenêtre, mais c'est un hasard… Et au fait, vous êtes qui, vous ? Un mec du site de rencontres, aussi ? Je vous préviens, elle va se barrer au bout d'une demi-heure en vous disant que vos univers sont trop différents et elle ne vous recontactera jamais ! Même si c'est elle qui paie la conso !

Les yeux verts de JC étincelaient quand il les posa sur moi.

— Je m'incline, dit-il, hilare. Moi, je n'ai eu aucun premier rendez-vous aussi bizarre.

— Veinard, soupirai-je.

— Loïc, voulez-vous bien nous laisser dîner, s'il vous plaît ?

— Mais… bredouilla celui-ci. Vous voulez quand même rester avec elle ? Elle va vous laisser tomber, vous savez ?

— Rassurez-vous. Je ne suis pas un premier rendez-vous *via* un site de rencontres, je ne crains rien.

— Ah bon ? Vous n'êtes pas…

Une lueur de compréhension brilla derrière ses lunettes rondes.

— Vous êtes un collègue ! s'exclama-t-il.

— Je suis son patron, répliqua JC d'un ton où commençait à percer l'agacement.

Oh ! Ça y était ? Il assumait ? Génial !

— Alors laissez-nous tranquilles et arrêtez de tourner autour de Noëlle.

Visiblement, Loïc se torturait les neurones pour trouver une bonne repartie, car il plissait le front d'un air concentré.

— Son patron... marmonna-t-il. Vous n'êtes pas un type sympa, alors...

— Eh ! me récriai-je, horrifiée. Tu veux que je me fasse virer ou quoi ?

— Non, mais je veux dire, ce n'est pas cool de t'avoir mise sur une mission aussi dure...

Les paroles que j'avais lâchées en sa présence pendant notre rendez-vous me revinrent brutalement et mon sang se glaça.

— J'admets que ce n'était pas évident, déclara JC. Mais elle n'est pas seule, je suis là pour l'aider.

J'en restai abasourdie. Puis je compris qu'il parlait de la vente de la maison hantée. Oh, mon Dieu. Pourvu que le quiproquo continue.

— Maintenant, ça suffit, Loïc, dis-je d'une voix blanche. Laisse-moi tranquille.

— J'ai le droit de dire ce que je pense ! protesta celui-ci. C'est le rôle d'un homme de protéger une femme. Surtout quand il l'apprécie, alors...

Il se tourna vers JC, dont les traits durcissaient à vue d'œil. Si Mister Hyde se montrait, les choses allaient tourner au vinaigre !

— Franchement ! insista Loïc, les poings sur les

hanches, avec un air outré qui semblait tout sauf naturel. La balancer sous couverture dans une agence qui coule pour lui demander de redresser la barre, ce n'était déjà pas très gentil, mais lui mettre un gros mollasson dans les pattes pour le transformer en directeur, c'est carrément glauque ! Vous espérez quoi ? Qu'elle soit très gentille avec lui et qu'elle fasse semblant d'être amoureuse ?

Le visage de JC perdit d'un coup toute couleur. Plus aucune pensée cohérente n'arrivait à se former dans ma tête. Je ne respirais même plus.

— Pardon ? articula JC.

— C'est quoi, votre consigne suivante ? L'obliger à coucher avec lui pour qu'il reprenne confiance en ses capacités de… de quoi, d'ailleurs, si c'est un nullard ?

Les pieds d'une chaise raclèrent le sol derrière nous et l'homme qui dînait à la table voisine – un homme de grande taille, aux cheveux courts, avec une petite boucle à l'oreille droite – surgit soudain aux côtés de Loïc.

— Monsieur, dit-il sèchement en lui abattant une main large comme une pelle sur l'épaule, je vais vous demander de quitter ce restaurant immédiatement.

— Quoi ? Mais je…

— N'insistez pas ou je vous embarque pour trouble à l'ordre public.

— Hein ? Vous… Vous êtes flic ?

— Capitaine Levif, de la gendarmerie nationale.

Toujours incapable de réagir, je vis notre voisin sortir une carte de sa poche et la mettre sous le nez de Loïc, qui se décomposa.

— Mais je n'ai rien fait de mal !

— Si vous ennuyez encore cette femme, vous passez deux jours en garde à vue pour harcèlement. Vu ? Maintenant, dehors. Immédiatement.

— Mais… Mais…

L'inconnu attrapa Loïc par le col de son tee-shirt et le reconduisit *manu militari* à la porte du restaurant. Je me rendis soudain compte que sa compagne, la jeune femme blonde, s'était glissée à mes côtés.

— Ça va ? souffla-t-elle.

Un déclic se produisit en moi et je pus enfin bouger.

— Hein ? articulai-je, à mi-chemin entre l'incrédulité et l'effroi.

— Désolée pour l'intervention un peu musclée de mon mari. Il a une grande sympathie pour les gens sous couverture. C'est son côté gendarme, vous voyez ?

— Hein ? répétai-je, cette fois horrifiée.

Tout le monde avait donc compris que je bossais sous couverture ? Même mes voisins de table ?

JC fixait le gendarme qui propulsait Loïc dehors avec une froideur palpable. Il se tourna d'un coup vers moi. Ses yeux verts flamboyaient.

— C'est vrai ? grogna-t-il entre ses dents.

— De… De quoi ? bredouillai-je.

— Merde, j'aurais dû le comprendre dès le premier jour. J'avais bien vu que tu étais spéciale, pour une agente, avec tes questions et tes… Putain… Dis-moi juste que ce n'est pas mon père qui t'envoie.

Les mots me manquèrent. Son père ?

— Je pense que c'est plus compliqué que ça, intervint gentiment ma voisine.

JC lui jeta un coup d'œil si meurtrier que mon estomac se contracta dangereusement.

— Ouh là ! s'épouvanta-t-elle. C'est une façon de regarder une femme enceinte, ça ? Vous voulez me faire accoucher en avance ou quoi ?

Je remarquai seulement l'énorme ventre sur lequel elle avait posé ses mains.

— En plus, ce sont des triplés, ajouta-t-elle d'un air ravi, comme si cela changeait tout.

— Lou ? l'interrompit le gendarme qui revenait. Tout va bien ?

— Oui, oui. Je fais diversion pour que la tension dégonfle entre ces deux-là.

L'homme nous dévisagea, moi avec une certaine bienveillance, JC avec un peu plus d'inquiétude. En même temps, vu la façon dont les yeux de mon collègue étincelaient de rage, j'aurais été inquiète aussi, à sa place. Se demandait-il s'il ne ferait pas mieux de l'embarquer pour ne pas retrouver mon cadavre flottant dans la Seine ?

— C'est exactement ce que j'essayais de te dire, JC, bredouillai-je enfin. Je… Je ne suis pas… Je n'ai jamais été agente dans l'immobilier. Je travaille pour une société de conseil en entreprise et j'ai été mandatée pour…

— Pour transformer un gros mollasson en directeur, j'ai compris, m'interrompit-il, acide.

— Mais… Mais pas du tout !

— Qui a décidé de mettre Déborah à la tête de l'agence ?

— Euh… Je… J'ai donné un conseil dans ce sens, mais c'est parce que je ne savais pas que…

— Et tu l'as fait rétrograder quand elle t'a virée.

— En fait… Non, ce n'était pas ma décision. Je

devais juste collecter des infos, je n'avais aucun pouvoir de…

— C'est bon, je sais tout ce que j'avais besoin de savoir.

Il se leva.

— JC ! m'écriai-je, la gorge serrée.

— Laisse tomber. Et ne t'inquiète pas, c'est moi qui paie le resto.

— Mais… Mais…

— Pas besoin de revenir à l'agence demain. On ne recrute que des professionnels dans mon équipe.

Il jeta deux gros billets sur la table et s'éloigna sans plus de cérémonie, croisant le serveur qui arrivait avec nos plats. Je restai plantée sur ma chaise, la bouche ouverte sur une supplication muette, incapable de réagir.

— Euh… Il y a un problème ? s'enquit le serveur, les sourcils haussés par la perplexité.

— Non, non, il a réglé la note, pas de souci ! le rassura ma voisine, Lou donc.

Je n'écoutais plus. JC s'en allait. En croyant que j'étais envoyée pour… pour coucher avec lui ?

— Très bien, dit le serveur en déposant les assiettes sur la table. Eh bien… Bon appétit.

Un flash troua enfin le brouillard de mes pensées. Je me redressai d'un bond. Il fallait que je le rattrape ! Que je lui explique ! Que oui, j'avais peut-être dit des choses affreuses, mais… Oh mon Dieu ! Comment allais-je corriger un dérapage pareil ?

— Si vous partez, dit Lou en levant ses yeux bleus pleins de candeur vers moi, je peux manger votre repas ?

— Hein ? marmonnai-je sans vraiment l'entendre.

— Lou ! protesta son mari.

— Ben quoi ? On est quatre à nourrir, dans mon corps !

Je ne répondis pas, saisis mon sac à main et courus au-dehors. Je me retrouvai sur le trottoir et tournai la tête dans tous les sens. JC avait disparu.

Un trou béant s'ouvrit dans ma poitrine et mes paupières me brûlèrent. Toute ma stupidité me tombait dessus d'un coup. Il était parti. À cause de moi. J'avais tout raté. Tout gâché.

La porte se rouvrit derrière moi et un bras léger se posa sur mon épaule.

— Eh, me dit Lou avec gentillesse. Ça va aller ?

— Il est parti, gémis-je.

— Avec ce qu'il a entendu, c'est normal. Il suffit que vous rétablissiez la vérité.

La vérité ? Le désespoir creusa un peu plus le gouffre dans mon ventre. Il l'avait entendue, la vérité ! J'avais réellement prononcé ces mots !

— Que vous l'aimez, je veux dire, précisa Lou devant mon silence pitoyable.

— Quoi ? coassai-je.

— Vous l'aimez, pas vrai ?

— Je… Je…

La tempête reprit dans ma tête. Il me faisait de l'effet, c'était sûr, mais de là à dire que je l'aimais ! Il m'avait aussi montré des aspects de sa personnalité qui me rebutaient totalement ! Mais… Il n'avait pas vraiment eu le choix, si ?

Lou me tapota l'épaule.

— Quand vous saurez, ça sera plus facile. Bonne chance !

Elle me laissa seule sur le trottoir, à moitié assommée. De la chance ? Ça ne suffirait jamais ! Ce qu'il me fallait, cette fois, c'était réellement un miracle de Noëlle !

Je me rendis seulement compte que mes joues étaient humides. Je les essuyai du revers de la manche de mon chemisier, le cœur broyé. Mon esprit était toujours en pleine sidération, mais mon corps pleurait.

23

Le manoir hanté, le vrai

— Noëlle ?

L'exclamation alarmée d'Hortense me fit grimacer. Je m'obligeai à respirer profondément et me composai un visage aussi avenant que possible avant de me retourner sur mon palier.

— Bonsoir Hort…

— Oh mon Dieu ! Ma pauvre petite ! Que vous est-il arrivé ?

Je serrai les dents. Évidemment. Mon maquillage devait avoir coulé partout sur mes joues, mon nez avait probablement triplé de volume et je ne parlais même pas de mes paupières.

— Vous avez encore été virée, c'est ça ? s'inquiéta-t-elle en trottinant vers moi.

Ma bonne humeur factice s'évanouit définitivement.

— Pas loin, marmonnai-je.

— Alors quoi ?

— Je… Je…

Comment dire ça ?

— J'ai été démasquée, avouai-je péniblement.

— Oh non ! Par qui ?

— Loïc, là... Le coach végétarien qui rôde dans le quartier à ma recherche... Il a tout balancé à JC pendant qu'on prenait l'apéro...

Les yeux de ma vieille voisine étincelèrent derrière ses lunettes.

— Alors lui ! s'exclama-t-elle. Croyez-moi, Noëlle, la prochaine fois que je le croise, je lui donne cinquante coups de parapluie !

J'esquissai un sourire pâle. Je voyais la scène d'ici.

— Vous avez besoin d'un remontant, décréta-t-elle. Vous avez mangé ?

— Euh... Non.

La fameuse Lou avait-elle fini par s'approprier mon assiette ?

— Alors je vais nous faire livrer des pizzas ! Ça sera un bon entraînement pour moi.

— Vous... Vous ne voudriez pas commander vietnamien, plutôt ? Ou libanais ?

Quitte à prendre des kilos, autant changer de continent...

Hortense écarquilla les paupières.

— Je n'ai jamais mangé vietnamien, ni libanais ! On peut se faire livrer... ça ?

— Oui. Si vous tapez livraison à domicile vietna...

— Je m'en occupe immédiatement !

Elle dégaina son téléphone à grosses touches et le colla contre son nez, le visage radieux.

— Je commande les deux, n'est-ce pas ? gloussa-t-elle.

Je hochai la tête et déverrouillai ma porte. Elle me

suivit à l'intérieur. Dans le salon, la tête de Victoire qui dépassait du canapé se tourna vers nous.

— Déjà ! s'écria-t-elle. Je ne t'attendais pas avant… Mais… Hortense ? Qu'est-ce que vous faites là ? Ce n'était pas avec vous que Noëlle devait rentrer !

— J'ai été démasquée, soupirai-je.

— Hein ? Par JC ?

— Oui.

Elle éteignit la télévision et me rejoignit alors que je retirais ma veste avec lassitude.

— Mince, murmura-t-elle. Il était vraiment très fâché ?

— Vu ce que Loïc a lâché devant lui, il croit que j'ai été embauchée pour le séduire et coucher avec lui, pour lui redonner confiance en ses capacités.

— Loïc ?

— Cinquante coups de parapluie, maugréa Hortense, toujours aux prises avec son téléphone portable.

— Hein ? Mais… Qu'est-ce que vous fabriquez, Hortense ? Vous n'êtes pas en train d'engager des types pour donner des coups de parapluie à Loïc, quand même !

Ma voisine releva la tête, l'œil attentif.

— On peut faire ça ?

— Non, tranchai-je. Hortense nous commande à dîner. Et je ne veux plus jamais parler de Loïc. Ni de JC.

— Pourtant, il va bien falloir, ma fille, me raisonna Hortense.

Le désespoir s'abattit à nouveau sur mes épaules.

— Vous voulez vraiment que je vous raconte tout en détail ?

— À moi, non, mais Dorian va réclamer votre version des faits.

Je me renfrognai. Elle avait raison, bien entendu.

— Et si vous n'avez pas envie de le répéter plusieurs fois, ajouta-t-elle d'un air innocent, je serais très heureuse d'assister à votre coup de téléphone.

Il allait vraiment falloir que je change d'immeuble, moi…

Victoire se précipita sur le téléphone fixe et me le tendit, le regard plein d'espoir.

Non, en fait, il fallait que j'aille vivre loin de la civilisation.

— Je ne vais pas l'appeler chez lui en soirée, marmonnai-je en repoussant sa main. J'ai encore un peu de savoir-vivre. Je vais lui envoyer un sms et il le trouvera quand il sera disponible.

— Ah, d'accord.

Je sortis mon propre téléphone et composai un message rapide.

> « Bonsoir Dorian. Je suis désolée, suite à un affreux concours de circonstances, j'ai été démasquée par le client. Il m'a demandé de ne pas revenir. Trois patrons, trois renvois… Est-ce que je peux prendre une semaine de vacances ? »

J'envoyai. OK, ce message fleurait bon le désespoir, mais avec un peu de chance, Dorian accepterait.

— Le dîner est commandé, et la vibration m'informe que nous serons livrées dans quinze minutes, déclara Hortense. Je vous prépare des mojitos pour l'apéritif ?

Victoire approuva avec enthousiasme. J'avais peut-être intérêt à me méfier. Si on continuait comme ça, le mois prochain, ma voisine risquait de nous emmener en boîte de nuit. Ou dans une salle de shoot. Pouvait-on m'envoyer en prison, pour ça ?

Le téléphone se mit à sonner dans ma main. Dorian. Je soupirai. C'était parti pour l'explication…

La nuit fut difficile. Oh, Dorian avait accepté ma demande de congé, bien entendu. L'agence repartait sur de bonnes bases et nos clients allaient être contents. Je n'entendrais plus jamais parler de JC et, définitivement, je n'accepterais plus jamais une mission dans une agence immobilière. Mais je n'arrivais pas à prendre du recul. Je n'arrivais pas à me dire « mission accomplie ». Je n'arrivais même pas à fermer les yeux, tant le visage blême de déception de JC me hantait.

Le regard rivé sur le plafond de ma chambre, j'essayais de me concentrer sur la respiration de Victoire, qui dormait paisiblement à mes côtés. La mienne était trop irrégulière pour m'apporter le moindre calme. Il fallait pourtant que je dorme. Bon, le repas pantagruélique commandé par Hortense, libanais *et* vietnamien, me pesait sur l'estomac, mais si seulement mes pensées voulaient bien arrêter de tourner dans ma tête, cela m'aiderait. Je revivais encore et encore la scène dans le restaurant. À chaque nouvelle version, j'imaginais ce que j'aurais dû dire ou faire, pour éviter l'issue catastrophique.

Je soupirai. Tout cela ne servait à rien. C'était arrivé, rien ne pourrait le changer. Et puis je n'étais pas vraiment amoureuse de ce type, pas vrai ? Je grinçai des dents. Quand j'en aurais assez de me mentir à moi-même, ça irait peut-être mieux. Je n'arrivais toujours pas à comprendre comment, mais JC me faisait un effet de folie. Pourtant, on ne pouvait pas dire qu'il m'avait beaucoup impressionnée, à la base. Mais qu'est-ce qu'il jouait bien les mafieux en colère ! Bon sang, comment allais-je réussir à le chasser de mes pensées ? Les sites de rencontres, même pas en rêve.

Un léger ronflement interrompit le flot continu de mes idées noires. Ma sœur ronflait ? Je n'avais jamais remarqué ça ! Pourvu que moi, non. La pauvre, sinon ! Ça faisait quand même deux semaines qu'on partageait le même lit. Je repris ma contemplation du plafond. Victoire avait-elle également passé des nuits blanches, en arrivant chez moi ? Elle, ce n'était pas une histoire de dix jours qu'elle avait laissée derrière elle, mais de trois ans. Quelle déception elle avait dû vivre. Je n'osais imaginer combien son cœur avait été brisé. Et moi qui l'avais secouée comme un prunier…

Je fronçai le nez pour chasser ces pensées désagréables. Il fallait que je me concentre sur autre chose. Qu'allais-je faire pendant mes vacances ? Partir à l'autre bout du monde ? Pas sympa pour ma sœur. Visiter Paris dans les bus touristiques ? Après tout, comme toute Parisienne digne de ce nom, je connaissais par cœur le plan du métro, mais assez mal les monuments de la surface. Je me souvenais être montée en haut de la tour Eiffel, quand j'étais enfant, mais depuis… Oui, j'allais faire ça. Et trouver les restaurants les plus exotiques de la capitale pour voyager culinairement parlant. Et puis je pourrais aussi…

Il me semblait n'avoir fermé les yeux que depuis cinq minutes quand la sonnette retentit. Je levai péniblement une paupière.

— Vic ? gémis-je. Tu attends quelqu'un ?

Je l'entendis bouger.

— Nan. Il est 7 heures du mat', Noëlle. Tu crois que c'est pour une urgence ?

La sonnette insista. Je me levai en grognant et attrapai un gilet pour recouvrir mon pyjama en coton, recouvert de motifs d'escargot. Il y avait intérêt à avoir le feu à l'immeuble pour me réveiller à cette heure-là, même si on était un jour de semaine, sinon je mordais !

J'ouvris la porte et découvris Hortense Michel, fraîche et pimpante sur le palier.

— Noëlle ! s'exclama-t-elle. Prête pour cette nouvelle journée ?

— Hein ? marmonnai-je, pas encore tout à fait réveillée.

On avait prévu quelque chose ?

— J'ai eu une idée, cette nuit, gloussa-t-elle. Une idée géniale ! Habillez-vous vite, je vous emmène !

Je remarquai seulement la lueur maléfique qui brillait derrière ses lunettes.

— Où ça ? m'alarmai-je.

— Vous verrez, vous verrez !

— Mais il est 7 heures du…

— Taratata ! L'avenir appartient à ceux qui se lèvent tôt ! Réveillez Victoire et dites-lui de poser sa journée, elle vient avec nous. Je reviens sonner dans vingt minutes.

— Vingt mi… Mais Hortense ! On n'a qu'une salle de bains pour d…

— Vingt-cinq minutes, alors. À tout à l'heure, ma fille !

Et elle retourna s'enfermer dans son propre appartement. Je restai une seconde sur le seuil, bouche bée. Puis mes neurones reprirent leur fonctionnement. Je rentrai chez moi et claquai la porte dans mon dos.

— Branle-bas de combat, Vic ! braillai-je. Hortense revient dans vingt-cinq minutes ! Et elle veut que tu poses ta journée !

— Quoi ? gémit la voix de ma sœur depuis la mezzanine. Mais pourquoi ?

— Je ne sais pas, mais vu à quel point elle avait l'air machiavélique, on a intérêt à être prêtes !

La tête de Victoire émergea par-dessus la barrière de sécurité, les yeux bleus écarquillés par la stupéfaction.

— Hortense Michel, machiavélique ?

— Tu l'as déjà vue se faire passer pour une prostituée ?

— Hein ? Bien sûr que non !

— Alors ne traîne pas ! Vu la vitesse à laquelle elle évolue, je suis sûre qu'elle va nous demander de l'aider à enterrer des cadavres.

Victoire éclata de rire.

— OK, j'arrive !

Mouais. Elle ne m'avait pas crue, pour le coup de la prostituée.

Une heure et demie plus tard, Victoire avait pu poser un RTT auprès de son employeuse et nous suivions ma voisine dans les rues de la capitale. Cette dernière avait refusé que nous prenions le métro, car elle voulait tester sa nouvelle application GPS. Les lunettes collées sur son téléphone à grosses touches, elle nous avait fait faire trois fois demi-tour en une heure et nous, nous bénissions en silence l'instinct qui nous avait poussées à mettre des baskets. Au moins, nous n'avions pas de cadavres à enterrer !

Encore vingt bonnes minutes plus tard, nous finîmes par arriver devant un bel immeuble haussmannien du Xe arrondissement. Une petite file d'attente patientait déjà devant la grille en fer forgé qui permettait d'entrer.

— Le Manoir, dit Victoire en lisant l'inscription au-dessus de la grille.

Je m'approchai pour lire à mon tour les inscriptions de part et d'autre de la porte.

— Le Manoir de Paris, maison hantée ? m'exclamai-je. Hortense, c'est là que vous vouliez nous emmener ?

— Oh oui ! jubila celle-ci. Et on est là juste pour l'ouverture !

Je me renfrognai. À mon avis, j'avais vu assez de maisons hantées jusqu'à la fin de mes jours.

— Ne faites pas cette tête, ma fille, me rabroua ma voisine. Attendez un peu de visiter. Vous bouderez après. Les sites internet sont formels, c'est pour les jeunes. Ça va forcément nous plaire à toutes les trois.

Victoire pouffa et un demi-sourire me revint. Mais quand même. Un manoir hanté, franchement…

Hortense ne s'était pas trompée, les grilles ouvrirent quelques minutes plus tard. Les gens entrèrent avec une fébrilité visible. Même s'il y avait peu de monde devant nous, les visites s'effectuaient par groupe de quatre ou cinq, aussi la file n'avançait-elle pas très vite. Quand nous parvînmes enfin à la caisse pour acheter nos tickets, des hurlements retentirent à l'intérieur. Je tournai la tête, alarmée.

— C'était quoi, ça ?

— Ne vous inquiétez pas, répondit la caissière avec un sourire torve. Ça arrive tout le temps, par ici.

Ah ! C'était donc un truc d'ambiance. Très bien.

— Aucun problème cardiaque connu, madame ? s'enquit-elle à l'adresse de ma vieille voisine.

— Pensez-vous ! J'ai un cœur de jeune fille !

— Parfait. Dans ce cas, n'oubliez pas : ne touchez personne, et personne ne devrait vous toucher. Enfin, normalement…

Eh bien ! Elle savait y faire pour conditionner son public, elle !

Nous entrâmes dans une grande salle d'attente et patientâmes jusqu'à ce que ce soit à nous de passer derrière un rideau épais. Selon toute vraisemblance, nous serions pris en charge par un guide au-delà. Un couple se joignit à nous pour compléter notre groupe, et nous fûmes invités à avancer.

Derrière le rideau, l'obscurité régnait.

— Bonjour… dit une voix douce à mon oreille.

Je sursautai.

Une femme vêtue d'une longue robe vaporeuse passa à mes côtés et se planta devant nous. Son regard était vague et, la tête penchée, elle fixait un point derrière nous, comme si elle ne nous voyait pas.

— Bienvenue au Manoir... murmura-t-elle alors que nous retenions notre souffle. Suivez-moi... Et surtout, ne vous perdez pas... Vous pourriez mourir... Comme moi...

Elle s'éloigna comme si elle ne touchait pas le sol. Victoire se rapprocha de moi.

— Wow... chuchota-t-elle.

— Pareil, approuvai-je. Fernando doit prendre des cours ici.

— Dépêchons-nous ! s'exclama Hortense. Elle nous attend !

Nous nous élançâmes sur ses pas, dans la pénombre, le couple sur nos talons. Nous arrivâmes dans une pièce qui rappelait une cathédrale en construction. Et point de guide.

— Madame ? appelai-je doucement.

— Faites pénitence ! rugit une voix au-dessus de ma tête.

Je n'eus même pas le temps de regarder, un homme tomba lourdement devant moi. Mon cœur manqua un battement.

— Dieu vous punira pour vos péchés ! hurla-t-il en pointant son doigt devant mon nez. Et vous !

Il bondit jusqu'à Victoire, qui poussa un gémissement de surprise.

— Trop belle pour être honnête ! Depuis quand ne vous êtes-vous pas confessée ? Avancez ! Entrez ici ! Entrez pour le salut de vos âmes !

En moins de dix secondes, nous nous retrouvâmes tous les cinq enfermés dans un confessionnal miteux.

— Répétez ! brailla l'homme plongé dans l'obscurité. Je demande pardon !

— Je demande pardon... répéta le chœur de notre groupe, complètement abasourdi par l'aura de l'individu.

Et soudain, un silence. La porte de l'autre côté du confessionnal s'ouvrit. Nous sortîmes prudemment. Il faisait toujours aussi sombre de l'autre côté. Je distinguai soudain des poupées. Des poupées partout.

— Elles sont belles, hein ? chuchota une petite voix derrière nous.

Nous nous retournâmes. Une toute jeune fille aux yeux vitreux nous regardait avec un sourire figé. Un maquillage grossier la défigurait totalement et ses couettes folles tombaient de chaque côté de sa tête.

— Vous voulez rester avec moi ? demanda-t-elle d'une voix enfantine. On va jouer à la poupée. Vous restez, hein ?

Elle avança et brandit une poupée déchirée sous le nez de la femme du couple, qui recula prudemment derrière son mari. Hypnotisée par la créature, je sentais à peine mon sang qui cognait à mes tempes.

Le regard de la jeune fille se durcit.

— Non ? Non ?

Elle se rapprocha d'elle jusqu'à la toucher.

— Alors partez ! hurla-t-elle soudainement. Partez !

Nous obéîmes. Victoire s'accrochait à moi, un sourire mi-ravi, mi-terrifié aux lèvres.

— Noëlle ! articula-t-elle. C'est vraiment cool !

— Grave, approuvai-je, la voix un peu enrouée.

Notre groupe s'arrêta sur ce qui ressemblait à un

quai désaffecté. Où étions-nous arrivés, cette fois ? La faible lumière des loupiotes de sécurité tremblota, puis s'éteignit. Et se ralluma. Un visage grimaçant se trouvait à cinq centimètres du mien. Je poussai un hurlement et reculai d'un bond. Je rentrai dans Victoire, à laquelle je me cramponnai. Victoire ricana avec un son étrange. Je tournai la tête vers elle. À la place de Victoire, une femme aux joues décharnées me contemplait d'un air sinistre. Je hurlai à nouveau et la lâchai. Et je compris soudain. Les cris que nous avions entendus à l'extérieur, ça n'était pas pour l'ambiance, c'étaient les gens !

La « visite » dura à peine plus d'une heure, mais j'y perdis certainement deux ans d'espérance de vie. Après ces premières pièces, nous étions passés successivement dans une boucherie aux propriétaires fous, un cabinet de médecin à moitié psychopathe, les douches d'une prison, un asile psychiatrique désaffecté et encore des dizaines d'autres salles toutes plus terrifiantes les unes que les autres. À chaque fois que nous pensions pouvoir respirer, un comédien surgissait de l'ombre, plus aliéné, plus terrifiant, plus agressif que son prédécesseur.

Moi qui n'avais jamais eu peur dans un train fantôme, mon cœur manqua de lâcher un nombre incalculable de fois. Les concepteurs de ce manoir avaient raison : les araignées, serpents, vampires et autres monstres habituels n'étaient rien devant la folie humaine.

Lorsque nous retrouvâmes à la fois le trottoir, le soleil et l'air presque pur de Paris, il me fallut quelques secondes pour m'habituer à l'idée que non, plus personne n'allait me sauter dessus.

— C'était vraiment génial ! s'enthousiasma Hortense. Quel merveilleux endroit ! Je suis ravie d'être venue !

J'approuvai, la main sur la poitrine pour tenter de calmer mes nerfs. Mes jambes flageolaient encore. J'avais bien remarqué que les comédiens n'avaient pas vraiment approché ma voisine. Ils préféraient s'attaquer à Victoire ou moi, ou bien au couple, qui s'éloignait avec des exclamations ravies. Ils avaient probablement des consignes pour ne pas trop effrayer les vieilles personnes. Nous, par contre…

— On recommence ?

— Euh… Merci, mais pas tout de suite, répondit Victoire d'une voix blanche. Je crois que j'ai besoin de boire un truc…

— Pourquoi nous avoir emmenées ici ? m'enquis-je à mon tour.

Si elle voulait me changer les idées, elle avait clairement réussi !

Ses yeux pétillèrent derrière ses lunettes.

— Regardez-moi ça, ma fille.

Elle désignait la file d'attente, désormais interminable, qui s'alignait devant le Manoir de Paris. Les hurlements provenant de l'intérieur arrachaient des rires mi-moqueurs, mi-nerveux aux visiteurs qui patientaient.

— Eh bien ?

— Les gens adorent les maisons hantées.

— Euh… Oui ?

— Vous, et tous les agents immobiliers avant vous,

avez échoué à vendre les Sapins Bleus, parce que vous avez tous essayé de le vendre malgré son fantôme. Mais vous, ma fille, vous allez y arriver. Parce que vous allez le vendre grâce à ce fantôme.

J'ouvris des yeux ronds.

— Mais… Hortense ! Je ne suis pas réellement une agente de Demeures de Luxe !

— Non, en effet. Vous êtes une Valkyrie. Et vous voulez revoir JC.

Une série de réactions en chaîne s'embrasa dans ma tête. Une Valkyrie. Revoir JC. Une chance pour lui parler. Vendre les Sapins Bleus. Une semaine de congé.

— Hortense, vous êtes géniale !

— Je sais, je sais. Et si nous allions manger un kebab ?

Hein ? Bon, eh bien, un kebab, alors…

24

Mission : vendre les Sapins Bleus

Quand le lendemain matin arriva, j'étais prête.

En approchant des abords de l'agence, je m'arrêtai devant la vitrine précédente et réajustai le col de mon élégant tailleur noir aux revers bordeaux. Je savais que j'allais entendre des choses désagréables en entrant. Ils pouvaient faire soft avec un simple : « Mais… Qu'est-ce que tu fais là ? » ou bien beaucoup plus dur, avec du « tiens, une menteuse ! », « trois fois virée et tu reviens encore ? Tu ne doutes de rien ! » ou même « dégage, on n'a pas besoin d'une simulatrice incompétente ! ». Mais ils pouvaient y aller. J'avais tout imaginé, tout prévu.

Je franchis les derniers mètres et poussai la porte vitrée. Nathalie roulait des yeux affolés. Elle bondit sur ses pieds en me voyant.

— Ah, Noëlle, Dieu soit loué ! Te voilà enfin ! Où étais-tu, hier ? JC n'a rien voulu nous dire ! Tu vas bien ? On a terriblement besoin de toi !

J'en fus décontenancée. Ah ben non. Je n'avais ni tout imaginé, ni tout prévu, en fait.

— Euh… Qu'est-ce qui se passe ? bredouillai-je.

— Il se passe qu'on ne comprend pas ce qui se passe, marmonna Gaétan en se levant à son tour pour m'accueillir. JC est dans un état de rage qu'on n'avait encore jamais vu. Il vient de virer Déborah.

La mâchoire m'en tomba.

— Quoi ?

— Oui, comme tu dis. Bon, évidemment, elle a lâché ses petites phrases assassines quand il est arrivé, mais lui, il a réagi au quart de tour et il l'a fichue dehors, c'était incroyable.

Il l'avait virée… Et j'avais raté ça ? Quelle déception !

— Le Ciel nous garde, murmura Nathalie en s'éventant de la main. Est-ce qu'il s'est passé quelque chose, Noëlle ? Il s'est confié à toi ? C'est pour ça que tu n'étais pas là hier ?

Je grinçai des dents.

— Il ne vous a rien dit à mon sujet, c'est ça ?

— À ton sujet ? répéta Gaétan, surpris. Non. Il s'est enfermé dans le bureau du directeur et il n'en sort plus. J'ai entendu des bruits bizarres, je crois qu'il passe ses nerfs en balançant des dossiers à la poubelle.

Oh ! On avait les mêmes tocs ! Bon, ce n'était pas le moment de s'émerveiller.

— Je vois, déclarai-je en me reprenant. Peut-être que vous devriez vous asseoir, j'ai quelque chose à vous annoncer.

Ils obtempérèrent et regagnèrent leurs bureaux. Un sourire léger courut sur le visage de Nathalie.

— Dix jours de vaisselle qu'elle est enceinte ! glissa-t-elle à son collègue. C'est pour ça qu'il est aussi stressé.

— Tenu, répondit-il sur le même ton. Moi, je dis qu'elle va nous annoncer leur mariage.

Je grimaçai tandis qu'ils prenaient place sur leurs sièges à roulettes respectifs, la mine innocente. Très bien. Autant lâcher tout de suite le gros morceau.

— Je ne suis pas agente dans l'immobilier.

Nathalie et Gaétan ouvrirent des yeux ronds.

— Comment ça ?

— Je suis consultante en stratégie d'entreprise et j'ai été engagée par le comité de direction de Demeures de Luxe pour identifier les problèmes de cette agence. Et, si possible, les régler.

Un silence plana une seconde. Je leur laissai le temps de digérer l'information, puis j'enchaînai.

— Autant que vous le sachiez, c'est à cause de moi que PDG a sauté, puis j'ai conseillé Déborah pour prendre sa suite, sans imaginer une seconde ce qui se produirait. Quand elle m'a fichue dehors, les big boss de Demeures de Luxe ont mis JC à la tête de l'agence et m'ont demandé de veiller à ce que tout aille bien.

— Oh mon Dieu, chuchota Nathalie en plaquant les mains sur la rivière de diamants à son cou. Et JC l'a découvert.

— Avant-hier soir, oui. De la pire des façons. On lui a suggéré que son père avait engagé une prostituée pour coucher avec lui, pour lui redonner confiance en sa puissance sexuelle. En gros.

Leurs yeux s'écarquillèrent tellement que, pendant un instant, j'eus peur qu'ils ne sortent de leurs orbites. J'y étais allée un peu fort, non ?

Puis Gaétan posa les coudes sur son bureau et prit sa tête dans ses mains.

— OK, grommela-t-il. C'est pour ça qu'il est dans cet état.

— Par tous les saints…, gémit Nathalie, dépassée. Mais… Vous avez vraiment… Enfin tu vois, quoi ?

Elle n'osait pas le dire ? Alors qu'elle suggérait une minute plus tôt que j'étais enceinte ? Bah… Nathalie, quoi !

— On n'a pas couché ensemble, la rassurai-je. On n'a même pas dîné, il l'a appris pendant l'apéro.

Il m'avait enlacée – bien plus que nécessaire – dans le métro et mon esprit était parti dans des scénarios qui donnaient chaud, mais cela ne comptait pas.

— Je répète que c'est un malentendu, m'empressai-je d'ajouter. Mes ordres de mission n'ont jamais inclus de passer la nuit avec qui que ce soit. Si on devait dîner ensemble mardi dernier, c'était juste parce que… il me plaît vraiment.

Le dire me brûlait les lèvres. Mais il fallait bien que je leur explique.

— Oui, on avait remarqué, ça… marmonna Gaétan, l'air plongé dans ses pensées.

— Ah… Ah bon ?

Nathalie acquiesça lentement, visiblement tout aussi perdue dans ses réflexions. Je me crispai. C'était donc évident pour tout le monde, sauf pour moi ? Je croyais que les insinuations de Déborah n'étaient que du poison lancé au hasard ! Mais je n'avais pas le temps de me préoccuper de ça pour le moment.

— Vous m'en voulez ? demandai-je avec moins d'assurance que je l'aurais voulu.

— De quoi ? s'étonna Nathalie.

— De mes mensonges, tout ça…

Gaétan haussa les épaules et se balança négligemment sur son siège à roulettes.

— Depuis le temps qu'on attendait que le top management se bouge pour remettre cette agence sur pied… Non, c'est bien que tu sois enfin là, Noëlle. De toute façon, tu obéissais aux ordres, tu étais en mission, on ne peut pas t'en vouloir pour ça.

— JC doit maudire son père, soupira Nathalie. Lui qui voulait tellement faire ses preuves par lui-même, croire qu'on lui a envoyé une prostituée…

Oui, enfin non… Mais bref. Aucune importance.

Je passai la langue sur mes lèvres sèches. Il restait le pire.

— Il m'a priée de ne plus revenir à l'agence, conclus-je.

Mon cœur battit plus vite, comme si je revivais la scène encore une fois. Bon sang, comme j'aurais voulu pouvoir retourner en arrière !

— Mais tu es là quand même, observa Gaétan en fronçant les sourcils. Les big boss t'ont demandé de rester malgré tout ?

— Non. J'ai fait un rapport favorable sur la façon dont JC reprenait l'affaire, donc ma mission est terminée. Officiellement, je suis en congé.

— En congé ? Tu es juste venue voir JC, alors ?

— Pas exactement.

Je sortis une feuille pliée en quatre de mon sac à main.

— J'ai encore ma fierté, je considère que ma mission n'est pas finie. Il me reste une chose à faire.

— Quoi ?

— Vendre les Sapins Bleus.

Je passai une bonne demi-heure avec eux. Nathalie avait ouvert des yeux effarés devant l'annonce que j'avais concoctée, mais elle avait fini par se rendre à mes arguments. Nous avions essayé tout le reste, nous ne risquions rien à tenter ça. Elle m'avait aidée à mettre l'annonce en ligne, puis Gaétan s'était activé pour la faire suivre sur les forums et réseaux sociaux avec beaucoup de bonne humeur. J'accrochais une version imprimée avec de jolies photos dans la vitrine quand JC sortit de son bureau, traînant deux gros cartons notés « POUBELLE » derrière lui. Il s'immobilisa en me voyant et, l'espace d'un instant, le doute plana dans ses prunelles vertes. Presque immédiatement remplacé par de la colère.

— Noëlle, me salua-t-il d'une voix retenue.

— Salut JC.

— Qu'est-ce que… tu fais ?

Je pris sur moi pour rester impassible. Pas d'éclat public, pas de phrases assassines, juste cette colère contenue. Il n'avait rien dit à ses collègues. Et il ne vendait toujours pas la mèche maintenant. Quelque chose se tordit dans mon ventre. Ce type avait quand même une classe et un savoir-vivre impressionnants.

— J'essaie une nouvelle approche pour les Sapins Bleus, répondis-je avec autant de naturel que possible, même si j'avais l'impression d'être un canard au milieu de verres en cristal.

— Tu n'es plus obligée de t'en occuper, tu sais ?

— Je sais.

Un silence plana quelques secondes. Nathalie et Gaétan avaient cessé de travailler pour nous regarder, le souffle suspendu. Je ne respirais plus non plus. Qu'allait-il dire ? Allait-il me mettre dehors comme une intruse ? Que j'étais, par ailleurs.

Il inspira profondément par le nez.

— Et quelle est donc cette nouvelle approche ?

Mon cœur battit plus vite. Il me donnait une chance ? Nathalie se précipita, ma feuille A4 à la main.

— Tiens, lis ! dit-elle. Ce n'est pas tout à fait conventionnel, mais personnellement, j'adore !

JC prit la feuille et la parcourut rapidement. Je le fixai comme si je pouvais lire à travers lui, en me remémorant chacun de mes mots.

MAISON DE MAÎTRE HANTÉE
À VENDRE !

Théâtre d'un meurtre sanglant il y a quelques années, les Sapins Bleus enchanteurs et leur étrange locataire attendent leur prochain propriétaire. Le locataire en question, Fernando, le garde-chasse de la propriété, saura rendre votre quotidien excitant et plein d'aventures, avec ses histoires glaçantes et ses imitations parfaites de créatures de l'au-delà. Mises en scène, spectacles son et lumière, accessoires en tout genre, il ne ménagera jamais sa peine pour vous faire passer des moments inoubliables ! À vous les fantômes, à vous les Sapins Bleus !

Suivi par une description exhaustive de la propriété et de mon numéro de téléphone professionnel chez Gungnir Conseil.

JC fronça les sourcils et relut plus attentivement. Puis releva la tête vers moi. L'incrédulité marquait ses traits.

— Sérieusement ? articula-t-il.

— Ça me semble formidable ! gloussa Nathalie.

— On va attirer tous les détraqués de la Terre.

— Oui, approuvai-je, mais au moins, ils sauront à quoi s'attendre. Et pour peu que ce soit des détraqués riches…

— Ce n'est pas vraiment la façon de fonctionner, chez Demeures de Luxe.

— Heureusement que Noëlle n'en fait pas partie, alors, déclara Gaétan avec bonhomie.

JC blêmit. Je cessai à nouveau de respirer. Voilà. Il savait qu'ils savaient. Il se tourna lentement vers son collègue.

— Pardon ? articula-t-il.

— C'est une bénédiction qu'une consultante en stratégie d'entreprise vienne nous donner un coup de main sur cette affaire, ajouta Nathalie. Surtout sur son temps de congé.

— Son temps de…

Il s'arrêta et secoua la tête.

— Vous êtes au courant, grommela-t-il.

— Noëlle nous l'a dit ce matin, avoua Nathalie.

Il me fusilla de son regard vert. J'eus l'impression de fondre sur place. Pour un peu, j'aurais regretté le temps où il se planquait derrière ses cheveux.

— Qu'est-ce que c'est que cette histoire de congé ?

— J'ai pris une semaine de vacances, suite à la clôture de ma mission, répondis-je en essayant de garder une voix normale.

— Qu'est-ce que tu fais là, alors, si tu es en vacances ?

Je désignai la feuille qu'il froissait sans s'en rendre compte entre ses mains.

— Je suis venue pour ça.

Il baissa les yeux et serra les dents. Quoi ? Je n'avais rien dit de contrariant, pourtant ! J'inspirai pour trouver le courage de prononcer la dernière phrase. Celle que je préparais depuis la veille.

— Et je me disais que si je vendais les Sapins Bleus, on pourrait aller prendre un café ? Tous les deux ?

Ma voix avait faibli sur les derniers mots, mais ils avaient dû être audibles quand même, car JC me dévisagea, interloqué. Nathalie lui donna un coup de coude.

— Dis oui ! chuchota-t-elle. Sinon, elle va partir et on sera bien embêtés pour vendre cette maison du diable !

JC se renfrogna.

— Si ça, ça marche, grogna-t-il en montrant la feuille froissée, je suis même prêt à promettre une semaine aux Bahamas !

Ah. Il n'y croyait vraiment pas, alors.

— Juste un café, pour commencer, murmurai-je dans une vaine tentative d'humour.

JC haussa les épaules.

— Gaétan, tu me donnes un coup de main pour évacuer les cartons ?

— À tes ordres, boss ! répondit joyeusement ce dernier.

Il passa devant moi avec un clin d'œil complice. Bon, au moins, il y en avait un qui y croyait. Nathalie s'approcha de moi, rayonnante, tandis qu'ils sortaient avec leur chargement.

— Ça s'est merveilleusement bien passé ! chuchota-t-elle.

— Tu trouves ? m'étranglai-je.

— Évidemment !

Je décidai de ne pas insister.

— Je vais y aller, murmurai-je. Si jamais des gens sont intéressés, donne-leur mon numéro, je m'occupe de tout.

— Tu ne restes pas à l'agence ?

— Non. Je ne suis pas réellement une vendeuse de maisons. Je ne servirai à rien, ici, et puis je crains de ne pas vraiment contribuer à la sérénité des lieux…

— Oh, Noëlle…

Elle me serra contre son cœur. Je lui rendis son étreinte, touchée.

— Ne t'inquiète pas, dit-elle avec affection. Je t'enverrai tous les clients potentiels.

— Merci, Nathalie.

— Ah ! Attends !

La jeune femme fonça fouiller un tiroir et en tira un jeu de clés.

— Tu en auras besoin si tu ne repasses pas par ici, déclara-t-elle en me le confiant.

— Ce sont les clés des Sapins Bleus ?

— Tout juste ! Et promis, je garderai un œil sur l'emploi du temps de JC. Comme ça, je t'indiquerai les jours où il sera libre pour votre café, même s'il prétend le contraire.

Euh… Super.

25

Le miracle de Noëlle

De fait, JC avait raison. Tout un tas de détraqués m'appelèrent le vendredi et le week-end qui suivirent. De guerre lasse, j'avais fini par laisser Hortense répondre au téléphone à ma place, histoire de filtrer les coups de fil les plus inopportuns.

— Allô ?... Pour les Sapins Bleus, oui ?... Une visite ? Ça dépend. Vous avez déjà un accord sur le montant avec votre banquier ?... Non ? Mais vous avez fini de me faire perdre mon temps, galopin ?

— Tête de cul, Hortense, me résolus-je à corriger.

— Plaît-il ?

— Galopin, ça ne fait pas jeune. Maintenant, on dit tête de cul.

— Cessez de nous importuner ! Nous sommes des professionnelles, nous, tête de cul !

Malgré cela, mon agenda se remplit rapidement de visites pour la semaine d'après. Je donnais rendez-vous à mes futurs clients directement sur place, car je me voyais mal réquisitionner la limousine de l'agence dans ma situation. J'envoyai également un e-mail à Nathalie pour la tenir au courant de ma présence sur place, avec l'espoir secret qu'elle en informerait JC. Avais-je une chance de regagner quelques points d'estime à ses yeux, avec toutes ces visites prévues ?

En attendant, je préparais soigneusement mon discours pour notre café. Car j'avais la certitude absolue que j'allais vendre cette fichue baraque et la conviction – peut-être un peu moins ferme – que JC respecterait le pacte que j'avais proposé. Mais comment allais-je bien pouvoir m'habiller ?

Le lundi, en début d'après-midi, j'étais sur le pied de guerre pour accueillir les premiers clients aux Sapins Bleus. J'avais garé ma voiture près de la dépendance transformée en garage et, dossier et clés à la main, j'attendais en affichant mon plus beau sourire. Un coupé cabriolet vert entra dans la cour à son tour et vint s'arrêter à côté de mon propre véhicule. Je m'approchai en rectifiant ma coiffure. Et m'immobilisai net. J'attendais une certaine Mme Jeanneteau. Et l'homme qui venait de sortir, c'était JC. Il n'avait quand même pas fait semblant d'être une cliente pour… Mon cœur battit plus vite. Peut-être que si ? Peut-être qu'il m'avait pardonnée et qu'il n'avait trouvé que ça pour se réserver un moment avec moi ?

Mon esprit s'emballa. J'allais me jeter dans ses bras, il me soulèverait et me ferait tournoyer jusqu'au jardin zen, et on s'embrasserait passionnément, devant un Fernando qui nous regarderait avec stupéfaction, son râteau à la main, avec les Sapins Bleus en toile de fond… C'était… magique !

— Tu es venu ! murmurai-je dans un souffle, alors qu'il avançait vers moi.

— Évidemment, lâcha-t-il sèchement. Le seul agent immobilier, ici, c'est moi.

Mon film merveilleux s'évanouit d'un coup.

— Mais…

— Voilà notre cliente. Essaie de faire bonne impression.

Mes protestations restèrent bloquées dans ma gorge. Effectivement, un nouveau véhicule entrait dans la propriété. Je me recomposai une mine avenante, à l'instar de JC. Mme Jeanneteau – car cette fois-ci, c'était bien elle – sortit de sa voiture pour venir à notre rencontre, frémissante d'excitation.

— Bonjour, bonjour ! nous salua-t-elle avec un sourire jusqu'aux oreilles. Alors, où est-il ?

Eh bien ! Voilà qui avait le mérite d'annoncer la couleur !

— Je ne vous dis rien pour ne pas vous gâcher la surprise ! répondis-je avec tout autant d'entrain. On visite la maison ?

— Avec grand plaisir !

Nous commençâmes donc notre tour des Sapins Bleus.

J'ignorais si Fernando comprit ce qui s'était passé ce jour-là. Entre Mme Jeanneteau qui tint absolument à lui serrer la main malgré ses cris de loup, le jeune couple qui applaudit à tout rompre alors que les volets claquaient, l'homme d'affaires qui lui jeta un « Décevant » au visage quand nous passâmes devant lui avant de partir, et les hurlements de joie des petits-enfants d'un grand-père en quête d'une maison familiale, il n'avait sans doute pas fini d'y réfléchir !

JC quitta les lieux sans un mot sitôt les derniers clients envolés. Je rentrai chez moi, un peu contrariée de sa réaction mais pas découragée pour deux sous. Vu l'enthousiasme général soulevé par le domaine, foi de Noëlle, il n'allait pas rester en vente longtemps !

JC était déjà là quand j'arrivai le lendemain matin. Il me tourna ostensiblement le dos lorsque je sortis de ma voiture et se mit à fixer l'entrée. Je grinçai des dents. Il n'en démordait pas, hein ? Si au moins, je savais ce qu'il pensait vraiment !

— Rassure-moi, dis-je d'un ton léger à mille lieues de ma frustration intérieure, tu ne crois quand même pas réellement ce qu'a dit ce clown l'autre jour ? Que j'ai été embauchée pour coucher avec toi ?

Sa tête rentra imperceptiblement dans ses épaules.

— Ça avait l'air bien parti, pourtant, grommela-t-il, amer.

— Tu le penses sérieusement ! m'écriai-je. Je n'en reviens pas ! Tu te rends compte de qui c'est, ce type, au moins ?

Il me retourna un regard froid.

— Un autre homme déçu par toi, de toute évidence.

Je le reçus comme un coup en pleine poitrine. JC reporta son attention sur l'entrée, où deux motos vrombissaient. Nos premiers clients du jour. Il y en aurait sept avant 15 heures. À moitié sous le choc, l'esprit en déroute, je le suivis pour les accueillir. Il se comptait au nombre de mes « victimes » au même titre que Loïc ? Comment pouvait-il se comparer à lui ? Il l'avait rencontré, pourtant ! Impossible, ça ne pouvait être que de la mauvaise foi. Ils n'avaient rien à voir ! JC était un homme compétent qui faisait semblant de ne pas l'être et Loïc, l'exact opposé ! Sauf que si je disais à JC que je le trouvais compétent, il allait encore me sortir que j'avais été payée pour lui affirmer ça…

La visite débuta, chahutée par divers passages de poupées au sourire figé devant les fenêtres, sous les cris ravis des clients. Mais je n'écoutais pas vraiment. Comment allais-je pouvoir rattraper ça ? Que dire ?

— JC, attaquai-je de nouveau pendant la visite du deuxième étage, tandis que le couple se penchait de son mieux à la fenêtre pour tenter d'apercevoir Fernando.

— Quoi ? maugréa celui-ci de mauvaise grâce.

— Est-ce que tu as parlé avec ton père de la mission qu'il m'avait confiée ?

— Pourquoi ? Tu veux que je m'humilie encore un peu plus ?

La colère me monta au nez.

— Demander des explications, c'est humiliant ? m'agaçai-je.

— Je ne veux rien avoir à faire avec mon père. Surtout après un coup pareil.

— Mais quel coup ? Tu ne sais même pas pourquoi il a fait ça et tu ne sais pas ce qu'il a demandé à mon entreprise !

— Je m'en fiche.

Je me redressai soudain, furieuse.

— Pas possible ! m'écriai-je sans réussir à parler

plus bas. Finalement, tu as raison de te comparer à Loïc ! Tu es aussi obtus et arrogant que lui ! Dommage que je ne m'en sois pas rendu compte quand tu jouais les sous-grouillots, ça m'aurait évité de tomber sous le charme d'un crétin pareil !

JC parut avaler de travers et les clients se tournèrent vers nous avec curiosité.

— La maison est aussi hantée pour séparer les couples ? s'enquit la femme avec un intérêt manifeste.

Et zut.

— Non, répondis-je avec un sourire mordant. Pour cela, il faudrait être un couple à la base, et mon collègue étant particulièrement borné, ça ne risque pas d'arriver un jour. Même perdu et à moitié mort de faim, il ne mettrait pas sa fierté de côté pour demander son chemin. Rien à voir avec les fantômes. On continue ? La salle de billard est au fond.

— Une salle de billard ? Magnifique !

JC contre-attaqua alors que nous saluions nos clients sur le départ, après leur promesse enthousiaste de bien réfléchir et de nous rappeler dans les plus brefs délais.

— Puisque tu me voyais comme un sous-grouillot, siffla-t-il entre ses dents tout en agitant la main vers les motos qui s'éloignaient, comment as-tu pu tomber sous mon charme ? Je veux dire, à moins d'être payée pour ça ?

— Encore cette histoire de fric ? me récriai-je, furieuse. Pourquoi tu ramènes tout à ça ? Ça te semble tellement bizarre que j'aie apprécié ta gentillesse et ta façon d'essayer de m'aider à chasser les fantômes ? On se marrait bien, ensemble, avant que tu commences à faire du boudin !

Bon, ça ne ressemblait pas trop à ce que j'avais réellement prévu à base de « son charisme quand il prenait sa vraie place », « son esprit de décision et d'à-propos », « ses gros bras quand il s'agissait de faire peur à des primates » ou même des choses plus basiques, comme son humour ou son talent pour la cuisine, mais au moins, j'avais dit quelque chose de positif. Sur un ton très énervé, mais positif quand même.

Cela ne dut pas très bien marcher car JC croisa les bras pour me dominer de toute sa hauteur.

— Et donc tu vas m'expliquer que tu as eu le coup de foudre pour un sous-grouillot ? persifla-t-il.

— Le coup de foudre ? Sérieux ? Avec le comportement que tu avais quand on s'est rencontrés ? Bien sûr que non !

— Ah ! Tu vois ?

— Purée, JC, redescends sur terre ! Le coup de foudre, ça n'existe que dans les romans. Dans la vraie vie, on apprend à se connaître avant de tomber amoureux !

Il serra les dents sans répondre. Ses yeux verts flamboyaient de fureur.

— Parce que toi, tu as eu le coup de foudre, peut-être ? le provoquai-je, les poings sur les hanches.

Il détourna le regard. Mon cœur manqua un battement. Quoi ? Il avait eu… Mon sang gela dans mes veines. Mais non !

— Essaie d'être professionnelle avec ceux-là, cracha-t-il. Tes petits éclats de colère devant les clients, ça craint.

Comment ?

Je suivis le point qu'il fixait. Une grosse voiture familiale entrait dans la propriété. Je n'arrivais plus à me concentrer. Était-il possible que JC ait vraiment eu un coup de foudre pour moi ? Et que sa déception soit à la hauteur de ses sentiments ? Je n'arrivais pas à y croire ! Et surtout, pourquoi ne mettait-il pas plus de bonne volonté pour saisir ce qui s'était vraiment passé ? Incompréhensible !

Je rentrai chez moi ce soir-là avec le moral dans les escarpins. Je montai péniblement les escaliers, sans même songer à me flageller d'avoir encore oublié de mettre des baskets dans ma boîte aux lettres. Lorsque j'ouvris la porte, je découvris Victoire et Hortense en train d'arranger sur la table basse chocolat chaud fumant, biscuits en forme d'oursons, Chamallows, bonbons de toutes les couleurs…

— Ah, marmonnai-je en retirant mes escarpins. On a encore franchi une étape dans la régression…

— Oh, Noëlle ! s'exclama ma sœur en me sautant au cou. On s'est dit que ce soir, soit on aurait quelque chose à fêter, soit il faudrait te réconforter.

— Alors ? ajouta Hortense en réajustant la ceinture de son trench en jean, pleine d'espoir. Qu'en est-il ?

Je soupirai, quittai l'étreinte de Victoire et me laissai tomber dans le canapé. Fêter quelque chose, hein ? Vu ce qu'elles étalaient sur la table, les cinq ans de notre voisin du dessous, peut-être…

— C'est mort, murmurai-je. On a passé notre temps à s'engueuler. On n'arrive pas à parler.

L'après-midi avait été pire que le matin. Dès que l'un de nous deux tentait une approche, l'autre le blessait. Je ne comptais plus les horreurs qu'on s'était jeté à la tête. C'était fichu.

— Je laisse tomber, ajoutai-je devant le silence désolé de ma sœur et ma voisine. Je ne vendrai pas cette baraque et JC… Même plus la peine d'y penser.

— Noëlle ! se récria Hortense. Ne dites pas une telle chose ! Prenez une tasse de chocolat et racontez-nous tout ça dans le détail.

Il ne leur fallut pas deux secondes pour recouvrir mes genoux de sucreries et d'une tasse de chocolat qui débordait de guimauve à moitié fondue. Trop fatiguée pour lutter, je leur narrai donc chacun des mille et un reproches que nous nous étions crachés au visage. Je ne pensais pas la moitié de ce que j'avais dit à JC. Je n'arrivais même pas à comprendre comment nous avions pu en arriver là. Il avait clairement sous-entendu qu'il avait eu le coup de foudre pour moi et moi, j'avais révélé sans ambiguïté que j'étais tombée sous son charme. Alors qu'avions-nous fabriqué ? Les larmes me montèrent aux yeux.

— Je me sens tellement stupide, bredouillai-je en essuyant mes paupières. Cette fois, c'est sûr, je resterai célibataire toute ma vie. Même avec un type qui me plaît et à qui je plais aussi, je ne suis pas capable de construire le moindre début de relation sereine…

— Ne dis pas ça ! s'écria Victoire, désemparée. Ce n'était pas le bon, c'est tout ! Votre histoire ne pouvait pas bien se dérouler, vu que c'était ton client. Mais il y a forcément quelqu'un pour toi quelque part !

Je haussai les épaules et frottai mes joues du revers de ma manche pour les sécher. Bien sûr. Dans mes rêves.

— J'en suis certaine, insista-t-elle en roulant ses yeux bleus. Il y a un homme pour chaque femme, dans ce monde.

— C'est ça, marmonnai-je. C'est con, celui qui m'était destiné, il a traversé la rue sans regarder et il a été écrasé par une voiture il y a dix ans…

— Oh, Noëlle ! Ne parle pas comme ça, c'est affreux !

Je plongeai le nez dans ma tasse de chocolat sans insister, mais persuadée de la véracité de mes paroles. Personne ne m'était destiné, personne ne m'attendait nulle part. Je finirais ma vie seule, à ennuyer mes jeunes voisines en faisant ma crise de la soixante-quinzaine.

Je remarquai soudain qu'Hortense ne disait rien. Je relevai la tête. Confortablement installée dans le fauteuil au bout de la table basse, la vieille dame grignotait les biscuits-oursons en me dévisageant pensivement.

— Vous n'avez pas de conseils à me donner, Hortense ? m'inquiétai-je.

— Non, non, répondit-elle en époussetant les miettes tombées sur son trench. Donner des conseils, c'est bon pour les mamies. Un jeune, ça agit.

— Euh… Et vous voulez agir comment ?

— En vous convainquant de ne pas abandonner la vente des Sapins Bleus.

— C'est-à-dire ?

Elle se redressa un peu et se resservit une tasse de chocolat sur la table basse.

— Vous avez besoin de ça pour regonfler votre estime de vous-même, ma fille. Pas aujourd'hui, bien sûr. Aujourd'hui, ça ressemble juste à un poids que vous aimeriez lâcher. Mais dans quelques années, vous regarderez en arrière et vous grimacerez en pensant à cette mission que vous avez laissée en plan, juste à cause d'un gus dont vous ne vous rappellerez même pas le nom. Vous devez terminer ce que vous avez commencé.

Je fis la moue.

— C'est un conseil, ça…

— Vraiment ? s'étonna-t-elle. Bon, alors attendez, je vais trouver autre chose.

— Non, pas la peine.

— Comment ça ?

Je soupirai et posai ma tasse sur la table basse pour pouvoir m'étirer.

— Vous avez raison, Hortense. Je vais la vendre, cette foutue maison. JC ou pas.

Le lendemain, j'étais donc de nouveau devant les Sapins Bleus. Le téléphone avait sonné toute la soirée. Les visiteurs du jour demandaient des contre-visites ou posaient des questions sur une éventuelle négociation. Cela se présentait vraiment très bien. Je n'aurais pas à supporter JC longtemps. Car lui aussi était là, en ce petit matin de mercredi. Silencieux, dans son coin, à éviter mon regard, mais présent.

— Écoute, Noëlle, commença-t-il, les mains dans les poches, les yeux rivés vers l'entrée du parc.

— Non, l'interrompis-je. On en a assez fait comme ça.

— Quoi ?

— On s'est assez insultés pour toute notre vie. C'est ridicule et ça n'a aucun sens. Je reste jusqu'à ce qu'on ait vendu cette maison parce que je m'y suis engagée, et ensuite, tu n'entendras plus jamais parler de moi. On ne se doit rien, on ne s'est rien promis, on n'a pas besoin de s'infliger ça.

Je sentis son regard se poser sur moi, mais comme j'avais moi aussi tourné la tête vers les grilles, je ne vis pas son expression. À mon avis, cela valait mieux. Son air plein de rancœur et d'agressivité, j'en avais eu mon compte la veille et ça ne m'avait pas vraiment fait du bien.

— OK, finit-il par murmurer.

Ouf !

Nous passâmes cinq bonnes minutes dans un silence pesant à attendre nos premiers visiteurs de la journée. Cinq minutes horriblement longues. Interminables. Peut-être que j'aurais préféré qu'on s'engueule, finalement. Je jetai un coup d'œil en biais à JC. Le visage fermé, les poings toujours dans les poches, il fixait le portail comme s'il allait lui sauter dessus pour le mordre. Hum. En fait, non, le silence, c'était bien aussi. Je n'osais imaginer ce qu'il avait eu le temps de me préparer pendant la nuit…

Les clients arrivèrent enfin. Je soupirai de soulagement et nous commençâmes notre premier tour de la journée des Sapins Bleus.

— Les morts n'ont toujours pas trouvé le repos ! grogna soudain une voix rauque.

Un peu d'énergie me revint. C'était parti pour le show.

Ce fut un véritable festival toute la matinée. Fernando était dans une forme olympique et, manifestement, il avait bien compris qu'il ne risquait rien de la part des psys et autres enquêteurs imaginaires. Ma menace n'aurait pas tenu longtemps. Heureusement, d'ailleurs, car les clients montraient un emballement croissant au cours de la visite. Plus ils étaient enthousiastes, et plus Fernando en rajoutait pour tenter de les impressionner. Un cercle vertueux, en ce qui me concernait.

Quand notre dernière visite avant le déjeuner se présenta, il se tenait avec son râteau sur le parvis du Logis, le visage crispé par l'incertitude. Une grande voiture familiale bleue s'était garée près des nôtres et une famille entière en avait jailli. JC et moi les rejoignîmes, sans échanger un mot.

— Bienvenue aux Sapins Bleus ! les accueillis-je gaiement. Je suis Noëlle, et voici JC, enchantée.

— Patrick, répondit très simplement l'homme. Mon épouse, Lilas, et mes trois enfants, Lilian, Stéphane et…

— Le fantôme, papa, le fantôme ! s'écria le plus jeune en désignant Fernando qui s'éclipsait aussi discrètement que possible.

— Et Théo. Du calme, Théo. On ne pointe pas les fantômes du doigt, c'est très impoli.

Les trois garçons frémissaient d'impatience et Lilas, une femme d'une cinquantaine d'années aux lunettes à monture signée Chanel incrustée de petits diamants, couvait d'un regard gourmand l'endroit où le garde-chasse avait disparu. Eh bien, il allait encore avoir son petit succès, le Fernando !

— On commence ? me délectai-je d'avance.

— Nous vous suivons.

— Vous êtes ici dans le parc, dont les épicéas bleus, rapportés par le premier propriétaire, ont donné le nom au…

Nous fîmes un tour complet du jardin, puis nous visitâmes la maison, sans la moindre manifestation spectrale. Les enfants se donnaient pourtant du mal pour tenter d'apercevoir l'homme au râteau à chaque fenêtre. Les deux adultes, eux, paraissaient sous le charme du Logis. En même temps, comment ne pas l'être ? Monsieur poussa un cri de joie devant la salle de billard tandis que madame ne parvenait plus à quitter la bibliothèque, émerveillée.

Nous ressortions quand Fernando jaillit au détour d'un arbuste.

— Leurs esprits égarés ne sont pas en paix ! rugit-il.

— Le fantôme ! braillèrent les trois garçons.

Ils fondirent sur lui pour le tripoter – sans aucun doute pour vérifier s'ils pouvaient le traverser.

— Vous subirez le courroux des âmes trépassées ! tenta encore le garde-chasse.

— Veuillez m'excuser, nous pria Lilas.

Elle rejoignit à pas pressés le tas de bras et de jambes formé par sa progéniture sur Fernando.

— Pardonnez-moi, monsieur, mais quand vous dites « les âmes trépassées », que voulez-vous dire exactement ?

Patrick se tourna vers nous.

— Ne prenez pas garde aux petites manies de mon épouse. Elle est psychiatre dans l'unité de recherche la plus à la pointe de l'hôpital Sainte-Anne et les cas de démence la passionnent…

— Envole-toi, fantôme ! ordonnaient les enfants. Traverse les murs !

— Avez-vous assisté à la mort d'un proche, dans votre jeunesse ? insista Lilas. Qu'est-ce que ça réveille en vous ?

Le tout sous le regard bienveillant de Patrick. Si, avec ça, Fernando survivait à cette journée…

Un bruit de roues sur les graviers attira mon attention. Je me retournai. Un véhicule familier, petit et blanc, s'engageait dans l'allée.

— Tu attendais une autre visite ? me demanda JC, les sourcils froncés.

— Non. Mais ça n'est pas pour une visite. C'est la voiture de Victoire.

Je reportai mon attention sur Patrick.

— Si vous voulez bien m'accorder une minute, dis-je.

— Je vous en prie, répondit-il en contemplant la bâtisse que nous venions de quitter d'un œil satisfait.

— N'hésitez pas si vous souhaitez retourner à l'intérieur pour revoir certaines choses, ajouta JC.

— Merci beaucoup.

JC courut pour me rejoindre sur l'allée de graviers. Je me retins de ne pas froncer le nez. Pourquoi m'accompagnait-il ? Je n'avais pas besoin de lui pour voir ma sœur !

La portière côté passager du pot de yaourt de Victoire s'ouvrit, et la tête d'Hortense Michel en jaillit. Je ralentis. Mais… Que faisait-elle ici ? Elle avait envie de voir le fantôme, elle aussi ? Après le Manoir de Paris, elle allait être déçue !

Ma voisine s'extirpa de la voiture. Avec son blouson de cuir au-dessus d'une combinaison d'un vert émeraude ultramoderne et ses lunettes qui brillaient au soleil, elle dégageait une énergie folle.

— Ah ! Vous voilà ! s'exclama-t-elle en nous apercevant.

Elle marcha résolument vers nous. J'aperçus ma sœur au volant, enveloppée dans un grand châle qui lui masquait le bas du visage et les yeux cachés par d'énormes lunettes de soleil. Je fis la moue. Si elle voulait venir incognito, elle aurait dû changer de voiture…

— Que faites-vous ici, Hortense ?

— Je tenais à vous parler. À tous les deux. Vous rendez-vous compte à quel point vous êtes stupides ?

JC haussa un sourcil et me lança un regard interrogateur. Je me rapprochai nerveusement de ma voisine.

— Écoutez, Hortense, ce n'est vraiment pas le moment de…

— Non, vous, écoutez ! Et je vais commencer par vous, le malotru !

Elle désignait JC, qui ouvrit de grands yeux.

— Que vous ayez eu un coup au cœur quand vous avez appris l'identité de Noëlle, soit ! Mais arrêtez de vous comporter comme un enfant de cinq ans trop gâté, sinon on continuera à vous comparer à votre père toute votre vie !

JC blêmit.

— Prenez-vous en main, que diable ! tempêta ma voisine en pointant le doigt vers sa poitrine d'un air menaçant. Vous ne vous sentez pas complètement idiot, à laisser partir une jeune femme comme Noëlle ? Juste à cause de votre fierté mal placée ? Votre orgueil est blessé parce que vous n'avez pas compris tout de suite qui était cette fille incroyable, mais vous ne croyez pas que ça vaut la peine de se mettre un coup de pied au derrière pour la garder ?

— Hortense… bredouillai-je d'une voix blanche.

— Quant à vous, ma fille, pour une fois que vous en trouvez un qui fait battre votre cœur – et Dieu sait que ça n'arrive pas tous les matins ! –, secouez-vous, bon sang ! Vous voulez finir vieille fille comme moi ? Enchaînez cet imbécile à votre lit et faites-lui l'amour jusqu'à ce qu'il comprenne ce qu'il rate s'il part !

Mon estomac se contracta brusquement et ma bouche devint sèche comme de la pierre. Les jambes flageolantes, je me tournai vers JC, qui avait viré au rouge vif.

— Et pour finir, acheva ma voisine en revenant au jeune homme, je vous préviens. Si elle pleure encore une fois à cause de vous, je vous taille les oreilles en pointe, tête de cul !

Le monde sembla s'effondrer autour de moi. Hortense se redressa d'un air digne, fit demi-tour et remonta dans la voiture comme une reine. Victoire démarra en trombe et la minivoiture blanche quitta le domaine sur les chapeaux de roue.

Je restai abasourdie, sans voix. JC reprit ses esprits plus vite que moi.

— C'était qui… ça ? articula-t-il d'un ton étranglé.

— Ma… ma voisine.

— Ta voisine ?

— Hortense Michel.

— Mais… Tu as des gens normaux, dans ton entourage ?

La question m'obligea à réfléchir à autre chose qu'aux incroyables mots qui venaient d'être prononcés.

— Euh… Je ne crois pas, avouai-je.

JC resta silencieux. Je relevai les yeux vers lui. Il avait l'air déboussolé. Indécis.

— Désolée, ajoutai-je. Je n'aurais jamais imaginé qu'elle allait venir pour…

— Tu as pleuré à cause de moi ? m'interrompit-il.

Je serrai brusquement les lèvres. S'il croyait que j'allais répondre à ça !

Il grimaça et secoua la tête.

— Écoute, Noëlle, ce que je voulais te dire ce matin, c'est que… J'ai appelé mon père, hier soir, et… Je… Il m'a expliqué… Bon, ce n'était pas agréable à entendre, mais… Mais j'ai compris. Enfin, ton rôle, quoi. Ton vrai rôle.

Mon cœur battit plus vite.

— Et donc ? demandai-je d'une voix rauque.

— Et donc…

— Excusez-moi !

Nous nous retournâmes. Patrick approchait sur l'allée de graviers, un sourire rayonnant sur le visage.

— Dites-moi tout, lança-t-il. Avez-vous beaucoup d'autres visites, en ce moment ?

— Un certain nombre, répondit JC, soudain à nouveau très professionnel. Notamment encore deux cet après-midi.

Je ne savais pas comment il faisait. Moi, j'étais toujours sous le choc d'avoir entendu ma voisine de soixante-quinze ans l'appeler tête de cul.

— Je vois, murmura Patrick en se tournant vers la maison.

Je suivis son regard et, de loin, j'aperçus Lilas et les enfants qui tournaient toujours comme des guêpes autour de Fernando.

— Dans ce cas, inutile de tergiverser, conclut l'homme. Je vais vous faire une proposition écrite. Maintenant. Auriez-vous une feuille et un crayon ?

Trois minutes plus tard, Patrick rédigeait sa proposition sur le capot de la voiture de JC. Ce dernier s'approcha de moi, les poings dans les poches, les lèvres serrées par la nervosité.

— Bref, chuchota-t-il très vite comme pour ne pas se dégonfler en route, ce que je voulais te dire, c'est que si tu veux toujours de moi malgré tout ce que je t'ai dit hier, moi, je veux toujours de toi.

Il m'observa de ses yeux verts, sans respirer. Mon souffle à moi aussi s'était suspendu.

— Tu veux toujours de moi ? murmurai-je. Même si… Même si… Tout ça ?

— Sans hésiter.

Mon corps entier s'était figé. Je ne parvenais plus à bouger. Ni à réfléchir. Son visage se crispa.

— Noëlle, je…

Quelque chose se débloqua à l'intérieur de moi. Je bondis à son cou et l'embrassai furieusement. Ses bras se refermèrent autour de moi. Il me rendit mon baiser avec la même passion. Sa bouche était si chaude, si douce…

— Euh… Pardonnez-moi ?

Nous nous séparâmes brusquement. Patrick nous contemplait, amusé, son papier à la main.

— C'est signé.

— Merci, dit JC en l'attrapant tout en gardant un bras autour de moi.

— Je vous laisse à vos affaires, je vais tenter de récupérer ma famille.

Il s'éloigna d'un pas léger sur l'allée de graviers, les mains dans les poches.

JC relut le document. Une belle proposition d'achat en bonne et due forme.

— Tu me dois un café, je crois, bredouillai-je, pas encore très sûre de moi.

— Un café ? Je n'avais pas parlé d'une semaine aux Bahamas ?

Le soulagement m'envahit. Je me dressai sur la pointe des pieds pour reposer mes lèvres contre les siennes. Une semaine aux Bahamas, ça m'allait aussi.

— Noëlle… murmura-t-il alors que nous nous séparions à nouveau.

— Oui ?

— Dis, je n'ai pas rêvé ? La vieille dame, là, ta voisine…

— Oui ?
— Elle m'a bien traité de tête de cul ?
Ah. Oui, il allait falloir que je lui explique ça, aussi…

26

Huit mois plus tard, 24 décembre

— Sur votre droite, déclarai-je d'un ton posé, vous apprécierez la chambre, théâtre d'un double meurtre à l'eau bouillante, perpétré par une femme ayant trouvé son époux au lit avec une maîtresse de dix ans de moins qu'elle. Les amants ont succombé après des heures de souffrance intense…

L'homme qui me suivait acquiesça en notant fiévreusement ce que je racontais dans son carnet, un sourire ravi aux lèvres.

— Et enfin, dernière pièce, la salle de bains. Personne ne sait exactement ce qui s'est passé ici, mais avec la lumière noire, les enquêteurs ont affirmé que les murs avaient été couverts d'une quantité de sang telle qu'un seul corps n'a pas pu suffire. Mais on n'a jamais retrouvé de cadavre, alors…

Je laissai ma phrase en suspension. L'homme relisait son carnet.

— La cuisine et son pendu, murmura-t-il, le salon et les bruits de violence à travers les murs, la chambre et les amants brûlés, la salle de bains ensanglantée…

— Ça vous plaît ?

Il redressa la tête, avec un sourire de gosse jusqu'aux oreilles.

— M. Folklinger avait raison, vous êtes mon miracle de Noëlle !

Naturellement.

Une demi-heure plus tard, nous nous saluions sur le trottoir, sous un soleil couchant fort pâle qui ne suffisait pas à réchauffer l'air glacé. Mon souffle formait des nuages devant ma bouche.

— À très, très bientôt, mademoiselle Andelnans. Et Joyeux Noël !

— Joyeux Noël à vous aussi !

Il s'éloigna d'un pas rapide et passa sans le voir devant un homme emmitouflé dans une grosse doudoune, appuyé contre le mur. Ce dernier se redressa et vint à ma rencontre. Son bonnet enfoncé jusqu'aux sourcils laissait juste apparaître ses yeux verts.

— Alors ? s'enquit-il.

— Il le prend ! chantonnai-je. Dorian va être content ! Merci mon amour !

— J'ai droit à un baiser, après être resté dans le froid tout ce temps ?

Je pouffai et dégageai son menton qui disparaissait dans son écharpe pour l'embrasser.

— Et donc, il était satisfait, ton grand éditeur parisien ? reprit-il.

— Il avait l'air. Je pense qu'il a hâte d'y installer son auteur de polars à succès déprimé. Entre mes histoires qu'il va lui répéter et la chouette dans les combles qui donne l'impression qu'un homme invisible marche pendant la nuit, l'inspiration devrait revenir rapidement…

Il éclata de rire.

— Tu sais que tu pourrais vraiment travailler pour moi ?

— Jamais de la vie ! me récriai-je.

— Arf… Je savais que tu dirais ça…

— Prêt pour ce soir, au lieu de dire des bêtises ?

— Évidemment !

Bras dessus, bras dessous, nous partîmes en direction de mon duplex. Vu l'heure, nous arriverions bons derniers.

Ma soirée d'anniversaire battait son plein. Autour de la table, Victoire et Hortense Michel riaient en contemplant l'écran d'un smartphone, ma mère était en grande conversation avec la mère de JC, nos pères respectifs discutaient en cuisine d'une bouteille de rouge avec l'air de s'y connaître, et moi, je savourais tout cela, le cœur léger. Nous avions profité de la fête pour présenter nos parents et ils semblaient s'entendre à merveille.

JC fit tinter son couteau sur son verre et le silence s'installa.

— Il est temps de passer aux cadeaux ! lança-t-il.

Un concert d'exclamations ravies lui répondit. Nous échangeâmes un coup d'œil malicieux. C'était le moment. JC tira de sa poche un petit écrin noir qui ressemblait à s'y méprendre à l'écrin d'une bague.

— Il va la demander en mariage ! souffla Hortense, suffisamment fort pour que toute la table entende.

— Victoire, déclara JC, c'est pour toi.

Il lui tendit l'écrin. Un silence perplexe tomba dans mon duplex.

— Euh… bredouilla ma sœur. C'est l'anniversaire de Noëlle, mais c'est à moi que tu fais un cadeau ?

— Ouvre ! l'encourageai-je.

Elle s'exécuta et sortit un petit jeu de clés.

— Qu'est-ce que c'est que ça ?

— Ton nouveau chez-toi, annonçai-je fièrement.

— Mais… Mais…

— Ce sont les clés de mon studio, précisa JC.

— Ah bon ? Mais… Et toi ? Tu vas vivre où ?

Un remous amusé agita les convives.

— Voyons, ma fille ! s'exclama Hortense. C'est évident ! Il espère bien vous remplacer dans le lit de Noëlle !

Victoire s'empourpra d'un coup.

— Oh…

— Il était temps ! s'exclama ma mère. Je commençais à croire que Victoire était installée ici pour toujours !

Nous éclatâmes de rire et JC prit ma main. Le regard dont il me couvait me donna des frissons de bien-être. Cela faisait déjà huit mois, ou cela ne faisait que huit mois en fonction du point de vue, mais il avait toujours autant d'effet sur moi.

— Champagne ! réclama Hortense.

L'agitation reprit, plus forte que jamais.

Victoire se faufila jusqu'à moi.

— Noëlle ? chuchota-t-elle.

— Oui ?

— Je me disais… Si je dois aller vivre toute seule…

— Oui ?

Ses pommettes rosirent.

— Finalement… Tu ne voudrais pas me présenter ton patron ?

Table

De la même auteure,
sous le nom de Roxane Dambre :

ANIMAE, t. I, *L'Esprit de Lou*, 2012,
Éditions de l'Épée/Le Livre de Poche

ANIMAE, t. II, *La Trace du coyote*, 2013,
Éditions de l'Épée/Le Livre de Poche

ANIMAE, t. III, *Le Cauchemar du chien*, 2013,
Éditions de l'Épée/Le Livre de Poche

ANIMAE, t. IV, *Le Rire de la hyène*, 2014,
Éditions de l'Épée/Le Livre de Poche

SCORPI, t. I, *Ceux qui marchent dans les ombres*, 2016,
Éditions Calmann-Lévy/Le Livre de Poche

SCORPI, t. II, *Ceux qui vivent cachés*, 2016,
Éditions Calmann-Lévy/Le Livre de Poche

SCORPI, t. III, *Ceux qui tombent les masques*, 2016,
Éditions Calmann-Lévy/Le Livre de Poche

SIGNÉ SIXTINE, t. I, *Derrière les étoiles*, 2018,
Éditions Calmann-Lévy

SIGNÉ SIXTINE, t. II, *Les Échos de l'au-delà*, 2018,
Éditions Calmann-Lévy

SIGNÉ SIXTINE, t. III, *Le Festival de l'Apocalypse*, 2020,
Éditions Calmann-Lévy

PAPIER À BASE DE FIBRES CERTIFIÉES

Le Livre de Poche s'engage pour l'environnement en réduisant l'empreinte carbone de ses livres.
Celle de cet exemplaire est de :
430 g éq. CO_2
Rendez-vous sur
www.livredepoche-durable.fr

Composition réalisée par NORD COMPO

Achevé d'imprimer en octobre 2021 en Espagne par
LIBERDUPLEX
Dépôt légal 1re publication : novembre 2021
LIBRAIRIE GÉNÉRALE FRANÇAISE
21, rue du Montparnasse – 75298 Paris Cedex 06

13/7086/7